JN291560

デァ・フォン・キューレンベルク
（大ハイデルベルク歌謡写本，別名マネッセ歌謡写本所載のミニアチュア）

ヨハネス・ハートラウプ（下段左側の人物）
（大ハイデルベルク歌謡写本，別名マネッセ歌謡写本所載のミニアチュア）

ミンネザング

ドイツ中世恋愛抒情詩撰集

ヴェルナー・ホフマン
石井道子
岸谷敏子   訳著
柳井尚子

東京 大学書林 発行

Werner HOFFMANN　　Michiko ISHII
Shoko KISHITANI　　Naoko YANAI

Mittelhochdeutsche Minnelyrik

Eine Auswahl
Texte mit Übersetzung und Kommentar

Daigakusyorin Tokyo
2000

序　文

　古今東西を問わず人の世に恋の歌があることは別に驚くにあたらないが，中高ドイツ語の恋愛抒情詩 ― ミンネザング ― の場合はいささか趣がちがう。脚韻を踏み精巧な韻律構造をもつこの騎士時代の抒情詩は，もっぱらミンネ ― 異性愛 ― を中心テーマとし，愛に関するさまざまのことを話題にしているが，かならずしも恋心の自然の発露ではなく，時としてひどく理屈っぽいのである。一体どうしてこんな歌が12世紀，13世紀のドイツでこれほど熱心に作られたのだろう。人類普遍の恋の歌と見るにはあまりにも特異な現象である。ミンネザングの作者は，王侯貴族，上級・下級騎士から比較的身分の低い職業詩人に至るまで，その社会的地位はさまざまであるが，その中に女性はいない。一人称単数の役割の担い手が女性である「女の歌」は存在するが，その「女の歌」の作者はいずれにしても男性であって，和泉式部のような女流歌人ではないのである。中世ヨーロッパ知識人の共通語であるラテン語で詩作した女性は，きわめて少数であるとは言え，ドイツでも皆無ではなかったのに，母語である中高ドイツ語で恋愛を歌った詩人の中に女性が一人もいなかったのは特筆すべきことであるように思われる。

　日本の武士とヨーロッパの騎士は，武人であると同時に当時の社会のエリートであり，誠実と礼節と名誉を重んじるところは似ているようだが，その最大の相違点を私たちに強く意識させるのが実はミンネザングなのである。異性に対する求愛というきわめて私的な行為のありかたが，芸術作品の形で一般化され，同じ価値観を共有する人々の前で議論され，そのような議論に参画する心構えと言葉遣いの巧みさが，男子たるものの徳目の一つとして称揚される ― というようなことは，日本の武士道にはなかったにちがいない。そして，この「武士の末裔」とヨーロッパの「騎士の末裔」のあいだに今日でもなお ― とりわけ人々の前で女性に対するときの態度に ― 何らかの相違が見られるとすれば，それも騎士文化の伝統と無関係ではないと考えられるのである。中世ヨーロッパの貴族文化が「宮廷的」であると同時に「騎士的」であり，日本の公家と武家に相当する区別がなかったこともこのさい考慮に入れなくてはならないであろうが。

　キリスト教的中世ヨーロッパはラテン語を共通語とする一つの文化圏であり，騎士文化もまた汎ヨーロッパ的な現象であるが，騎士文学の表現手段は

ラテン語ではなく，各詩人の国語つまり母語である。中高ドイツ語のミンネザングは，プロヴァンス語のトルバドゥールやフランス語のトルヴェールの恋愛抒情詩に少しおくれて，その強い影響を受けながら展開する。巨視的にみれば，いずれも騎士的・宮廷的恋愛抒情詩であるが，ミンネザングはトルバドゥールの歌ともトルヴェールの歌とも同じではない。ヨーロッパ大陸のほぼ西南から東北へと波及していった騎士文化の流行に対して，いわば後進地帯にいたドイツ語圏の詩人たちはどのように反応したか。指導者の自覚をもって大真面目に先進文化を取り入れようとした詩人もいれば，ひたすら自己の芸術的感性に忠実であろうとした詩人もいる。外来の流行を批判したり戯画化したりした詩人ももちろんいた。いずれにしても才能あるミンネゼンガーは単なる模倣者ではなかったのであり，その批判的あるいは風刺的態度にもいろいろの立場があったように思われる。ドイツ文学研究の視点から見て興味深いのは，実はこの点なのである。

　ミンネザングがどのような文学であったかを知るには，何よりもまず実際にその原典を読んでみる必要がある。本書はそのような意味で広くヨーロッパの騎士文化に関心をもつ日本の研究者に中高ドイツ語のミンネザングを紹介するための入門書である。テキストは最古のミンネゼンガーと見なされるキューレンベルクの騎士から1300年前後にチューリヒで活躍した市民ハートラウプまでの主要な詩人26人の作品の中から60篇を採用し，ほぼ年代順に配列している。60篇というのは伝承されているミンネザングの中のほんの僅かな一部分であるが，対訳本としての本書の趣旨からみて，テキストの量をこれ以上多くすることは適当ではないと思われた。しかし，どの作品をもってミンネザング全体を代表させるかを判断するのは至難のわざである。本書の「解説」の冒頭に詳述されているように，そもそも「ミンネザング」という名称で呼ばれうる抒情詩の範囲についても諸家の意見が一致しているわけではない。また古写本による伝承は複雑で異同も多く，それらを比較検討してテキストを再構成する本文批判の作業は私の力の及ぶところではない。そこで作品の選択は，ドイツ中世文学の専門家であるヴェルナー・ホフマン教授（マンハイム大学）にお願いし，テキストの字句と句読点は，信頼できる校訂本の最新版（凡例に掲載）の中から原則としてそのまま採録したが，変更した場合は脚注で説明した。作品の選択が選択者の個人的な好みを全く反映しないということはまずありえないが，いずれにしても本書の場合，特定の傾向に偏ってはいないと言える。この60篇には，広義のミンネザングの

150 年にわたる展開を概観するのにふさわしい代表的なジャンルがまんべんなく含まれている。なお，ホフマン教授執筆の未発表の独文原稿を和訳し，「解説」として巻末に加えたので，著者の一人になって頂いているが，日本語を解されない氏に和文の部分についての責任はない。「解説」の翻訳とアレンジ，中高ドイツ語の作品の和訳と脚注は，私たち日本人の共同作業である。

　有名な作品にはすでに邦訳のあるものも少なくない。高津春久編訳「ミンネザング」（郁文堂 1978 年），スイス文学研究会編「スイス詩集」（早稲田大学出版部 1980 年），山田泰完訳著「ヴァルター・フォン・デア・フォーゲルヴァイデ愛の歌」（大学書林 1986 年）はテキストの解釈と翻訳にさいして参照させていただいた。本書の和訳は，あくまでも原典を解読するための補助手段であり，形式芸術としてのミンネザングの芸術性を日本語で再現しようとするものではない。押韻や韻律の妙味をも含めて文学的表現としてのミンネザングを鑑賞するには，原典の講読は不可欠である。しかし文化史的資料としてのミンネザングに対する関心から，右側の翻訳だけをお読みになる読者にも，せめて作品の内容は忠実に伝えうる訳文であるように心がけている。

　脚注は，中高ドイツ語の初歩的知識があり独独辞典をひくことのできる人を対象としている。わかりにくい語形には注をつけたが，辞書で容易に確かめることのできる単語の意義は説明していない。文法的説明も，和訳と照らし合わせて原文の構造を理解するのに必要な項目に限定している。一つの作品にもさまざまの解釈の可能性があることを考慮にいれて，内容に深く立ち入る主観的注釈は極力さし控えた。文学的ないし文化史的解釈は，私たち一人一人の研究課題として今後に残しておきたいと思う。

　ミンネザングの対訳本を思い立ち，ホフマン教授に作品を選択していただいてからすでに 10 余年。ドイツにおける中世文学研究の最近の動向に疎い私たちを啓蒙するために，氏は自発的に解説まで書いてくださった。それによって思いがけない多くのことを勉強させていただいたのは，本当にありがたいことであった。

　その間，私たちの仕事を温かく見守ってくださり，本書の出版を引き受けてくださった大学書林社長佐藤政人氏に，訳著者を代表して心からお礼を申し上げる。

　　2000 年 3 月　　　　　　　　　　　　　　　　　　　　岸谷敞子

目　　次

序　文 i
凡　例 viii

テキスト

  Der von Kürenberg
    [1]　Ich stuont mir nehtint spâte (MF 8, 1)
        Nu brinc mir her vil balde (MF 9, 29) 2
    [2]　Ich zôch mir einen valken (MF 8, 33) 4

  Dietmar von Eist
    [3]　Ez stuont ein vrouwe alleine (MF 37, 4) 6
    [4]　Ûf der linden obene (MF 34, 3) 8
    [5]　Slâfest du, vriedel ziere? (MF 39, 18) 10

  Meinloh von Sevelingen
    [6]　Dir enbiutet sînen dienst (MF 11, 14) 12
    [7]　Sô wê den merkaeren! (MF 13, 14) 14

  Kaiser Heinrich
    [8]　Wol hôher danne rîche (MF 4, 17) 16
    [9]　Ich grüeze mit gesange die süezen (MF 5, 16) 18

  Friedrich von Hausen
    [10]　Sî darf mich des zîhen niet (MF 45, 37) 22
    [11]　Ich lobe got der sîner güete (MF 50, 19) 28
    [12]　Ich denke underwîlen (MF 51, 33) 32

  Heinrich von Veldeke
    [13]　Tristran muose sunder sînen danc (MF 58, 35) 38

Albrecht von Johansdorf
 [14]　Mîn êrste liebe, der ich ie began (MF 86, 1) ················42
 [15]　Wie sich minne hebt, daz weiz ich wol (MF 91, 22) ········46

Heinrich von Morungen
 [16]　Het ich tugende niht sô vil (MF 124, 32) ······················50
 [17]　In sô hôher swebender wunne (MF 125, 19) ················54
 [18]　Von den elben (MF 126, 8) ···58
 [19]　Sach ieman die vrouwen (MF 129, 14) ·························62
 [20]　Si hât mich verwunt (MF 141, 37) ································66
 [21]　Owê, sol aber mir iemer mê (MF 143, 22) ···················70
 [22]　Vil süeziu senftiu toeterinne (MF 147, 4) ····················74

Hartmann von Aue
 [23]　Maniger grüezet mich alsô (MF 216, 29) ·····················76
 [24]　Ich var mit iuweren hulden (MF 218, 5) ······················80

Reinmar der Alte
 [25]　Ich waene, mir liebe geschehen wil (MF 156, 10) ············84
 [26]　Ein wîser man sol niht ze vil (MF 162, 7) ·····················86
 [27]　Swaz ich nu niuwer maere sage (MF 165, 10) ·············94
 [28]　Lieber bote, nu wirp alsô (MF 178, 1) ························98

Walther von der Vogelweide
 [29]　Maniger frâget, waz ich klage (L. 13, 33) ······················104
 [30]　Muget ir schouwen, waz dem meien (L. 51, 13) ············110
 [31]　Saget mir ieman, waz ist minne? (L. 69, 1) ··················116
 [32]　Under der linden (L. 39, 11) ···120
 [33]　Nement, frowe, disen cranz (L. 74, 20) ·······················124
 [34]　Sô die bluomen ûz deme grase dringent (L. 45, 37) ········130
 [35]　Aller werdekeit ein füegerinne (L. 46, 32) ··················134
 [36]　Frô Welt, ir sult dem wirte sagen (L. 100, 24) ·············136

Wolfram von Eschenbach
[37]　Den morgenblic (MF S. 436) ···142
[38]　Sîne klâwen (MF S. 437) ··146
[39]　Der helden minne ir klage (MF S. 441) ··························152

Neidhart
[40]　Ein altiu diu begunde springen (Sommerlied 1) ·············156
[41]　Uns wil ein sumer komen (Sommerlied 18) ·····················160
[42]　Sanges sint diu vogelîn gesweiget (Winterlied 18) ········164

Reinmar von Zweter
[43]　Ich wil iuch lêren, werdiu wîp (Roethe, Nr. 37) ············172
[44]　Nû wil ich lêren ouch die man (Roethe, Nr. 51) ···········174

Von Scharpfenberg
[45]　Meije, bis uns willekomen (KLD, 52, Lied 1) ················176

Burkhart von Hohenfels
[46]　Wir sun den winder in stuben enpfâhen (KLD, 6, Lied 1)　180

Gottfried von Neifen
[47]　Sælic sî diu heide! (KLD, 15, Lied 4) ··························184

Tannhäuser
[48]　Der winter ist zergangen (Siebert, 3. Tanzleich) ············190

Ulrich von Liechtenstein
[49]　Ir edeln frouwen (KLD, 58, Lied 20) ······························206
[50]　Ein schœniu maget (KLD, 58, Lied 40) ··························212

Ulrich von Winterstetten
[51]　Verholniu minne sanfte tuot (KLD, 59, Lied 29) ············218

König Konrad der Junge
  [52]　Ich fröi mich manger bluomen rôt (KLD, 32, Lied 2) ······222

Rudolf von Rotenburg
  [53]　Sô diu nahtegal ir sanc (KLD, 49, Lied 15)　················226

Der von Trostberg
  [54]　Willekomen sî uns der meie (BSM, 19, Lied 6)　············232

Otto von Brandenburg
  [55]　Rûmt den wec der mînen lieben frouwen (KLD, 42, Lied 5)
　 ···236

Steinmar
  [56]　Wer sol mich ze fröiden stiuren (BSM, 26, Lied 4) ········240
  [57]　Ein kneht, der lag verborgen (BSM, 26, Lied 8) ············246
  [58]　Diu vil liebiu sumerzît (BSM, 26, Lied 11) ·····················250

Johannes Hadlaub
  [59]　Ach, ich sach si triuten wol ein kindelîn (BSM, 30, Lied 4)
　 ···256
  [60]　Er muoz sîn ein wol berâten êlich man (BSM, 30, Lied 7)
　 ···260

解説 ···266

凡　　例

　本書に採用した個々の作品の出典は以下の校訂本であり，目次にはそれを略号で記載している。テキストはこれらの最新版から原則としてそのまま採録したが，活字の種類，印刷の体裁は，本書で独自に統一した。初期の長詩行詩節では，行の中間の区切りとして，2文字をあけた。その他，行内での押韻を目立たせるために，2文字あけた箇所もある。

Des Minnesangs Frühling, bearbeitet von Hugo Moser und Helmut Tervooren. 38. Aufl. 1988. (Hirzel / Stuttgart). ＝MF

Walther von der Vogelweide. Leich, Lieder, Sangsprüche. 14., völlig neubearbeitete Auflage der Ausgabe Karl Lachmanns mit Beiträgen von Thomas Bein und Horst Brunner hrsg. von Christoph Cormeau. 1996. (de Gruyter / Berlin, New York)＝L.

Die Lieder Neidharts. Hrsg. von Edmund Wießner. Fortgeführt von Hanns Fischer. 5., verb. Aufl. Hrsg. von Paul Sappler.　Mit einem Melodienanhang von Helmut Lomnitzer. 1999 (Niemeyer / Tübingen)

Die Gedichte Reinmars von Zweter. Hrsg. von Gustav Roethe. 1887 (Hirzel / Leipzig), Nachdruck. 1967 (Editions RODOPI / Amsterdam)

Deutsche Liederdichter des 13. Jahrhunderts. Hrsg. von Carl von Kraus. Band 1. Text. Zweite Auflage, durchgesehen von Gisela Kornrumpf. 1978. (Niemeyer / Tübingen)＝KLD

Johannes Siebert : Der Dichter Tannhäuser. Leben-Gedichte-Sage. 1934 (Niemeyer / Halle an der Saale)

Die Schweizer Minnesänger. Nach der Ausgabe von Karl Bartsch neu bearbeitet und herausgegeben von Max Schiendorfer. Band 1. Texte. 1990. (Niemeyer / Tübingen)＝BSM

　作品の脚注は，中高ドイツ語の初歩的知識と辞書の活用を前提としている。初心者にわかりにくい語形には→をつけて，辞書の見出し語を見つけるための手がかりを与えた。現代ドイツ語訳または独文参考文献からの引用は，

„......" の形式で示した。各作品の作者については、Verfasserlexikon, 2. Auflage を参照して，各詩人の最初に掲載する作品の脚注の前に，ごく簡単に紹介した。

Die deutsche Literatur. Texte und Zeugnisse Band 1/1 und Band 1/2. Helmut de Boor (Hrsg.) : Mittelalter 1 und 2. München 1965.

Minnesang. Mittelhochdeutsche Texte mit Übertragungen und Anmerkungen. Herausgegeben, übersetzt und mit einem Anhang versehen von Helmut Brackert. (Fischer Taschenbuch). Frankfurt a. M. 1983.

Heinrich von Morungen. Lieder. Mittelhochdeutsch und Neuhochdeutsch. Text, Übersetzung, Kommentar von Helmut Tervooren. (Reclam). Stuttgart 1975.

Reinmar. Lieder. Nach der Weingartner Liederhandschrift (B). Mittelhochdeutsch / Neuhochdeutsch. Herausgegeben, übersetzt und kommentiert von Günther Schweikle. (Reclam). Stuttgart 1986.

Günther Schweikle: Mittelhochdeutsche Minnelyrik: Texte und Übertragungen, Einführung und Kommentar. 1 Frühe Minnelyrik. (Metzler). Stuttgart · Weimar 1993.

Walther von der Vogelweide. Werke. Band 2 : Liedlyrik. Mittelhochdeutsch / Neuhochdeutsch. Herausgegeben, übersetzt und kommentiert von Günther Schweikle. (Reclam). Stuttgart 1998.

Die Gedichte Walthers von der Vogelweide. Urtext mit Prosaübersetzung von Hans Böhm. 3. Aufl. Berlin 1964.

Walther von der Vogelweide. Die Lieder. Mittelhochdeutsch und in neuhochdeutscher Prosa. Mit einer Einführung in die Liedkunst Walthers herausgegeben und übertragen von Friedrich Maurer. München 1972.

Peter Wapnewski: Die Lyrik Wolframs von Eschenbach. Edition Kommentar Interpretation. München 1972.

Edmund Wießner: Kommentar zu Neidharts Liedern. Leipzig 1954.

Edmund Wießner: Vollständiges Wörterbuch zu Neidharts Liedern. Leipzig 1954.

Siegfried Beyschlag: Die Lieder Neidharts. Der Textbestand der Pergament-Handschriften und die Melodien. Text und Übertragung. Einführung und Worterklärungen. Konkordanz. Edition der Melodien von Horst Brunner. Darmstadt 1975.

Die deutsche Literatur des Mittelalters. Verfasserlexikon. Begründet von Wolfgang Stammler, fortgeführt von Karl Langosch. Zweite, völlig neu bearbeitete Auflage herausgegeben von Kurt Ruh / Burghart Wachinger. Berlin · New York 1978-1999.

略　語

acc.	Akkusativ	*mhd.*	Mittelhochdeutsch
afz.	Altfranzösisch	*mlat.*	Mittellateinisch
alem.	Alemannisch	*n.*	Neutrum
dat.	Dativ	*nhd.*	Neuhochdeutsch
engl.	Englisch	*nom.*	Nominativ
etw.	etwas	*part. adj.*	Partizip Adjektiv
f.	Femininum	*part. perf.*	Partizip Perfekt
fz.	Französisch	*part. präs.*	Partizip Präsens
gen.	Genitiv	*2. pers.*	2. Person
imper.	Imperativ	*pl.*	Plural
inf.	Infinitiv	*präs.*	Präsens
ital.	Italienisch	*prät.*	Präteritum
jdm.	jemandem	*refl.*	Reflexiv
jdn.	jemanden	*sg.*	Singural
komp.	Komparativ	*temp.*	temporal
konj.	Konjunktion	*unpers.*	unpersönlich
konj. I	Konjunktiv I	*v.*	Vers
konj. II	Konjunktiv II	*vgl.*	vergleiche!
lat.	Lateinisch	*verst.*	verstärkt
m.	Maskulinum	*vok.*	Vokativ

テキスト

Der von Kürenberg

[1]

I　»Ich stuont mir nehtint spâte　an einer zinne,
　　dô hôrt ich einen rîter　vil wol singen
　　in Kürenberges wîse　al ûz der menigîn.
　　er muoz mir diu lant rûmen,　alder ich geniete mich sîn.«

II　Nu brinc mir her vil balde　mîn ros, mîn îsengewant,
　　wan ich muoz einer vrouwen　rûmen diu lant,
　　diu wil mich des betwingen,　daz ich ir holt sî.
　　si muoz der mîner minne　iemer darbende sîn.

　　デア・フォン・キューレンベルク：最も初期の詩人。1150年〜1160年頃に詩作。
オーストリア地方あるいはドーナウ地域の人。「高きミンネ」のテーマはまだ扱って
いない。

I　女の歌
　　1　stuont (prät.) → stân / mir：行為を身にふりかかる現象のように捉える与格
　　　 の用法か？ / nehtint → nehten
　　2　hôrt (prät.) → hoeren
　　3　menigîn → menige：城内の騎士社会の人々

デァ・フォン・キューレンベルク

[1]

I 「きのうの晩おそく，たまたま私は城壁の上にいました。そのとき人々の群れの中から一人の騎士がキューレンベルクの調べでとても美しく歌うのが聞こえました。あの騎士には私の国を立ち去ってもらいます。立ち去らないのなら私の恋人にいたします。」

II さあ，いますぐに馬と武具を持ってきてくれ。さるお方のゆえにこの国を立ち去らなければならないのだ。そのお方はむりやりにも私の好意を得ようとするが，今後とも私の愛を求めて恋い焦がれているがよかろう。

---

    4 alder → alde „oder" / geniete → nieten (refl.) / sîn (m. gen.) : geniete の属格補足語
II 男の歌
    2 wan „denn" / einer vrouwen (dat.)
    3 diu : einer vrouwen (v. 2) を指す / mich des betwingen „mich dazu zwingen" / ir (f. dat.) / sî (konj. I) → sîn
    4 der mîner minne (gen.) : nhd. では „meiner Minne" あるいは „der Minne", mhd. ではこのように der と mîner の重複が可能だった / darbende (part. präs.) → darben / sîn (inf.)

Der von Kürenberg

[2]

I »Ich zôch mir einen valken mêre danne ein jâr.
  dô ich in gezamete, als ich in wolte hân,
  und ich im sîn gevidere mit golde wol bewant,
  er huop sich ûf vil hôhe und vlouc in anderiu lant.

II Sît sach ich den valken schône vliegen,
  er vuorte an sînem vuoze sîdîne riemen,
  und was im sîn gevidere alrôt guldîn.
  got sende sî zesamene, die gelieb wellen gerne sîn!«

I 1 zôch (prät.) → ziehen
  2 in „ihn": einen valken (v. 1) を受ける / als → alsô „wie"
  3 im „ihm" / bewant (prät.) → bewinden
  4 huop (prät.) ûf → ûf heben (refl.) / vlouc (prät.) → vliegen / anderiu land (n. pl. acc.) „andere Länder"

デァ・フォン・キューレンベルク

[2]

I 「私は一羽の鷹を一年以上も手なづけておりました。意のままになるように躾け，羽根に金の飾りをつけてやりました。そのとき，高く舞い上がり，よその国へ飛んでいってしまいました。

II そののちその鷹がみごとに飛んでいるのを見たのでした。足に絹の紐をつけ，羽は黄金色に輝いておりました。愛し合う者たちを神様が一緒にしてくださいますように。」

II 1 sît „seitdem, nachher" / sach (prät.) → sehen / schône „schöne, herrlich"
 2 vuorte (prät.) → vüeren / riemen (pl. acc.) → rieme : 鷹匠用語，鷹の足につける紐
 3 was (prät.) → sîn, wesen
 4 sende (konj. I) → senden / die : sî にかかる / gelieb → geliep / wellen (konj. I) „wollen"

Dietmar von Eist

[3]

Ez stuont ein vrouwe alleine
und warte über heide
unde warte ir liebes,
sô gesach si valken vliegen.
5 »sô wol dir, valke, daz du bist!
du vliugest, swar dir liep ist,
du erkiusest dir in dem walde
einen boum, der dir gevalle.
alsô hân ouch ich getân:
10 ich erkôs mir selbe einen man,
den erwelten mîniu ougen.
daz nîdent schoene vrouwen.
owê, wan lânt si mir mîn liep?
joch engerte ich ir dekeines trûtes niet!«

ディートマル・フォン・アイスト：初期のいわゆる「ドーナウ地方の詩人」の一人．1160年〜1170年頃に詩作．作品には宮廷文化の影響がみられる．

    1 ez：文頭の虚辞 / stuont (prät.) → stân
    2 u. 3 warte (prät.) → warten „ausschauen"
    3 ir：人称代名詞 si の gen. が nhd. の所有代名詞のように用いられる．mhd. では所有代名詞の体系がまだ出来あがっていない / liebes (m. gen.) → liep „Geliebter" / ir liebes：warte の属格補足語
    4 gesach (prät.) → sehen / valken (m. acc.) → valke
    6 vliugest (präs.) → vliegen / swar „wohin auch immer"

ディートマル・フォン・アイスト

[3]

　ある貴婦人がたった一人で立っていた。野原を見晴らし，恋人の訪れを待っていた。そのとき鷹が飛ぶのが見えた。「鷹よ，しあわせ者よ，お前は。行きたいところへ飛んでいき，森の中で気に入った木を選ぶのですもの。お前と同じように私もしたのです。私自身も一人の人を選びました。この目で見て選び出したのです。そのことを美しい貴婦人たちが妬んでいます。ああ，なぜあの人たちは，私の恋人を私に任せてくれないのかしら。あの人たちの恋人を欲しがっているわけでもないのに。」

7　erkiusest（präs.）→ erkiesen
8　gevalle（konj. I）→ gevallen
9　getân（part. perf.）→ tuon
10　erkôs（prät.）→ erkiesen
13　wan „warum nicht" / lânt → lâzen
14　engerte → en（否定辞）gerte（→ gern）/ ir（pl. gen.）: schoene vrouwen（v. 12）および si（v. 13）を受ける / dekeines（m. gen.）→ dehein „irgendein, kein" / trûtes（m. gen.）→ trûte „Geliebter" / dekeines trûtes : gerte の属格補足語 / engerte ... niet : 否定詞が重複しても nhd. のように肯定にならない

Dietmar von Eist

[4]

I   Ûf der linden obene dâ sanc ein kleinez vogellîn.
vor dem walde wart ez lût. dô huop sich aber daz herze mîn
an eine stat, dâ ez ê dâ was. ich sach dâ rôsebluomen stân,
die manent mich der gedanke vil, die ich hin zeiner vrouwen
                                                                               ⌊ hân.

II »Ez dunket mich wol tûsent jâr, daz ich an liebes arme lac.
sunder âne mîne schulde vremedet er mich menegen tac.
sît ich bluomen niht ensach noch enhôrte der vogel sanc,
sît was mir mîn vröide kurz und ouch der jâmer alzelanc.«

I 男の歌
  1 sanc (prät.) → singen
  2 wart (prät.) → werden / huop (prät.) → heben (refl.) / daz herze mîn „das Herz von mir, mein Herz": 人称代名詞の gen. と所有代名詞が未分化, vgl. [1] II 4 の注
  3 an eine stat, dâ … „an eine Stelle, wo …" / ez : daz herze mîn (v. 2) を受ける / was (prät.) → sîn, wesen / sach (prät.) → sehen
  4 manent → manen „erinnern" / der gedanke (pl. gen.) : manent の属格補足

ディートマル・フォン・アイスト

[4]

I 菩提樹の梢でかわいらしい小鳥が歌っていた。森の前でさえずりが響いていた。私の心は以前いたことのあるあの場所に向かっていった。そこにはばらの花が咲いていた。その花を見ると，とあるお方に寄せるさまざまの思いが呼び起こされる。

II 「いとしい人の腕に抱かれたのはずっと昔のことのよう。私のせいでもないのに，あの人はもう何日も私を避けている。花も見えず，小鳥の歌も聞こえない季節になってからというもの，私の喜びは短く，悲しみはあまりにも長く続いている。」

　　語 / zeiner → ze einer
II 女の歌
　　1 liebes (m. gen.) → liep „Geliebter" / lac (prät.) → ligen
　　2 sunder âne „ohne" / menegen → manec
　　3 sît (konj. temp.) „seit" / niht ensach noch enhôrte „weder sah noch hörte" / der vogel (pl. gen.): sanc にかかる
　　4 sît „seitdem" / alzelanc → alze lanc „allzu lang"

Dietmar von Eist

[5]

I »Slâfest du, vriedel ziere?
wan wecket uns leider schiere;
ein vogellîn sô wol getân
daz ist der linden an daz zwî gegân.«

II »Ich was vil sanfte entslâfen,
nu rüefestû, kint, wâfen.
liep âne leit mac niht sîn.
swaz dû gebiutest, daz leiste ich, vriundîn mîn.«

III Diu vrouwe begunde weinen:
»du rîtest hinnen und lâst mich eine.
wenne wilt du wider her zuo mir?
owê, du vüerest mîne vröide sant dir!«

後朝歌

I 女の歌
    2 wan (alem.) → man
    3 wol getân „schön"
    4 daz : ein vogellîn (v. 3) を指す / der linden an daz zwî „auf den Zweig der Linde" / gegân (part. perf.) → gân „sich begeben"

ディートマル・フォン・アイスト

[5]

I 「眠っておいでなの，いとしいあなた。悲しいけれど，私たちはもうすぐ起こされてしまいますよ。きれいな小鳥が飛んできて，菩提樹の枝にとまりました。」

II 「すっかり気持ちよく眠っていた。かわいいあなたが，起きて，と言ってくれている。悲しみのない喜びはない。恋人よ，あなたの命じることなら，何なりといたしましょう。」

III 貴婦人は涙を流した。「私をひとり残して，行っておしまいになるのですね。いつまた私のところにいらしてくださるおつもりでしょうか。ああ，あなたがいらっしゃらなくなると，私の喜びも消えてしまいます。」

II 男の歌
  2 rüefestû → rüefest (→ ruofen) dû / kint：若い女性に対する呼び掛け / wâfen：「武器を取れ」から転じて警告の叫び，ここでは „wach auf" の意
  4 swaz „alles was" / gebiutest (präs.) → gebieten
III 女の歌，ただし1行目は叙事的説明
  1 begunde (prät.) → beginnen
  2 lâst (präs. 2. pers. sg.) → lâzen / eine „allein"
  3 wenne „wann" / wilt (präs. 2. pers. sg.) → wellen
  4 sant → sament „mit"

Meinloh von Sevelingen

[6]

Dir enbiutet sînen dienst, dem dû bist, vrowe, als der lîp.
er heizet dir sagen zewâre, du habest ime alliu anderiu wîp
benomen ûz sînem muote, daz er gedanke niene hât.
nu tuo ez durch dîne tugende und enbiut mir eteslîchen rât.
5 Du hâst im vil nâch bekêret beidiu sin unde leben.
er hât dur dînen willen
eine ganze vröide gar umbe ein trûren gegeben.

マインロホ・フォン・ゼーヴェリンゲン：初期のいわゆる「ドーナウ地方の詩人」の一人．1160年～1170年頃に詩作．トルバドゥールの影響がみられる．

    1 enbiutet（präs.）→ enbieten / dem ..., → der, dem ...,：主文の主語（すなわち enbiutet の主格補足語）を兼ねる

マインロホ・フォン・ゼーヴェリンゲン

[6]

　あなたへの奉仕を願っているのは，奥方様，あなたのことを自分のいのちのように大切に思っている男です。その者に命ぜられて，しかと申し上げます。あなたがその男の心からほかのすべての女性を忘れさせてしまい，男はほかには何も考えておりません。さて，あなたは徳高きお方，どうか使者の私に何か助言をお与えください。あなたのために男は身も心も取り乱しています。男はあなたゆえに，すべての喜びを悲しみとひきかえてしまったのです。

---

2 habest (konj. I) → haben, hân
3 „... daß er an nichts mehr denken kann (als an dich)." (MF)
4 tuo (imper.) → tuon : tuo ez は後出の enbiut mir eteslîchen rât を先取りしている / enbiut (imper.) → enbieten

Meinloh von Sevelingen

[7]

»Sô wê den merkaeren! die habent mîn übele gedâht,
si habent mich âne schulde　in eine grôze rede brâht.
si waenent mir in leiden,　sô sî sô rûnent under in.
nu wizzen alle gelîche,　daz ich sîn vriunde bin
5 Âne nâhe bî gelegen,　des hân ich weiz got niht getân.
staechen si ûz ir ougen!
mir râtent mîne sinne　an deheinen andern man.«

女の歌
    1 mîn : gedâht (→ gedenken) の属格補足語
    3 in „ihn" / leiden „vehaßt machen" / sô sî sô … „wenn sie so …" / under in „unter sich"

マインロホ・フォン・ゼーヴェリンゲン

[7]

「何といやな人たちだろう，私を見張ったりして。この人たちに意地悪くあたられて，いわれもないのに，ひどく取り沙汰されるようになってしまった。私があの人を嫌うようになるとでも思っているのか，ああやってお互い同士でひそひそと話しをして。さあ，世のすべての人々に知られてもかまわない，私があの人に心を寄せていることを。でも，いっしょに寝たことなんかありません。そんなことはけっしてしていません。世の人々が私を見張る人たちの目をくり抜いてくれますように。私は心の赴くままに，あの人だけを思っているのです。」

---

4 wizzen: 語形の点では präs. とも konj. I ともとれる
5 bî gelegen (inf.)
6 staechen (konj. II 3. pers. pl.) ûz → ûz stechen „ausstechen" / si: 彼等，すなわち世の人々 / ir: den merkaeren (v. 1) を受ける

Kaiser Heinrich

[8]

I Wol hôher danne rîche bin ich alle die zît,
　 sô alsô güetlîche diu guote bî mir lît.
　 si hât mich mit ir tugende
　 gemachet leides vrî.
　 ⁵ich kom ir nie so verre sît ir jugende,
　 ir enwaere mîn staetez herze ie nâhe bî.

II »Ich hân den lîp gewendet an einen ritter guot,
　 daz ist alsô verendet, daz ich bin wol gemuot.
　 daz nîdent ander vrouwen
　 unde habent des haz
　 ⁵und sprechent mir ze leide, daz si in wellen schouwen.
　 mir geviel in al der welte nie nieman baz.«

皇帝ハインリヒ：皇帝ハインリヒ六世(1165-1197)．皇帝フリードリヒ一世(バルバロッサ)の息子．1184年にマインツの宮廷会議で騎士に叙任されたが，この頃に作ったと考えられる詩が3篇残っている．

Ⅰ 男の歌
　1 wol hôher danne rîche „wohl mehr als mächtig" (MF) / この詩は rîche, güetlîche (v. 2), Ⅱ 1 u. 2 の gewendet, verendet が韻を踏んでいる
　2 sô „wenn" / diu guote (f. nom.) / lît (präs.) (→ liget) → ligen
　4 leides (gen.)：vrî machen „befreien"の属格補足語
　5 kom (prät.) → komen / ir (f. dat.)：diu guote (v. 2), si (v. 3) を受け，verre

皇帝ハインリヒ

[8]

I　このすぐれた女性が私のかたわらにこんなにやさしい様子で休んでいるとき，私はいつも権勢にもまさる心の高まりを覚える。この人はそのすばらしい女らしさで私を幸せにしてくれた。この人の若いときからずっと，たとえどんなに遠く離れていても，私の変わらぬ心は常にこの人のそばにあった。

II　「私は一人のりっぱな騎士に身を捧げた。そのおかげで，こよなく幸せな気持ちになった。そのことをほかの貴婦人たちに羨まれ，憎まれて，どんな騎士だか会ってみたいものだなどと言われるのがつらい。およそこの世で私にはあの方ほどに好ましい人はいなかった。」

　　　にかかる / sît ir jugende „seit ihrer Jugend"
　6　ir (f. dat.) / enwaere → en waere (konj.II) (→ sîn, wesen) / „ohne daß mein beständiges Herz nicht immer in ihrer Nähe geblieben wäre" (Brackert)
II　女の歌
　2　alsô ..., daz „so ... daß" / verendet → verenden „ausgehen" (MF)
　3　daz u. 4 des: v. 1-2 の内容を指す
　5　in „ihn": einen ritter guot (v.1) を受ける
　6　geviel (prät.) → gevallen / nie nieman: vgl. [3] 14 の注 / baz „besser"

Kaiser Heinrich

[9]

I   Ich grüeze mit gesange die süezen,
    die ich vermîden niht wil noch enmac.
    daz ich sie von munde rehte mohte grüezen,
    ach leides, des ist manic tac.
    5 Swer nu disiu liet singe vor ir,
    der ich sô gar unsenfteclîch enbir,
    ez sî wîp oder man, der habe si gegrüezet von mir.

II Mir sint diu rîche und diu lant undertân,
    swenne ich bî der minneclîchen bin;
    unde swenne ich gescheide von dan,
    sô ist mir al mîn gewalt und mîn rîchtuom dâ hin;
    5 Wan senden kumber, den zel ich mir danne ze habe.
    sus kan ich an vröiden stîgen ûf und ouch abe
    und bringe den wehsel, als ich waene, durch ir liebe ze grabe.

I 1 die süezen (f. acc.)
    2 enmac → en mac (→ mügen „vermögen, können")
    3 von munde „mündlich" / mohte (prät.) „mügen"
    4 leides (n. gen.) : 副詞的用法
    5 swer „wer auch immer" / disiu liet (n. pl. acc.) / singe (konj. I)
    6 der (f. gen.) : ir (v. 5) にかかり，enbir の属格補足語 / enbir (präs. 1. pers. sg.) → enbern

皇帝ハインリヒ

[9]

I　かわいらしいあの人に愛の歌を贈ろう。あの人から離れたくないし，離れることはできない。あの人に会って直接に愛を語りかけることができたのも，ああ，つらい，もう幾日も前のことだ。そばにいないのが私にはこれほどに切ないあの人の前でいまこの歌を歌ってくれる人がいるなら，男であれ女であれ，あの人が私の愛の言葉を受け取る人だと思ってほしい。

II　われこそは国々の王者とつくづく思う，あのいとしい人のかたわらにいるときはいつも。だが，そのもとを離れると，私の権勢も私の富もあとかたもなく消え失せる。そのときはただ恋い焦がれる苦しみだけが領分だ。こうして私の喜びは上がったり下がったりする。私はこの流転をあの人を愛するゆえに墓にはいるまで繰り返すのだ。

  7　sî (konj. I) → sîn / der : swer (v. 5) を受ける / habe (konj. I) → hân / si (f. acc.) : die süezen (v. 1), sie (v. 3), ir (v. 5) を受ける
II 3　unde swenne „wenn aber"
  5　wan „nur" / senden (part. präs.) → senen „sich sehnen" / den (m. acc.) : senden kumber を指す / zel (präs.) → zeln „zählen" / habe (f.)
  6　運命の女神の車輪のイメージがある
  7　wehsel „das Auf und Ab"

III Sît daz ich si sô gar herzeclîchen minne
und si âne wenken zallen zîten trage
beide in herze und ouch in sinne,
underwîlent mit vil maniger klage,
5 Waz gît mir dar umbe diu liebe ze lône?
dâ biutet si mirz sô rehte schône;
ê ich mich ir verzige, ich verzige mich ê der krône.

IV Er sündet, swer des niht geloubet,
daz ich möhte geleben manigen lieben tac,
ob joch niemer krône kaeme ûf mîn houbet;
des ich mich ân si niht vermezzen mac.
5 Verlur ich si, waz het ich danne?
dâ tohte ich ze vreuden weder wîben noch manne,
und waer mîn bester trôst beide ze âhte und ze banne.

III 2 zallen → ze allen
　　5 gît (→ gibet) → geben
　　6 biutet (präs.) → bieten / mirz → mir ez
　　7 ir (f. gen.) : verzige (→ verzîhen) の属格補足語
IV 1 er : swer を先取りする / des : v. 2 - 4 の内容を先取りし，geloubet の属格補足語
　　2 möhte (konj. II) → mügen / geleben → leben

Ⅲ　私はあの人を心から愛し，いつのときも心変わりせずに思いつづけてきた。ときには嘆くこともあったが，その報いとして，あのいとしい人から受け取るものは何か。彼女は私の愛にこんなにもやさしく応えてくれるのだ。彼女を手放すくらいなら，むしろ私は王冠を手放そう。

Ⅳ　もしこれを信じない者がいるなら，その罪は重い。かりに王冠を頭上に戴くことがないにしても，私は多くの日々を幸せに送ることができる。しかしそれは，彼女なしではとうていなしえないことだ。あの人を失ったら，あとに何が残るだろうか。あの人を失ったら，私は鬱々として，もはや世の人々を楽しませることはできないだろう。私の最高の希望は追放され破門されたも同然だろう。

---

3 kaeme (konj.Ⅱ) → komen
4 des: daz (v. 2) 以下の副文の内容を指す
5 verlur (konj.Ⅱ) → verliesen / het (konj.Ⅱ) → hân
6 tohte (konj.Ⅱ) → tugen / wîben (pl. dat.), manne (pl. dat.; danne, banne と韻を合わせている): tohte の与格補足語
7 waer (konj.Ⅱ) → sîn

Friedrich von Hausen

[10]

I　Sî darf mich des zîhen niet,
　　ich enhête sî von herzen liep.
　　des möhte sî die wârheit an mir sehen,
　　und wil si es jehen.
　⁵ich kom sîn dicke in sô grôze nôt,
　　daz ich den liuten guoten morgen bôt
　　gegen der naht.
　　ich was sô verre an sî verdâht,
　　daz ich mich underwîlent niht versan,
　¹⁰und swer mich gruozte, daz ich sîn niht vernan.

　　フリードリヒ・フォン・ハウゼン：シュタウフェン朝の皇帝に仕えたミニステリ
アーレで，1171年〜1190年の文書にその名が記録されている。領地を特定すること
はむずかしいが，父親の所領はライン・プファルツ地方，ライン・ヘッセン地方に
複数あった。1189年に皇帝フリードリヒ一世の十字軍に参加し，1190年に没。

I　1 des : v.2の内容を先取りし，zîhen の属格補足語 / niet → niht
　　2 enhête → en hête (konj.II) (→ hân)
　　3 des : v.2の内容を受け，die wârheit にかかる / möhte (konj.II) → mügen

フリードリヒ・フォン・ハウゼン

[10]

I　あの方への愛が心からではないなどと私を責めないでいただきたい。もしあの方が真実を認めるお気持ちならば，真実は私を見ればおわかりになるはずなのだ。私はこのためにしばしばひどい苦しみに陥り，晩の挨拶のつもりで人々に，お早うございます，と言ってしまったほどだった。あの方に心を奪われて，ぼんやりしていることもあった。誰に挨拶されても，それに気づかないほどだったのだ。

　4　条件の副文 / es (gen.)：jehen の属格補足語で，v. 3 の内容を受ける
　5　kom (prät.) → komen / sîn (gen.) (→ ez) „deswegen"
　6　bôt (prät.) → bieten
　8　sô ..., daz (v. 9) u. daz (v. 10) „so ..., daß ..." / verre „sehr" / verdâht (part. perf.) → verdenken
　9　versan (prät.) → versinnen
　10　swer „wer auch" / sîn (gen.) と niht (acc.) で，vernan (prät.) (→ vernemen) の対格補足語

II   Mîn herze unsanfte sînen strît
     lât, den ez nu mange zît
     hât wider daz alre beste wîp,
     der ie mîn lîp
    5 muoz dienen, swar ich iemer var.
     ich bin ir holt ; swenne ich vor gote getar,
     sô gedenke ich ir.
     daz geruoch ouch er vergeben mir :
     ob ich des sünde süle hân,
   10 wie geschuof er sî sô rehte wol getân ?

III   Mit grôzen sorgen hât mîn lîp
     gerungen alle sîne zît.
     ich hête liep, daz mir vil nâhe gie,
     daz verlie mich nie.
    5 von wîsheit kêrte ich mînen muot ;
     daz was diu minne, diu noch manigem tuot
     die selben klage.
     nu wil ich mich an got gehaben,
     der kan den liuten helfen ûz der nôt.
   10 nieman weiz, wie nâhe im ist der tôt.

II 1 unsanfte „schwerlich" / sîn (gen.) : mîn herze を受ける
    2 den : sînen strît (v. 1) を指す / ez : mîn herze (v. 1) を受ける / mange → manege
    3 alre → aller (pl. gen.) „aller" : 最高級 beste を強める
    4 der (f. dat.) : daz alre beste wîp (n.) (v. 3) を指し, dienen (v. 5) の与格補足語, mhd. では文法的性よりも自然の性が優先することが多い / mîn lîp „ich"
    5 swar „wohin auch immer" / var → varn
    6 ir (f. dat.) / swenne „wenn auch" / getar (präs.) (→ tar) → turren
    7 ir (f. gen.) : gedenke の属格補足語
    8 geruoch (konj. I) (→ geruoche) → geruochen : vergeben (inf.) をともなう

II 私の心は恋の戦いをやめる気にはとうていなれない。長い年月あの最良の婦人を求めて戦ってきたのだ。どこへ行こうとも私は当然この婦人にお仕えする。私は彼女を愛している。神の前に進み出るときも，彼女のことを思っているだろう。このことは神もどうかお許しくださるように。もしそれが罪だというのなら，どうして神は彼女をこんなにも美しくお造りになったのか。

III 限りない苦悩とともに，すべての年月，私は心を砕いて努力してきた。私のいとおしむものが，深く心に掛かり，私の心を去らなかった。私は賢明でなかったのだ。それは愛のゆえだった。愛のゆえに多くの人々はいまもなお同じことを嘆いている。いまや私は神におすがりしようと思う。神なら人々を苦悩からお救いくださることができる。誰も死がどんなに目前に迫っているかを知らないのだ。

---

    9 ob „wenn" / des „deswegen" / süle (konj. I) → suln
   10 wie „warum" / geschuof(prät.) (→ schuof) → schaffen
III 2 gerungen (part. perf.)→ geringen „sich bemühen" / sîne : mîn lîp (v. 1) を受ける所有代名詞
   3 hête (prät.) → hân / daz „das, was" : nâhe gie の主格補足語で, hête liep の対格補足語を兼ねる / gie (prät.) → gân
   4 verlie (prät.) → verlâzen
   6 diu minne, diu : 後者の diu (f. nom.) は diu minne を指す / noch „jetzt noch"
   7 die selben klage (f. acc.)
   8 mich an got gehaben „mich an Gott halten"
  10 im „ihm" : nieman を受ける

IV Mîner vrowen was ich undertân,
    diu âne lôn mînen dienst nan.
    von der sprich ich niht wan allez guot,
    wan daz ir muot
  5 wider mich ze unmilte ist gewesen.
    vor aller nôt dô wânde ich sîn genesen,
    dô sich verlie
    mîn herze ûf genâde an sie,
    der ich dâ leider vunden niene hân.
 10 nu wil ich dienen dem, der lônen kan.

V   Ich kom von minne in kumber grôz,
    des ich doch selten ie genôz.
    swaz schaden ich dâ von gewunnen hân,
    sô veriesche nie man,
  5 daz ich ir iht spraeche wan guot,
    noch mîn munt von vrowen niemer getuot.
    doch klage ich daz,
    daz ich sô lange gotes vergaz.
    den wil ich iemer vor in allen haben
 10 und in dâ nâch ein holdez herze tragen.

IV 1 mîner vrowen (f. dat.)：詩人が愛の奉仕をしている高貴な女性
   2 diu (f. nom.)：mîner vrowen (v. 1) を指す / nan (prät.) (→ nam) → nemen
   3 der (f. dat.)：mîner vrowen (v. 1) を指す / sprich (präs. 1. pers. sg.) → sprechen / niht wan „ausschließlich nur, nichts außer"
   4 wan daz „ausgenommen daß"
   6 vor aller nôt：genesen にかかる / dô „damals" / wânde (prät.) → waenen：sîn (inf.) „sein"をともなう / genesen (part. perf.) → genesen
   7 dô „als" / verlie (prät.) → verlâzen
   8 mîn herze (nom.).
   9 der (f. gen.)：genâde (v. 8)を指し、否定詞 niene にかかる / vunden (part. perf.) → vinden

Ⅳ 私がお仕えしてきたお方は，私の奉仕を受け取りながら，何も報いてはくださらなかった。あの方について私は，あらゆる美点のほかに何も語ることはないけれど，ただ私に対してあまりにもつれなかったと思う。すべての苦しみから癒されるものとばかり思って，私の心は好意を求めてすがったのだが，残念ながら好意は何も見いだせなかった。いまや私は，報酬をお与えくださる方，神に仕える決意だ。

Ⅴ 私は愛のために大きな苦悩に陥ったが，それによって得るものは何もなかった。そのことでどんな痛みを被っても，あの方についての褒め言葉以外を私が口にするのを聞く人はいないだろうし，また私はおよそご婦人方の悪口を言うようなことはしない。だが私が嘆くのは，こんなにも長く神を忘れていたことである。神こそは常にすべてのご婦人方にまさるものであり，ご婦人方に好意を寄せるのは二の次にしたい。

Ⅴ 1 kom (prät.) (→ kam) → komen
　 2 des (n. gen.) : v. 1 の内容を指し，genôz (prät.) (→ geniezen) の属格補足語
　 3 swaz „was auch" / schaden (m. gen.) → schade : swaz にかかる / gewunnen (part. perf.) → gewinnen
　 4 veriesche (konj. Ⅱ) → vereischen / nie ..., noch (v. 6) „weder ... noch"
　 5 spraeche (konj. Ⅱ) → sprechen / wan „außer"
　 6 getuot → tuon : ここでは sprechen を受ける代動詞的用法
　 8 gotes (gen.) : vergaz (prät.) (→ vergezzen) の属格補足語
　 9 den (m. acc.) : gotes (v. 8) をさす / in allen „ihnen allen Frauen"
　10 in „ihnen"

Friedrich von Hausen

[11]

I Ich lobe got der sîner güete,
   daz er mir ie verlêch die sinne,
   daz ich sie nam in mîn gemüete;
   wan si ist wol wert, daz man si minne.
   5 Noch bezzer ist, daz man ir hüete,
   danne iegelîcher sînen willen
   spraeche, daz sî ungerne hôrte,
   und mir die vröide gar zerstôrte.

II Doch bezzer ist, daz ich si mîde,
   danne si âne huote waere,
   und ir deheiner mir ze nîde
   spraeche, des ich vil gern enbaere.
   5 Ich hân si erkorn ûz allen wîben.
   lâze ich niht durch die merkaere,
   vrömede ich si mit den ougen,
   si minnet iedoch mîn herze tougen.

I 1 der sîner güete (gen.): 理由を表わす属格の用法、der と sîner はともに güete の格を示す, vgl. [1] II 4 の注
  2 verlêch (prät.) → verlîhen / sinne (pl.) → sin (m.)
  3 nam (prät.) → nemen
  4 wan „denn" / minne (konj. I)
  5-6 bezzer ..., danne „besser ..., als"
  5 ir (f. gen.): hüete (konj. I) (→ hüeten) の属格補足語
  6 iegelîcher „jeder"
  6-8 „als daß jeder, wie es ihm beliebt, sagt, was sie ... und was mir ..." (MF)
  7 spraeche (konj. II) → sprechen / daz „was": hôrte の対格補足語であると同

フリードリヒ・フォン・ハウゼン

[11]

I 私は神を褒めたたえる，あの方を心に抱くようにと分別をかつて私にお与えくださった，そのありがたさのゆえに。彼女は愛される値打ちのある人なのだから。彼女が堅く守られているほうがましなのだ，誰もが自分の望みを彼女に打ち明け，彼女の聞きたくないようなことを語りかけることができて，私の喜びをだいなしにしてしまうよりは。

II 私が彼女に近づかないでいるほうが何といってもまだましなのだ。彼女が守られていないで，誰かに話しかけられ，私がいやな思いをする，こんなことは何としてもあってほしくない。私はすべての女性の中からあの人を一人選び出したのだ。監視の目を恐れて用心を怠らず，彼女を見ないようにしていても，私の心はひそかに彼女を愛している。

　　　時に，zerstôrte (v. 8) の主格補足語で，両方が sînen willen の内容を表わす
II 2 waere (konj. II) → sîn
　 3 ir (f. dat.) / deheiner (m. nom.)
　 4 des (gen.) → daz „was": enbaere (konj. II) (→ enbern) の属格補足語で，spraeche (konj. II) (→ sprechen) の対格補足語を兼ねる
　 5 erkorn (part. perf.) → erkiesen
　 6-7 „wenn ich auch nichts (an Vorsicht) wegen der *merkaere* unterlasse, wenn ich sie (zum Beispiel)…" (MF)
　 7 vrömede → vremden „meiden"
　 8 si (f. acc.) / mîn herze (nom.)

III Ein lîp was ie unbetwungen
und doch gemuot von allen wîben.
alrêst hân ich rehte bevunden,
waz man nâch liebem wîbe lîde.
⁵ Des muoz ich ze manigen stunden
der besten vrowen eine mîden.
des ist mîn herze dicke swaere,
als ez mit vröiden gerne waere.

IV Swie dicke ich lobe die huote,
dêswâr ez wart doch nie mîn wille,
daz ich iemer in dem muote
werde holt, die sô gar die sinne
⁵ Gewendet hânt, daz sî der guoten
enpfrömden wellent staete minne.
dêswâr, tuon ich in niht mêre,
ich vereische doch gerne alle ir unêre.

III 1 ein lîp：特定の一人の女性を愛していなかった頃の自分を一般化して表現している
  2 und doch „obgleich" / gemuot (part. perf.) → müejen „Kummer machen" /
  1-2 „Ich war immer frei und dennoch angetan von allen Frauen" (Schweikle)
  3 bevunden (part. perf.) → befinden „erfahren"
  4 lîde (konj. I) → lîden
  5 des：des (v. 7)にかかる
  6 der besten vrowen (pl. gen.) / eine (f. acc.)
  7 des „deshalb"：先行の v. 5-6 の内容を受ける

Ⅲ　かつてある男は，あらゆる女性に心ひかれていたけれど，まだ恋の虜ではなかった。いまにして初めて思い知った，ただ一人のいとしい女を求めて男がいかに苦しむものであるかを。最高の貴婦人の一人であるそのお方から絶えず遠ざかっていなければならないので，私の心はうちひしがれている。本当は喜びに溢れていたいのに。

Ⅳ　あの方が堅く守られているのはいいことだと是認することもしばしばある。でも，あの良きお方から誠実な愛を遠ざけることばかりに心を砕いている人々に，好意をもつ気になったことは一度もなかった。だからとて彼らに何か危害を加えようとは思わないが，彼らが不名誉な目に遭えばいい気味だと思う。

```
    8 als „wenn auch" / ez: mîn herze (v. 7)を受ける / waere (konj.Ⅱ) → sîn
Ⅳ  1 認容の副文
    2 ez: daz (v. 3) 以下の副文を先取りする / wart (prät.) → werden
    4 die „denjenigen, die": gewendet hânt (v. 5) の主格補足語で，ich werde
      holt の与格補足語 (pl. dat.) を兼ねる
    5 sî (pl. nom.)
  5-6 der guoten (f. dat.) staete minne (f. acc.) enpfrömden
    6 enpfrömden → enphremden, entvremden / wellent (präs. 3. pers. pl.)
    7 in „ihnen"
    8 vereische → vereischen „erfahren"
```

Friedrich von Hausen

[12]

I   Ich denke underwîlen,
    ob ich ir nâher waere,
    waz ich ir wolte sagen.
    daz kürzet mir die mîlen,
5 swenne ich mîne swaere
    sô mit gedanken klage.
    Mich sehent manige tage
    die liute in der gebaerde,
    als ich niht sorgen habe,
10 wan ich si alsô vertrage.

I 1 underwîlen → underwîlent
   2 ob „wenn" / waere (konj.II) → sîn
   4 daz : v. 5-6 の内容を先取りする
   5 swenne „wenn immer"

フリードリヒ・フォン・ハウゼン

[12]

I 私はときどき考える，もし彼女のもっと近くにいるのだったら，何を彼女に言いたいかと。苦しみをこうして心の中で訴えていると，何マイルもの距離も短く感じられる。私はいつも人々の目の前では何の憂いもないかのようにふるまっているが，それはこのようにして憂いに耐えているからなのだ。

---

6 mit gedanken „im Gedanken"
9 als „als ob" / habe (konj. I)
10 wan „denn" / alsô „auf diese Weise" : v. 5-6 の内容を指す

II Hete ich sô hôher minne
　　mich nie underwunden,
　　mîn möhte werden rât.
　　ich tet ez âne sinne;
　5 des lîde ich ze allen stunden
　　nôt, diu mir nâhe gât.
　　Mîn staete mir nu hât
　　daz herze alsô gebunden,
　　daz sî ez niht scheiden lât
　10 von ir, als ez nu stât.

III Ez ist ein grôze wunder:
　　die ich alre sêrste minne,
　　diu was mir ie gevê.
　　nu müeze solhen kumber
　5 niemer man bevinden,
　　der alsô nâhe gê.
　　Erkennen wânde ich in ê,
　　nu hân ich in baz bevunden:
　　mir was dâ heime wê
　10 und hie wol drîstunt mê.

II 1 hete (konj. II) → hân / hôher minne (gen.):「高きミンネ」(えがたい高貴な婦人への求愛)

2 underwunden (part. perf.) → underwinden (refl.)：属格補足語 (hôher minne) (v. 1) をとる

3 mîn (gen.) (→ ich)：werden rât の属格補足語 /「mir könnte Hilfe zuteil werden" (MF)

4 tet (prät) → tuon

5 des „deswegen" / ze allen stunden „immer"

8 gebunden (part. perf.) → binden

9 sî (f. nom.)：mîn staete (v. 7) を受ける / ez (acc.)：daz herze (v. 8) を受ける

II　これほどに高き愛を志したのでなかったならば，私にはまだ手だてがあったであろうに。無分別にも志してしまったのだ。そのために絶えず辛い苦しみに耐えている。私の心はあまりにも誠実なので，この愛から離れようとはしない。そうなのだ。

III　とても不思議なことだ。私が世にも切なく愛しているあの女性は，いつも私に冷淡だった。これほどの辛い苦しみに出会う人がいてよいものか。かつて私はこの苦しみを知っていると思っていたが，いまにしてこの苦しみがもっとよくわかる。故郷にいたときも辛かったが，いまここにいると三倍も辛い。

 10 ir (f. dat.)：hôher minne (v. 1)を受ける / ez (nom.)：daz herze (v. 8)を受ける

III 2 alre → aller (pl. gen.)：最高級 sêrste (→ sêr „Schmerzen bringend") を強める
  3 gevê → gevêch „feindlich gesinnt"
  4 müeze (konj. I)
  5 bevinden „erfahren"
  6 gê (konj. I) → gân, gên
  7 wânde (prät.) → waenen：erkennen (inf.) をともなう / in „ihn"：kumber (v. 4) を受ける
  8 in „ihn"＝in (v. 7) / baz „mehr"

IV Swie klein ez mich vervâhe,
     sô vröwe ich mich doch sêre,
     daz mir nieman kan
     erwern, ich gedenke ir nâhe,
5   swar ich landes kêre.
     den trôst sol sî mir lân.
     Wil sîz vür guot enpfân,
     des vröwe ich mich iemer mêre,
     wan ich vür alle man
10 ir ie was undertân.

IV 1 „Wie wenig es mir auch nützt " (MF) / vervâhe (konj. I) → vervâhen
    „nützen" : 人の対格補足語 (mich) をとる
  4 ir (f. gen.) : gedenke の属格補足語
  5 swar „wohin auch immer" / landes (gen.) → lant : 陸路で

Ⅳ 何の役にも立たないことだが，でも，こう考えると心が晴れる。どこへ馬を進めようと，彼女を思い続けることだけは誰にも妨げられはしない，と。この希望だけは，彼女も私から取り上げはしないだろう。もしも彼女がこれをよしとして受け入れてくれるのなら，もっと心が晴れるだろう。世の男たちの誰も及ばぬほどに，私はいつも彼女に仕えてきたのだから。

---

7 条件の副文 / sîz → sî ez
9 wan „denn"
10 ir (f. dat.) : undertân (part. adj.) の与格補足語

Heinrich von Veldeke

[13]

I Tristran muose sunder sînen danc
staete sîn der küneginne,
wan in daz poisûn dar zuo twanc
mêre danne diu kraft der minne.
⁵ Des sol mir diu guote sagen danc,
wizzen, daz ich sölhen tranc
nie genam und ich sî doch minne
baz danne er, und mac daz sîn.
wol getâne,
¹⁰ valsches âne,
lâ mich wesen dîn
unde wis dû mîn.

ハインリヒ・フォン・フェルデケ：リムブルク（オランダ）のフェルデケ出身．大聖堂または修道院で教養をつけ，フランス語にもたけていた．叙事詩「エネイート」，聖人伝「セルヴァーティウス」の作者として有名．ミンネザングは1183年頃までの作．

I 1 muose (prät.) → müezen
   2 der küneginne (dat.)：「トリスタン物語」のマルケ王の妃イゾルデ

ハインリヒ・フォン・フェルデケ

[13]

I　トリスタンは自分で望んだわけでもないのに，王妃を愛しつづけなければならなかった。愛の力よりももっと強く媚薬がそうするように強いたからだ。あの良きお方は私にありがとうと言ってくださるだろう。そんな薬は飲まなかったのに，私はトリスタンよりももっと激しくあの方を愛しているからだ。このことをどうかご承知いただきたい。美しいお方よ，偽りないお方よ，私をあなたのものにしてください。そしてあなたは私のものであってください。

---

3 wan „denn" / in „ihn" / twanc (prät.) → twingen
5 des : daz (v. 6) 以下の副文の内容を先取りする
6 wizzen (inf.)
7 genam (prät.) → nemen / sî : diu guote (v. 5) を受ける
8 und mac daz sîn „wenn das möglich ist"
11 lâ (imper.) → lân, lâzen
12 wis (imper.) → sîn, wesen

II　Sît diu sunne ir liehten schîn
　　gegen der kelte hât geneiget
　　und diu kleinen vogellîn
　　ir sanges sint gesweiget,
　5 Trûric ist daz herze mîn.
　　ich waene, ez wil winter sîn,
　　der uns sîne kraft erzeiget
　　an den bluomen, die man siht
　　in liehter varwe
　10 erblîchen garwe ;
　　dâ von mir beschiht
　　leit und anders niht.

II　4 gesweiget (part. perf.) → sweigen „zum Schweigen bringen" : 属格補足語
　　　(ir sanges) をとる
　　7 der : winter (v. 6) を指す

II 冬が来て，太陽の光が寒さに負けて弱くなり，小鳥たちが歌うのをやめてからというもの，私の心は悲しんでいる。それは冬のせいなのだろう。枯れて，明るい色がすっかり消えてしまった草花を見ると，私たちには冬の威力がわかる。そのため私にはもう悲しみのほかには何もないのだ。

10 erblichen (inf.) „erblassen"
11 beschiht → beschehen „geschehen"

Albrecht von Johansdorf

[14]

I Mîn êrste liebe, der ich ie began,
    diu selbe muoz an mir diu leste sîn.
    an vröiden ich des dicke schaden hân.
    iedoch sô râtet mir daz herze mîn:
    5 Sold ich minnen mêre danne eine,
    daz enwaer mir niht guot,
    sône minnet ich deheine.
    seht, wie meneger ez doch tuot!

II Ich wil ir râten bî der sêle mîn,
    durch deheine liebe niht wan durch daz reht.
    waz moht ir an ir tugenden bezzer sîn,
    danne obe si ir umberede lieze sleht.
    5 Taet an mir einvalteclîche,
    als ich ir einvaltic bin!
    an vröiden werde ich niemer rîche,
    ez enwaere ir der beste sin.

アルブレヒト・フォン・ヨハンスドルフ：1165年頃の生まれ。バイエルン出身のミニステリアーレ。パッサウの大司教に仕え，おそらく1189/90年の皇帝フリードリヒ一世の十字軍に参加。

I 3 des „deshalb"
    5 条件の副文 / sold (konj.II) → suln
    6 enwaer → en waer (konj.II) (→ sîn)
    7 sône → sô ne / minnet (konj.II) (→ minnete) → minnen
II 2 niht wan „nur"

アルブレヒト・フォン・ヨハンスドルフ

[14]

I 始めてしまった最初の恋，この恋は当然私の最後の恋でなければならない。私の喜びは，そのためにしばしば損なわれるけれど，それでも心からこう思わずにはいられない。ただ一人の女性を愛するのでなければ，私のためにはならないだろうと。二人以上の女性を愛することは，一人の女性をも愛していないのと同然なのだ。それなのにいかに多くの男たちがそのようにしていることか。

II 私は彼女に誠実に助言したい，愛のためではなく，何といっても正しいことだからだ。彼女の美徳がさらに増すのに最もふさわしいことは何かといえば，それは彼女がいつもの言い逃れをやめて，私が彼女に率直であるのと等しく，彼女も私に対して率直になってくれることなのだ。これこそが最上の分別と彼女が思ってくれるのでなければ，私が喜びに満ち溢れることは決してないだろう。

---

3 moht (konj.II) → mügen
3-4 bezzer …, danne „besser …, als"
4 umberede „Worte, die um die Sache herumgehen" (MF) / lieze (konj.II) → lâzen / sleht „schlicht, aufrichtig" (MF)
5 taet (konj.II) → tuon : 主語 sî は省略されている
6 einvaltic „aufrichtig"
7-8 „Niemals möge ich reich an Freuden werden, es sei denn, es wäre auch für sie die beste Lösung" (MF)
8 ez : v. 5 の内容を受ける / enwaere → en waere (konj.II) (→ sîn)

III　Ich wânde, daz mîn kûme waere erbiten;
　　dar ûf hât ich gedingen menege zît.
　　nu hât mich gar ir vriundes gruoz vermiten.
　　mîn bester trôst der waene dâ nider gelît.
　5 Ich muoz alse wîlen vlêhen
　　und noch harte, hulf ez iht.
　　herre, wan ist daz mîn lêhen,
　　daz mir niemer leit geschiht?

IV　Ich hân dur got daz criuze an mich genomen
　　und var dâ hin durch mîne missetât.
　　nu helfe er mir, obe ich her wider kome,
　　ein wîp diu grôzen kumber von mir hât,
　5 Daz ich si vinde an ir êren.
　　sô wert er mich der bete gar.
　　süle aber sî ir leben verkêren,
　　sô gebe got, daz ich vervar.

III 1 daz mîn kûme waere erbiten „daß ich ungeduldig erwartet würde" (Schweikle)
　　3 ir vriundes gruoz „ihr Freundesgruß"
　　4 der (m. nom.) : mîn bester trôst と同格 / waene → ich waene „ich vermute" / gelît (→ lît) → ligen
　　5 alse wîlen „wie vormals"
　　6 hulf (konj. II) → helfen
　　7 wan „warum nicht" / daz : daz (v. 8) 以下の副文の内容を指す / lêhen : 神から与えられた運命を封建君主が与える lêhen にたとえている

III 私を待ち兼ねていてくださるとばかり思っていた。そのことに長い間のぞみをかけてきたのだ。ところがやさしく語りかけてはいただけなかった。私の最上の希望は地に落ちた。私はまた以前のように懇願しなければならない，しかももっと熱烈に。もし懇願することがいくらかでも甲斐あることならば。主よ，なぜ私の運命は，辛い目に遭わないでもすむように定められてはいないのですか。

IV 私は神のために十字架を取り，おのれの罪を贖うために，かの地へ向けて旅立つ。私が再びここに帰ってくるとき，私ゆえに大きな悩みを抱く一人の女性がその名誉をりっぱに守り通していてくれるよう，どうか神が私をお助けくださいますように。そうなれば私の祈りは，完全に聞き届けられたことになるのです。しかし，もしも彼女がその人生を誤った方向に向けてしまうのでしたら，そのときはかの地で神が私のいのちをお召しくださいますように。

IV 2 var → varn
　3 helfe (konj. I)
　4 diu (f. nom.)：ein wîp (n.)にかかる；mhd. では文法的性より自然の性が優先することが多い
　6 wert → wern „gewähren": 対格補足語 (mich) と属格補足語 (der bete) をとる / bete „Bitte, Gebet"
　7 条件の副文 / süle (konj. I) → suln
　8 gebe (konj. I) / vervar → vervarn „nicht zurückkehren, sterben" (MF)

Albrecht von Johansdorf

[15]

I »Wie sich minne hebt, daz weiz ich wol;
   wie si ende nimt, des weiz ich niht.
   ist daz ichs inne werden sol,
   wie dem herzen herzeliep beschiht,
 5 Sô bewar mich vor dem scheiden got,
   daz waen bitter ist.
   disen kumber vürhte ich âne spot.

II Swâ zwei herzeliep gevriundent sich,
   und ir beider minne ein triuwe wirt,
   die sol niemen scheiden, dunket mich,
   al die wîle unz sî der tôt verbirt.
 5 Waer diu rede mîn, ich taete alsô:
   verliure ich mînen vriunt,
   seht, sô wurde ich niemer mêre vrô.

I～Ⅲは「女の歌」，Ⅳは「男の歌」であるが，直接の対話ではない．

I 1 hebt → heben (refl.) „anfangen"
  3 条件の副文 / ichs → ich es (gen.); es は wie (v. 4) 以下の副文の内容を指す / inne werden „bemerken"
  4 beschiht (präs.) → beschehen „geschehen"
  5 bewar (konj. I) → bewarn
  6 waen → ich waene „ich vermute"
  7 âne spot → „im Ernst"

アルブレヒト・フォン・ヨハンスドルフ

[15]

I 「恋がどう始まるか私はよく知っています。恋がどう終わるものかは知りません。心からの愛が芽生えたと私が気づくときは，どうか神様が私を別れからお守りくださいますように。別れは辛いものだと思います。その苦しみを私は心底恐れているのです。

II 心から愛し合う二人が睦まじくして，二人の愛が一つの誠実の絆となるときには，この二人を誰も引き離してはなりません，死が二人を割かぬかぎりは。もしもこれが私自身のことだったら，こうなってしまうでしょう。もしも私が恋人を失ってしまうようなことがあったら，ああ，私は決して二度と幸せな気持ちにはなれないでしょう。

II 2 ir beider minne: ir (pl. gen.) → sî; beider (pl. gen.) / wirt(präs.) → werden
　3 die (pl. acc.): zwei herzeliep (v. 1) を指す
　4 „solange sie der Tod verschont"(MF) / verbirt (präs.) → verbern
　5 waer (konj. II) → sîn / taete (konj. II) → tuon / alsô: v. 6-7 の内容を先取りする
　6 条件の副文 / verliure (konj. II) → verliesen
　7 wurde (konj. II) → werden

III　Dâ gehoeret manic stunde zuo,
　　　ê daz sich gesamne ir zweier muot.
　　　dâ daz ende unsanfte tuo,
　　　ich waene wol, daz sî niht guot.
　　₅ Lange sî ez mir unbekant.
　　　und werde ich iemen liep,
　　　der sî sîner triuwe an mir gemant.«

IV　Der ich diene und iemer dienen wil,
　　　diu sol mîne rede vil wol verstân.
　　　spraeche ich mêre, des wurde alze vil.
　　　ich wil ez allez an ir güete lân.
　　₅ Ir gnâden der bedarf ich wol.
　　　und wil si, ich bin vrô;
　　　und wil sî, sô ist mîn herze leides vol.

III　1　dâ ... zuo : daz (v. 2) 以下の副文の内容を先取りする
　　2　gesamne (konj. I) → gesamnen / zweier (pl. gen.)
　　3　tuo (konj. I) → tuon
　　4　sî (konj. I) → sîn
　　5　sî (konj. I) → sîn
　　6　条件の副文 / iemen (dat.) ..., der (nom.) (v. 7)
　　7　sî (konj. I) → sîn / sîner triuwe (gen.) : gemant (→ manen) の属格補足語

— 48 —

Ⅲ 愛し合う二人の心が一つになるまでには，多くの時間がかかります。その結末が辛いことになるなんて，ひどいことだと思います。どうかいつまでもそれを知らずにすみますように。そして，もし私が誰かに愛されることがあるのでしたら，その人には，どうか私に対して誠実であってくださいとお願いしたいのです。」

Ⅳ あの方に私は愛の奉仕をし，この先も愛の奉仕をつづけるつもりだ。あの方は私の言葉を十分に理解してくださるだろう。もしも私がこれ以上のことを口にするなら，それは言い過ぎになるだろう。すべてをあの方のご慈悲にお任せしたい。私に必要なのは，あの方の恩寵なのだ。幸せな気持ちになるのも，心が苦しみで一杯になるのも，一切はあの方のお心のままである。

Ⅳ 1-2 der (f. dat.) …, diu (f. nom.) (v. 2)
　3 spraeche ich mêre：条件の副文 / spraeche (konj.Ⅱ) → sprechen / wurde (konj.Ⅱ) → werden
　5 der (f. gen.)：ir gnâden と同格で，bedarf (→ bedurfen) の属格補足語
　6 und wil si „wenn sie will"
　7 leides (n. gen.) → leit：vol にかかる

Heinrich von Morungen

[16]

I Het ich tugende niht sô vil von ir vernomen
    und ir schoene niht sô vil gesehen,
    wie waere sî mir danne alsô ze herzen komen?
    ich muoz iemer dem gelîche spehen,
  5 Als der mâne tuot, der sînen schîn
    von des sunnen schîn enpfât,
    als kumt mir dicke
    ir wol liehten ougen blicke
    in daz herze mîn, dâ si vor mir gât.

II Gênt ir wol liehten ougen in daz herze mîn,
    sô kumt mir diu nôt, daz ich muoz klagen.
    solde aber ieman an im selben schuldic sîn,
    sô het ich mich selben selbe erslagen,
  5 Dô ichs in mîn herze nam
    und ich sî vil gerne sach
    — noch gerner danne ich solde —,
    und ich des niht mîden wolde,
    in hôhte ir lop, swâ manz vor mir sprach.

ハインリヒ・フォン・モールンゲン：テューリンゲン地方出身。芸術の庇護者として知られるマイセン辺境伯ディートリヒに仕えた。豊かな晩年を送ったらしく，財産をライプチヒのトーマス修道院に遺贈し，1222年に没．

I 1-2 条件の副文
    3 waere (konj. II) → sîn / komen (part. perf.) „gekommen"
    4 dem gelîche „ebenso"
    5 als „wie" / tuot : spehen (v. 4) を受ける代動詞の用法
    6 des sunnen (m. gen.) : schîn にかかる

ハインリヒ・フォン・モールンゲン

[16]

I　あの人のすばらしい女らしさについてこうも多くのことを聞かず，その美しさをこうもしばしば見ることがなかったなら，どうしてあの人のことがこれほどに私の心に掛かるようになったであろうか。あの人を見守るときの私はいつも月と同じなのだ。月はその光を太陽の光から受け取っている，ちょうど同じように，彼女が私の前に姿を現すと，彼女の明るい目の輝きが私の心にさし込んでくる。

II　彼女の輝く瞳が私の心に入ってくると，私は苦しみのあまり嘆かずにはいられなくなる。自分に暴行を加えるなどということがもしあるとすれば，私はあのとき自分を叩き殺してしまったことだろう。彼女を心に受け入れて，彼女を見ることを心から喜んだとき，度を越えてあまりにも喜んだときに。彼女への賞賛が私の前で語られると，それに負けじと私のほうが彼女をもっと賞賛するのをやめようとしなかったときに。

　　7　als → alsô „so" / kumt (präs.) → komen
　　9　dâ „wo"
II 1　条件の副文
　　3　条件の副文 / solde (konj. II) → suln / im selben „sich selbst" / schuldic sîn an „sich vergehen an"
　　4　het (konj. II) → hân / selben: mich と同格 / selbe:「自分で」
　　5　ichs → ich sî
　8-9　„nicht ablassen wollte, ihr Lob zu überbieten" (MF)
　　9　in → ich ne / manz → man ez; ez は ihr lop を受ける

— 51 —

III Mîme kinde wil ich erben dise nôt
　　und diu klagenden leit, diu ich hân von ir.
　　waenet si danne ledic sîn, ob ich bin tôt,
　　ich lâze einen trôst noch hinder mir,
　⁵ Daz noch schoene werde mîn sun,
　　daz er wunder an ir begê,
　　alsô daz er mich reche
　　und ir herze gar zerbreche,
　　sô sîn sô rehte schoenen sê.

III 3 waenet (präs.) → waenen : sîn (inf.) をともなう
　　4 noch „dennoch"
　　5 werde (konj. I) → werden
　　6 begê (konj. I) → begên „bewirken"

Ⅲ　わが子に継がせよう，この苦しみを，あの人ゆえのこの嘆きと悩みを。私が死ねばあの人は自由の身になったと思うだろう。でも私は死後に一つの期待を残す。いつか息子が美しく成長し，彼女に対して奇跡をおこなうだろうと。息子は私の仇を討ち，彼女の心はずたずたになるだろう，これほどに美しい彼を見るならば。

7 reche (konj. Ⅰ)
8 zerbreche (konj. Ⅰ)
9 sîn → sî in / sô sîn „wenn sie ihn" / schoenen (m. acc.)：sîn (→ sî in) の in と同格 / sê (konj. Ⅰ) → sehen, sên

Heinrich von Morungen

[17]

I In sô hôher swebender wunne
    sô gestuont mîn herze ane vröiden nie.
    ich var, als ich vliegen kunne,
    mit gedanken iemer umbe sie,
    5 Sît daz mich ir trôst enpfie,
    der mir durch die sêle mîn
    mitten in daz herze gie.

II Swaz ich wunneclîches schouwe,
    daz spile gegen der wunne, die ich hân.
    luft und erde, walt und ouwe
    suln die zît der vröide mîn enpfân.
    5 Mir ist komen ein hügender wân
    und ein wunneclîcher trôst,
    des mîn muot sol hôhe stân.

I 2 gestuont (prät.) → gestân
    3 var → varn / als „als ob" / kunne (konj. I) → kunnen
    5 enpfie (prät.) → enphâhen
    6 der : ir trôst (v. 5) を指す
II 1 swaz ... wunneclîches (gen.) ..., daz (v. 2)

ハインリヒ・フォン・モールンゲン

[17]

I これほど高くただよう悦楽の中で私の心が喜びにはずんだことはかつてなかった。私の思いは，まるで私が飛翔することができるかのように，いつもあの人の回りを巡っている。あの人が希望をもたせてくれたので，その希望が私の魂を通り抜け，心の中心に届いたからだ。

II 目に入る喜ばしいものはすべて，私の抱く歓喜に照り映えるがよい。大気も地面も，森も草地も，わが喜びの季節を出迎えるがよい。私は嬉しい期待と幸せな確信を得た。そのために私の気持ちは高揚するだろう。

---

2 spile (konj. I) → spiln / spiln gegen „sich widerspiegeln in"
4 der vröide mîn (gen.) : vgl. [1] II 4 の注
5 komen (part. perf.) „gekommen" / hügender (part. präs.) → hügen „sich freuen"
7 des „deshalb"

III　Wol dem wunneclîchen maere,
　　　daz sô suoze durch mîn ôre erklanc,
　　　und der sanfte tuonder swaere,
　　　diu mit vröiden in mîn herze sanc,
　　5 Dâ von mir ein wunne entspranc,
　　　diu vor liebe alsam ein tou
　　　mir ûz von den ougen dranc.

IV　Saelic sî diu süeze stunde,
　　　saelic sî diu zît, der werde tac,
　　　dô daz wort gie von ir munde,
　　　daz dem herzen mîn sô nâhen lac,
　　5 Daz mîn lîp von vröide erschrac,
　　　und enweiz von liebe joch,
　　　waz ich von ir sprechen mac.

III 2 daz : dem wunneclîchen maere (v. 1) を指す / erklanc (prät.) → erklingen
　　3 der sanfte tuonder swaere (f. dat.) : dem wunneclîchen maere (v. 1) と同格で wol にかかる
　　4 diu : der sanfte tuonder swaere (v. 3) を指す / sanc (prät.) → singen
　　5 entspranc (prät.) → entspringen
　　6 diu : ein wunne (v. 5) を指す / alsam „wie"
　　7 ûz dranc (prät.) → ûz dringen

Ⅲ　この喜ばしい知らせに幸いあれ。それはこれほど甘美に私の耳に響いた。この心地よい痛みに幸いあれ。それは喜びとともに私の心に沈潜した。そこから一つの歓喜が生まれ、それは喜びのあまり露となって、私の目から溢れ出た。

Ⅳ　あの言葉があの人の口から出た至福の時を讃えたい。その喜びの季節を、そのすばらしい日を。その言葉はこれほど強く胸に響き、私は喜びで驚愕した。そして嬉しさのあまり、あの人について語るべき言葉を知らない。

Ⅳ 1 sî (konj. Ⅰ) → sîn
　 2 sî (konj. Ⅰ) → sîn
　 3 gie (prät.) → gân
　 4 daz : daz wort (v. 3) を指す / sô …, daz (v. 5) „so …, daß" / lac (prät.) → ligen
　 5 erschrac (prät.) → erschrecken
　 6 enweiz → en weiz (→ wizzen)

Heinrich von Morungen

[18]

I Von den elben wirt entsehen vil manic man,
    sô bin ich von grôzer liebe entsên
    von der besten, die ie dehein man ze vriunt gewan.
    wil aber sî dar umbe mich vên
  5 Und ze unstaten stên,
    mac si danne rechen sich
    und tuo, des ich si bite. sô vreut si sô sêre mich,
    daz mîn lîp vor wunnen muoz zergên.

II Sî gebiutet und ist in dem herzen mîn
    vrowe und hêrer, danne ich selbe sî.
    hei wan muoste ich ir alsô gewaltic sîn,
    daz si mir mit triuwen waere bî
  5 Ganzer tage drî
    unde eteslîche naht!
    sô verlür ich niht den lîp und al die maht.
    jâ ist si leider vor mir alze vrî.

I 1 entsehen (part. perf.) → entsehen „durch den Anblick bezaubern"
    2 entsên (part. perf.) → entsehen
    3 ze vriunt „als Geliebte"
    4-5 条件の副文 / sî: der besten (v. 3) を受ける / dar umbe „darum":「私が彼女の魅力のとりこになっていることのゆえに」/ vên → vêhen „hassen, befehden"
    5 ze unstaten stên „schaden"
    7 des: bite の属格補足語で, tuo の対格補足語を兼ねる / sô …, daz (v. 8) „so

ハインリヒ・フォン・モールンゲン

[18]

I 妖精に見入られて身を滅ぼす男は数多い。同じように私もすばらしい女性の魅力のとりこになり，彼女にまさる恋人はいないと思った。しかし，彼女がだからとて私を憎み，危害を加えようとお望みなら，そのときはどうか私への報復として，私のお願いを聞き届けてくださるがよい。そうなれば私はいたく喜び，恍惚としていのち絶えるに相違ない。

II 彼女は私の心の中に君臨する主人で，私よりも高貴である。ああ，私に彼女を支配する力があって，まる三日と幾夜かを彼女が誠実に私のそばにはべるようにすることができたらいいのに。そうなれば私は，いのちとすべての力を失うこともないだろうに。だが残念なことに彼女はあまりにも自由で私の力の及ばないところにいる。

　　　…, daß"
II 1 gebiutet (präs.) → gebieten
　　2 hêrer (komp.), danne „höher, als" / sî (konj. I) → sîn
　　3 wan „daß doch": 実現不可能な願望の表現 / muoste (konj. II) → müezen / ir (f. gen.) / gewaltic sîn „Macht haben über"
　　4 waere (konj. II) → sîn
　　7 verlür (konj. II) → verliesen

III　Mich enzündet ir vil liehter ougen schîn,
　　same daz viur den durren zunder tuot,
　　und ir vremeden krenket mir daz herze mîn
　　same daz wazzer die vil heize gluot.
　₅Und ir hôher muot
　　und ir schoene und ir werdecheit
　　und daz wunder, daz man von ir tugenden seit,
　　daz wirt mir vil übel — oder lîhte guot?

IV　Swenne ir liehten ougen sô verkêrent sich,
　　daz si mir aldur mîn herze sên,
　　swer dâ enzwischen danne gêt und irret mich,
　　dem muoze al sîn wunne gar zergên!
　₅Ich muoz vor ir stên
　　unde warten der vröiden mîn
　　rehte alsô des tages diu kleinen vogellîn.
　　wenne sol mir iemer liep geschên?

III　2　same „wie" / tuot：enzündet (v. 1) を受ける代動詞的用法
　　3　ir vremeden (inf. n. nom.) / krenket (präs.) → krenken „bekümmern" /
　　　　daz herze mîn (acc.)
　　7　seit (→ saget) → sagen
　　8　daz：v. 5-7 の内容を指す / lîhte „vielleicht"
IV　1　verkêrent (präs.) → verkêren (refl.) „sich wenden"
　　2　si：ir liehten ougen (v. 1) を受ける / aldur → al durch / sên (konj. I) →

Ⅲ 私の心は彼女の目の輝きですぐに燃え上がる。乾いた火口が簡単に点火するように。彼女がいなくなると私の心は落胆する。真っ赤な炭火が水を差されたときのように。彼女の誇り高さ，美しさ，気高さ，そしてすばらしい女らしさについて語られる多くのこと，そのために私は不幸になるのか，あるいは，もしかしたら幸福になるのか。

Ⅳ 彼女の輝く目がこちらを向いて，心にしみいるほどにじっと私を見てくれるなら，そういうときにあいだに割り込んで邪魔をする人がいれば，そんないまいましい奴の喜びは全部消えてしまえばよいと思う。私は彼女の前に立ち，喜びを待ちうけているのだから。ちょうど小鳥が朝の来るのを待つように。いつになったら私は幸せな目にあうのだろう。

sehen
3 „Und wenn jem. dann dazwischen tritt und mich stört" (MF) / swer ..., dem (v. 4)
6 der vröiden mîn (gen.)：warten の属格補足語
7 rehte alsô „ebenso wie" / des tages (gen.)：warten (省略されている)の属格補足語
8 wenne „wann" / geschên → geschehen

Heinrich von Morungen

[19]

I Sach ieman die vrouwen,
    die man mac schouwen
    in dem venster stân?
    diu vil wolgetâne
5 diu tuot mich âne
    sorgen, die ich hân.
    Si liuhtet sam der sunne tuot
    gegen dem liehten morgen.
    ê was si verborgen.
10 dô muost ich sorgen.
    die wil ich nu lân.

I 5 diu : diu vil wolgetâne (v. 4) を指す
    7 tuot : liuhtet を受ける代動詞的用法

ハインリヒ・フォン・モールンゲン

[19]

I　誰かあの貴婦人を見た人はいませんか。そう，そこの窓のところに立っていらっしゃるのが見えるでしょう。あのとても美しい方を見ると，私の憂いは消えるのです。あの方は朝に明るく輝く太陽のように輝いていらっしゃいます。さっきはお姿が見えませんでした。それで私は憂いに沈んでいました。その憂いをいまは捨てようと思います。

---

11 die : sorgen, die ich hân (v. 6) を指す

II Ist aber ieman hinne,
der sîne sinne
her behalten habe?
der gê nach der schônen,
5 diu mit ir krônen
gie von hinnen abe;
Daz si mir ze trôste kome,
ê daz ich verscheide.
diu liebe und diu leide
10 diu wellen mich beide
vürdern hin ze grabe.

III Wan sol schrîben kleine
reht ûf dem steine,
der mîn grap bevât,
wie liep sî mir waere
5 und ich ir unmaere;
swer danne über mich gât,
Daz der lese dise nôt
und ir gewinne künde,
der vil grôzen sünde,
10 die sî an ir vründe
her begangen hât.

II 1 hinne → hie inne
 2 der : ieman (v. 1) にかかる関係代名詞
 3 her „bis jetzt" / habe (konj. I)
 4 der : ieman, der ... (v. 1-3) を指す / gê (konj. I) → gân, gên
 5 diu : der schônen (v. 4) を指す
 6 gie (prät.) → gân
 7 kome (konj. I) → komen
 10 diu : diu liebe u. diu leide (v. 9) を指す
III 1 wan (alem.) → man

II　この中にまだ正気を失わずにいる人がいるでしょうか。いたらその人は，あの美しい方のあとを追ってください。そら，いまここから出ていった，冠をかぶったあのお方を。私の息絶えぬうちにあの方が私を慰めにきてくださるように。喜びと悲しみ，この二つがともどもに私を墓場へと引き立てていくのです。

III　私の墓を覆う石の上にきれいな字で書いてください。どんなに私があの方を愛していたか，そしてどんなにあの方が私に冷淡だったかを。私の上を歩いていく人がこの苦しみについて読んでくれるように。そして，あの方がその恋人に対して犯した大きな罪，その罪についてとくと知ることができるように。

　3　bevât (präs.) → bevâhen, bevân „einfassen"
　4　waere (konj. II) → sîn
　6　swer ..., der (v. 7)
　7　lese (konj. I) → lesen
　8　ir (f. gen.) : der vil grôzen sünde (v. 9) を先取りし，künde „Kenntnis" にかかる / gewinne (konj. I) → gewinnen
10　die : der vil grôzen sünde (v. 9) にかかる関係代名詞 / vründe (m. dat.) (→ vriunde) → vriunt
11　her „bis jetzt"

Heinrich von Morungen

[20]

I Si hât mich verwunt
   rehte aldurch mîn sêle
   in den vil toetlîchen grunt,
   dô ich ir tet kunt,
  ⁵ daz ich tobte unde quêle
   umb ir vil güetlîchen munt.
   Den bat ich zeiner stunt,
   daz er mich ze dienste ir bevêle
   und daz er mir stêle
 ¹⁰ von ir ein senftez küssen, sô waer ich iemer gesunt.

I 1 verwunt (part. perf.) (→ verwundet)
    4 tet (prät.) → tuon / ir (f. dat.) kunt tuon „ihr bekannt machen"
    5 tobte (prät.) → toben „leidenschaftlich verlangen"
    7 den: ir vil güetlîchen munt (v. 6) を指す / zeiner → ze einer

ハインリヒ・フォン・モールンゲン

[20]

I　あの人は私に愛の傷を負わせ，その傷は深く私の魂を貫いて，瀕死の重症となった。あの人の情けある唇を求めて気も狂わんばかりに苦しんでいることをあの人に打ち明けたときのことだった。あの人の唇に私はあるとき頼んだ。どうか私にあの人への愛の奉仕をお命じください，そして，あの人からやさしいくちづけを盗んで私にお与えください，と。そうなれば，この愛の傷はいつまでも癒されているだろうに。

8 er : den (v. 7) を受ける / ir (f. dat.) : ze dienste にかかり，mich と共に bevêle の補足語 / bevêle (konj. I) → bevelhen „anempfehlen"
9 er : den (v. 7) を受ける / stêle (konj. I) → steln
10 waer (konj. II) → sîn

II Wie wirde ich gehaz
   ir vil rôsevarwen munde,
   des ich noch niender vergaz!
   doch sô müet mich daz,
 5 daz si mir zeiner stunde
   sô mit gewalt vor gesaz.
   Des bin ich worden laz,
   alsô daz ich vil schiere wol gesunde
   in der helle grunde
10 verbrunne, ê ich ir iemer diende, in wisse umbe waz.

II 1 wirde (präs.) → werden / gehaz „hassend"
   4 müet → müejen
   5 zeiner → ze einer
   7 des „deshalb" / laz „matt"

Ⅱ どうして私はあの人のばら色の唇を憎むようになるのだろうか，決して忘れたことのないあの唇を。かつてあるときあの人が私の前に座っていて，あれほどに強く私を支配したことに，私はいまも苦しんでいるのだ。それで私は疲れ果てている。だから，このさき目的も分からずにあの人に奉仕を続けるよりは，たとえ地獄の底で焼かれようとも，いますぐに，この恋の傷を癒してもらいたい。

---

 8 wol gesunde：「恋の傷をいやされて」の意
 9 der helle（gen.）：grunde（dat.）にかかる
 10 verbrunne（konj.Ⅱ）→ verbrinnen / diende（konj.Ⅱ）→ dienen / in → ich ne / wisse（konj.Ⅰ）→ wizzen

Heinrich von Morungen

[21]

I Owê, —
    Sol aber mir iemer mê
    geliuhten dur die naht
    noch wîzer danne ein snê
   5 ir lîp vil wol geslaht?
    Der trouc diu ougen mîn.
    ich wânde, ez solde sîn
    des liehten mânen schîn.
    Dô tagte ez.

II »Owê, —
    Sol aber er iemer mê
    den morgen hie betagen?
    als uns diu naht engê,
   5 daz wir niht durfen klagen:
    ›Owê, nu ist ez tac,‹
    als er mit klage pflac,
    dô er jungest bî mir lac.
    Dô tagte ez.«

後朝歌．IとIIIは「男の歌」，IIとIVは「女の歌」．

I 2 „wird mir denn jemals künftig …" (MF)
    3 geliuhten → liuhten „leuchten"
    5 wol geslaht „schön"

ハインリヒ・フォン・モールンゲン

[21]

I ああ，いつかまた私の身にこんなことがおこるだろうか。闇の中から雪よりも白く，あの人の美しいからだが浮かび上がって見える。そのからだに目を欺かれて，明るい月の光がさしているのかと思ってしまった。── ああ，そのとき夜が明けそめた。

II 「ああ，いつかまたあの人がここで朝を迎えることがあるでしょうか。私たちの夜が終わろうとするとき，『ああ，もう朝だ』と嘆かずにすむような朝を。あの人はこう言って嘆いたのでした，このあいだ私の側にいらしたときに。── ああ，そのとき夜が明けそめた。」

---

  6 der : ir lîp vil wol geslaht (v. 5) を指す / trouc (prät.) → triegen
  7 wânde (prät.) → waenen / solde (konj.II) → suln
II 1-4 „Oh weh, wird er denn jemals den Morgen über bleiben? Die Nacht möge uns so vergehen, daß …" (MF)
  4 engê (konj. I) → engân

III   Owê, —
     Si kuste âne zal
     in dem slâfe mich.
     dô vielen hin ze tal
    ⁵ ir trehene nider sich.
     Iedoch getrôste ich sie,
     daz sî ir weinen lie
     und mich al umbevie.
     Dô tagte ez.

IV   »Owê, —
     Daz er sô dicke sich
     bî mir ersehen hât!
     als er endahte mich,
    ⁵ sô wolt er sunder wât
     Mîn arme schouwen blôz.
     ez was ein wunder grôz,
     daz in des nie verdrôz.
     Dô tagte ez.«

III 5 nider sich „hernieder"
    6 getrôste (prät.) → getrœsten
    7 lie (prät.) → lâzen
    8 umbevie (prät.) → umbevâhen
IV 2-3 „daß er sich in meinen Anblick verloren hat" (MF)

Ⅲ　ああ，あの人は幾度も幾度も眠っている私にくちづけをくれていた。そのときあの人の顔からしとど涙がこぼれ落ちていた。けれど私が慰めると，泣くのをやめて，強く抱きしめてくれた。─　ああ，そのとき夜が明けそめた。

Ⅳ　「ああ，あの人はしげしげと幾度も私を見つめました。うわがけを取り，何もまとわない私の腕を眺めようとなさったのです。そのことに飽きる様子もなかったのが何とも不思議なことでした。─　ああ，そのとき夜が明けそめた。」

---

4 endahte (prät.) → endecken „aufdecken"
5 wât „Kleidung"
8 in „ihn" / des (gen.)：v. 5-6 の内容を指し，in と共に verdrôz (prät.) (→ verdriezen) の補足語

Heinrich von Morungen

[22]

Vil süeziu senftiu toeterinne,
war umbe welt ir toeten mir den lîp,
und ich iuch sô herzeclîchen minne,
zwâre vrouwe, vür elliu wîp?
5 Waenent ir, ob ir mich toetet,
daz ich iuch iemer mêr beschouwe?
nein, iuwer minne hât mich des ernoetet,
daz iuwer sêle ist mîner sêle vrouwe.
sol mir hie niht guot geschehen
10 von iuwerm werden lîbe,
sô muoz mîn sêle iu des verjehen,
dazs iuwerre sêle dienet dort als einem reinen wîbe.

---

 2 welt (2. pers. pl.) → wellen / ir: 敬称
 3 und „wo ... doch"
 4 zwâre „fürwahr" / elliu (n. pl.) (→ al)
 5 waenent (→ waenet) → waenen
 6 „daß ich Euch nicht mehr ..." (MF)

ハインリヒ・フォン・モールンゲン

[22]

　愛らしくやさしく殺生な人，なぜあなたは私を殺そうとなさるのか。あなたを心から愛しているのに。本当に，ほかのどの女性にもましてあなたを。私を殺せば私がもはやあなたを見つめなくなるとでもお思いなのか。いや，あなたを愛するがゆえに，私の魂は死後もあなたの魂にお仕えせずにはいられなくなっているのだ。もしこの世ですばらしいあなたのもとで望みが叶えられないのなら，私の魂はあなたに申し上げずにはいられない。あの世で私の魂は，清らかな女性に仕えるように，あなたの魂にお仕えするだろう，と。

　7　des (gen.)：daz (v. 8) 以下の副文の内容を指す / ernoetet (part. perf.) → ernoeten „nötigen zu"
　9-10　条件の副文
　11　des (gen.)：dazs (v. 12) 以下の副文の内容を指す
　12　dazs → daz si；si は mîn sêle (v. 11)を受ける

Hartmann von Aue

[23]

I Maniger grüezet mich alsô
   — der gruoz tuot mich ze mâze vrô — :
   »Hartman, gên wir schouwen
   ritterlîche vrouwen.«
   ⁵mac er mich mit gemache lân
   und île er zuo den vrowen gân!
   bî vrowen triuwe ich niht vervân,
   wan daz ich müede vor in stân.

II Ze vrowen habe ich einen sin:
   als sî mir sint, als bin ich in;
   wand ich mac baz vertrîben
   die zît mit armen wîben.
   ⁵swar ich kum, dâ ist ir vil,
   dâ vinde ich die, diu mich dâ wil;
   diu ist ouch mînes herzen spil.
   waz touc mir ein ze hôhez zil?

ハルトマン・フォン・アウエ：シュヴァーベン地方のミニステリアーレ。1180年
～1205年頃に詩作。騎士物語「エーレク」、「イーヴェイン」、宗教叙事詩「グレゴー
リウス」、「哀れなハインリヒ」の作者としてよく知られている。

I 2 ze mâze „wenig, gar nicht"
   3 schouwen „aufsuchen"
   5 „soll er mich in Ruhe lassen" (MF)
   6 île (konj. I) → îlen „sich beeilen"
   7 triuwe(präs.) → triuwen, trûwen „sich getrauen": vervân (inf.) „zuwege

ハルトマン・フォン・アウエ

[23]

I 「ハルトマン，やんごとないご婦人方をお訪ねしようではないか。」と，こんなふうに話しかけられることがよくあるが，そんなことを言われても，あまり嬉しいとは思わない。私なんかに構わないで，貴婦人たちのところへ急ぐがよい。貴婦人の前ではげんなりと突っ立っていることしか私にはできそうもないのだ。

II 貴婦人に対する私の心はただ一つ。私に対するあの方々の態度で私のほうもあの方々に接するのだ。というのも，身分の低い女たちと一緒のときは，もっと楽しく過ごすことができるからだ。どこへ行こうと身分の低い女なら大勢いる。その中には向こうから私を求めてくれる人もいる。こういう女のほうが実は私にも喜ばしいのだ。あまりにも高嶺の花が私にとって何の役に立とうか。

---

   bringen"をとる / niht : vervân の補足語で wan (v. 8) と共に „nichts anders als"

II 2 als …, als … „wie …, so …" / sî „sie" と in „ihnen" は共に vrowen (v. 1) を受ける

  3 wand „denn"

  5 swar „wohin auch" / kum (präs.) → komen / ir (pl. gen.) : vil にかかり，armen wîben (v. 4) を受ける

  6 die, diu „diejenige, die"

  8 touc (präs.) → tugen

III　In mîner tôrheit mir beschach,
　　daz ich zuo zeiner vrowen gesprach :
　　»vrowe, ich hân mîne sinne
　　gewant an iuwer minne.«
　⁵ dô wart ich twerhes an gesehen.
　　des wil ich, des sî iu bejehen,
　　mir wîp in solher mâze spehen,
　　diu mir des niht enlânt beschehen.

III 1 beschach (prät.) → beschehen „geschehen"
　　2 zeiner → ze einer / gesprach (prät.) (→ sprach) → sprechen
　　4 gewant (part. perf.) → wenden
　　5 wart (prät.) → werden / twerhes „von der Seite, schief"
　　6 des „deshalb" / des (gen.) : bejehen „zugestehen"の属格補足語で，v. 6-8 の

Ⅲ 愚かにもかつて私はある貴婦人にこんなことを言ってしまった。「奥方様，あなた様の愛に与かることを心から願いつづけております」と。そのとき私はちらりと一瞥されただけで，目を合わせてももらえなかった。そういうわけで私は，皆さんにはっきり申し上げますが，二度とそんな目に遭わないでもすむような女性を私の相手に探そうと思うのです。

内容を指す / des sî iu bejehen „das sei euch zugestanden" は挿入句 / sî (konj. Ⅰ) → sîn
7 mâze „Art, Beschaffenheit" / spehen „auswählen"
8 diu (n. pl.) : wîp (v. 7) にかかる関係代名詞 / des (gen.) : v. 5 の内容を指す / enlânt → en lânt (→ lâzen) / beschehen „widerfahren"

Hartmann von Aue

[24]

I Ich var mit iuweren hulden, herren unde mâge.
    liut unde lant die müezen saelic sîn!
    ez ist unnôt, daz ieman mîner verte vrâge,
    ich sage wol vür wâr die reise mîn.
    5 Mich vienc diu minne und lie mich varn ûf mîne sicherheit.
    nu hât si mir enboten bî ir liebe, daz ich var.
    ez ist unwendic, ich muoz endelîchen dar.
    wie kûme ich braeche mîne triuwe und mînen eit!

II Sich rüemet maniger, waz er dur die minne taete.
    wâ sint diu werc? die rede hoere ich wol.
    doch saehe ich gern, daz sî ir eteslîchen baete,
    daz er ir diente, als ich ir dienen sol.
    5 Ez ist geminnet, der sich durch die minne ellenden muoz.
    nu seht, wie sî mich ûz mîner zungen ziuhet über mer.
    und lebte mîn her Salatîn und al sîn her
    dien braehten mich von Vranken niemer einen vuoz.

I 1 var → varn / mit iuweren hulden „mit eurer Erlaubnis" / mâge (pl.) → mâc „Verwandter, Freund"
    2 müezen (konj. I)
    3 verte (sg. gen.) → vart / vrâge (konj. I)
    5 vienc (prät.) → vâhen / lie (prät.) → lâzen / ûf mîne sicherheit „auf die Versicherung meiner Dienstwilligkeit hin" (MF)
    6 enboten (part. perf.) → enbieten
    8 braeche (konj. II) → brechen / „Es ist unmöglich, daß ich ... breche." (MF)
II 1 taete (konj. II) → tuon

ハルトマン・フォン・アウエ

[24]

I 一族の皆さん，皆さんのお許しを得て，これから旅に出ます。故郷の人々と国土がどうかご無事でありますように。旅の子細をお尋ねになるにはおよびません。私のほうからご説明いたします。私は愛の女神にとらえられ，服従の誓いを立てた上で自由の身にしてもらったのです。さてこのたび女神から，不興を被りたくないなら出陣するようにとの命令を受けました。命令は絶対服従，どうしても行かざるを得ないのです。どうして私の誠実な誓いを破ることなどできましょうか。

II 愛のためなら何でもすると吹聴する男は大勢います。実行はどこにあるのでしょう。口でいろいろ言うのはよく聞きますが。でもこんな連中の誰かに，愛の女神がこう命令なさるのを見たいものです，私が女神にお仕えするのと同じ仕方で女神に仕えるようにと。もし誰かが愛のために異郷の地に行かずにはいられないというのなら，これこそ真に愛しているというものです。さあこの通り私は愛に率いられて母国をはなれ海の彼方に赴きます。たとえサラディン殿とその全軍がいたとしても，私がフランケンの国から一歩でも足を踏み出すのは，彼らのせいではなく，ひとえに愛のためなのです。

---

3 saehe (konj.II) → sehen / sî: die minne (v. 1) を受ける / ir (pl. gen.): maniger (v. 1) を受ける / ir eteslîchen „den einen oder anderen von ihnen" (MF) / baete (konj.II) → biten
4 er: eteslîchen (v. 3) を受ける / diente (konj.II) → dienen
5 der „wenn einer" / sich ellenden „sich in die Fremde begeben"
6 ûz mîner zungen „aus meinem Land" / ziuhet (präs.) → ziehen
7 認容の副文 / lebte (konj.II) → leben
8 dien → die ne: die はサラディンとその全軍を指す / braehten (konj.II) → bringen

III Ir minnesinger, iu muoz ofte misselingen,
daz iu den schaden tuot, daz ist der wân.
ich wil mich rüemen, ich mac wol von minnen singen,
sît mich diu minne hât und ich si hân.
⁵ Daz ich dâ wil, seht, daz wil alse gerne haben mich.
sô müest aber ir verliesen underwîlent wânes vil:
ir ringent umbe liep, daz iuwer niht enwil.
wan müget ir armen minnen solhe minne als ich?

III 2 daz (nom.) ..., daz „was ..., das"
   5 daz (acc.) ..., daz „was ..., das"
   6 sô „dagegen, aber" / müest (konj. II) → müezen / wânes (m. gen.) : vil に

Ⅲ　愛を歌う詩人たちよ，君たちはしばしば失恋を嘆く羽目になるが，君たちに仇をなすのは，あてのないその期待だ。私は自慢したい，私は愛についてよく歌うことができると。愛には私があり，私には愛があるからだ。私が求めているもの，見よ，それが同様の熱意で私を求めているのだ。それにひきかえ君たちは，とかく期待した多くのものを失わずにはすまない。君たちに全然気のない恋人なのに手に入れようとやっきになっているからだ。かわいそうに君たちは，どうして私が愛するような愛を愛することができないのか。

　　かかる
　7 daz: liep にかかる関係代名詞 / iuwer (pl. gen.) → ir / enwil → en wil
　8 wan „warum nicht" / armen: ir (pl. nom.) と同格

Reinmar der Alte

[25]

Ich waene, mir liebe geschehen wil.
mîn herze hebet sich ze spil,
ze vröiden swinget sich mîn muot,
alse der valke envluge tuot
⁵ und der are ensweime.
joch liez ich vriunde dâ heime.
wol mich, unde vinde ich die
wol gesunt, alse ich si lie.
vil guot ist daz wesen bî ir.
¹⁰ herre got, gestate mir,
daz ich si sehen müeze
und alle ir sorge büeze;
Obe sî in deheinen sorgen sî,
daz ich ir die geringe
¹⁵ und sî mir die mîne dâ bî.
sô mugen wir vröide niezen.
ô wol mich danne langer naht!
wie kunde mich der verdriezen?

ラインマル・デァ・アルテ：1200年頃に活躍した詩人．Gottfried von Straßburg の騎士物語「トリスタン」に歌の名人として称えられている「ハーゲナウの小夜鳴鳥」は，ラインマルを指すと解釈され，以前の文学史ではラインマル・フォン・ハーゲナウという名で呼ばれているが，ハーゲナウを彼の出身地とみなす根拠はない．ラインマルという名の他の詩人たちと区別するため，写本Cでは der Alte を加えて呼んでいる．Walther von der Vogelweide との間に，ミンネのあり方をめぐって，1198年～1205年頃にかけて歌の論争があったと推定される．

  4 envluge (→ in vluge) „im Flug"
  5 ensweime (→ in sweime) „im Schweben"
  6 vriunde (pl.)：一般化してぼかしているが，詩人の念頭にあるのは特定の一

ラインマル・デァ・アルテ

[25]

　私の身に何かすばらしいことが起こりそうな気がする。心は楽しみへと高まり，気持ちは喜びへと舞い上がる。鷹が飛び，鷲が飛翔するように。そうだ，恋人を故郷に残しているのだ。いまもあの人が別れたときと同じように元気でいてくれれば嬉しいが。とても楽しいことなのだ，あの人のそばにいるのは。どうか神様，あの人に会って，あの人の憂いを全部取り除いてあげることができますように。もし彼女に何か悩みがあるならば，私がそれを和らげてあげ，そのとき彼女のほうも私の悩みを和らげてくれますように。どうか神様，この望みを叶えてください。そうなれば私たちは喜びを満喫できるでしょう。ああ，そうしたら，私には長い夜も何とすばらしいことか。どうして長い夜に飽くことがあろうか。

　　人の恋人
 7-8 unde vinde ich … gesunt：条件の副文 / die：vriunde (v. 6) を指す
　 8 lie (prät.) → lâzen
　10 gestate (konj. I)
　11 müeze (konj. I) → müezen
　12 büeze (konj. I) → büezen „wieder gut machen"
　13 obe sî … sî „wenn sie … sei"
　14 die：sorgen (v. 13) を指す
　15 die mîne (sorgen)
　18 kunde (konj.II) → kunnen / der (f. gen.)：langer naht (v. 17) を指し，
　　 verdriezen の属格補足語

Reinmar der Alte

[26]

I Ein wîser man sol niht ze vil
    versuochen noch gezîhen, dêst mîn rât,
    von der er sich niht scheiden wil,
    und er der wâren schulden doch keine hât.
  ₅ Swer wil al der welte lüge an ein ende komen,
    der hât im âne nôt ein vil herzelîchez leit genomen.
    wan sol boeser rede gedagen.
    vrâge ouch nieman lange des,
    daz er ungerne hoere sagen.

I 1-2 niht ... noch „weder ... noch"
    2 versuochen „prüfen"と gezîhen „beschuldigen"の対格補足語であると同時に，der (v. 3)の先行詞でもある die は省略されている / dêst → daz ist
    4 „während er doch keine wirkliche Ursache dafür hat" / der wâren schulden (pl. gen.) : keine にかかる
    5 der welte (gen.) : lüge (dat.) にかかる

ラインマル・ダァ・アルテ

[26]

I　賢明な男なら，別れたいとは思っていない女性を，正当な根拠もないのに，あまりにひどく試したり非難したりはしないものだ。これが私の助言である。世間の嘘偽りをすべて徹底的に確かめようとする人は誰でも，辛い心の痛みを不必要に背負い込んでしまうことになる。悪い噂には沈黙を守るがよい。聞きたくない噂について長くあれこれと尋ねることはしないがよい。

6　der : swer … (v. 5)を受ける / im „sich"
7　wan (alem.) → man / boeser rede (gen.) : gedagen の属格補足語
8　vrâge (konj. I) / des (gen.) : vrâge の属格補足語
9　daz „was" : des (v. 8)にかかる / er : nieman (v. 8) を受ける / hœre (konj. I)

II Si jehent, daz staete sî ein tugent,
　　der andern vrowe ; sô wol im, der si habe !
　　si hât mir vröide in mîner jugent
　　mit ir wol schoener zuht gebrochen abe,
　5 Daz ich unz an mînen tôt niemer sî gelobe.
　　ich sihe wol, swer nû vert wüetende, als er tobe,
　　daz den diu wîp sô minnent ê
　　danne einen man, der des niht kan.
　　ich ensprach in nie sô nâhe mê.

III War umbe vüeget mir diu leit,
　　von der ich hôhe solte tragen den muot ?
　　jô wirb ich niht mit kündecheit
　　noch dur versuochen, alsam vil meneger tuot.
　5 Ich enwart nie rehte vrô, wan sô ich si sach.
　　sô gie von herzen gar, swaz mîn munt wider sî gesprach.
　　sol nû diu triuwe sîn verlorn,
　　sô endarf ez nieman wunder nemen,
　　hân ich underwîlen einen kleinen zorn.

II 1 sî (konj. I) → sîn
　2 der andern vrowe : jehent (v. 1) の属格補足語 / im, der ... „ihm, der ..." / si : der andern vrowe を受ける / habe (konj. I)
　3 si : 唐突に代名詞で登場するが，詩人が思いをかけている貴婦人を指す
　4 gebrochen (part. perf.) abe → abe brechen
　5 sî : ir wol schoener zuht (v. 4) を受ける
　6 sihe (präs. 1. pers. sg.) → sehen / vert (präs.) → varn / als „als ob" / tobe (konj. I)
　7 den : swer ... (v. 6) を受ける
　7-8 ê danne „eher als"
　8 des (gen.) : niht にかかる
　9 ensprach → en sprach / in „ihnen" : diu wîp (n. pl.) (v. 7) を受ける

— 88 —

Ⅱ 人々は言う，心変わりしないことは一つの美徳だと。ほかの貴婦人の場合ならそうだろう。そういう貴婦人を恋人に持っている男は幸せなことよ。だがあの方は私が若いころに，そのたいそうごりっぱな心掛けで私の喜びを挫いてしまわれた。だから私は死ぬまで決してこの美徳を称賛しない。いまにしてよくわかることだが，まるで気でも狂ったかのように騒ぎまわる男がいると，女性たちはその男をむしろ，そのようにふるまえない男よりも愛するものなのだ。私は女性たちにそんなに無遠慮に話しかけるようなことは一度もしなかった。

Ⅲ 何ゆえにこうも苦しめられるのか，あの方ゆえに，本当は気持ちを高く掲げていたいと念じていたのに。そうだ私は，多くの男たちのように，奸計を用いて求愛したり，試すために求愛したりはしない。私が本当に心から嬉しい気持ちになったのは，ひたすらにあの方を見たときだけだった。そしてあの方に語った言葉はすべて心から出たものだった。いまこの真心が無駄だったというのなら，ときに少しばかり怒りを発しても，誰も不思議に思ってはならない。

Ⅲ 1 vüeget の主格補足語であると同時に，der (v. 2) の先行詞でもある diu は省略されている / diu leit (n. pl. acc.)
   2 solte (konj.Ⅱ) → suln
   3 wirb (präs. 1. pers. sg.) → werben / niht ... noch (v. 4) „weder ... noch" / kündecheit „List"
   4 alsam „wie"
   5 enwart → en wart
   6 swaz „das, was"
   7 条件の副文 / sîn (inf.) „sein"
   8 endarf → en darf / ez (acc.) : v. 9 の内容を先取りする / nieman (nom.)
   9 認容の副文

IV Ez tuot ein leit nâch liebe wê;
    sô tuot ouch lîhte ein liep nâch leide wol.
    swer welle, daz er vrô bestê,
    daz eine er dur daz ander lîden sol
  5 Mit bescheidenlîcher klage unde gar ân arge site.
    zer welte ist niht sô guot, daz ich ie gesach, sô guot gebite.
    swer die gedulteclîchen hât,
    der kam des ie mit vröiden hin.
    alsô dinge ich, daz mîn noch werde rât.

V   Des einen und dekeines mê
    wil ich ein meister sîn, al die wîle ich lebe:
    daz lop wil ich, daz mir bestê
    und mir die kunst diu werlt gemeine gebe,
  5 Daz nieman sîn leit alsô schöne kan getragen.
    dez begêt ein wîp an mir, daz ich naht noch tac niht kan
    nû hân eht ich sô senften muot,   └gedagen.
    daz ich ir haz ze vröiden nime.
    owê, wie rehte unsanfte daz mir doch tuot!

IV 1 ez：文頭の虛字 / ein leit (nom.)
    2 lîhte „vielleicht" / ein liep (nom.)
    3 welle (konj. I) → wellen / er：swer ..., を受ける / bestê (konj. I) → bestân, bestên
    4 daz eine：ein leit (v. 1)を指す / er：swer ..., (v. 3) を受ける / daz ander：ein liep (v. 2)を指す
    6 daz：niht „nichts" にかかる關係代名詞 / gebite „geduldiges Warten"
    7 die：gebite (v. 6) を指す
    8 der：swer ..., (v. 7)を受ける / des „deshalb"

Ⅳ　喜びのあとの苦しみは辛いもの，苦しみのあとの喜びはおそらく快いものだろう。幸せな気持ちを持ち続けたいと思う人は，喜びのために苦しみを耐えねばならぬ，ものわかりよく嘆きつつも，不作法に怒ることなく。この世でいままで見てきた中で最も良いのは辛抱強く待つことである。辛抱強く待つことのできる人は，いつも幸せな結末を迎えた。だから私もまだ何とかなるのではないかと期待している。

Ⅴ　ただ一つ，せめてこの一つのことにかけては，生きているかぎり名人でいたい。この名人のほまれが，いつまでも私のものであり，苦しみを美しく耐える技にかけて私に勝る者はいないと，世の人々が口を揃えて認めてくれることを望むのである。一人の女性の仕打ちのゆえに，私は夜も昼も嘆かずにはいられない。でもいまは，その人のつれなさを喜びとして受け取るほどに，私の気持ちは穏やかである。ああ，でもそれはいかに穏やかならず私を苦しめることか。

9 „Ebenso hoffe ich, daß auch mir noch geholfen werde." (Schweikle) / werde (konj. Ⅰ) → werden ; mîn (gen.) rât werden

Ⅴ 3 daz mir … の daz は daz lop を指す / bestê (konj. Ⅰ) → bestân, bestên „zukommen"

4 die kunst : daz (v. 5) 以下の副文の内容を指す / gebe (konj. Ⅰ)

6 dez → daz : begêt (→ begân, begên „erreichen") の対格補足語で，daz 以下の副文の内容を先取りする / noch … niht „weder … noch"

8 nime (präs. 1. pers. sg.) → nemen

VI　Ich weiz den wec nu lange wol,
　　　der von der liebe gât unz an daz leit.
　　　der ander, der mich wîsen sol
　　　ûz leide in liep, der ist mir noch unbereit.
　　⁵Daz mir von gedanken ist alse unmâzen wê,
　　　des überhoere ich vil und tuon, als ich des niht verstê.
　　　gît minne niuwan ungemach,
　　　sô müeze minne unsaelic sîn.
　　　die selben ich noch ie in bleicher varwe sach.

VI 2 der：den wec（v. 1）にかかる関係代名詞
　　3 der ander（wec），der（関係代名詞）…
　　4 der：der ander（v. 3）を指す
　　6 des „deshalb"：daz（v. 5）以下の副文の内容を指す ／ als „als ob" ／ des

Ⅵ　私はもうずっと前からよく知っている、喜びから出て苦しみに至る道を。逆に苦しみから喜びへと導いてくれるはずのもう一つの道、その道はまだ私にはない。ものを思えば途方もなく苦しくて、そのために私は多くのことを聞き逃し、まるで何もわかっていないかのようなふるまいをする。もし愛の女神の賜物が苦労だけなら、愛の女神を呪わずにはいられない。愛の女神ご自身が私には昔もいまも青ざめた顔色に見えていたのだ。

　　(gen.)：niht にかかる / verstê (konj. Ⅰ) → verstân, verstên
　7　条件の副文 / gît (präs.) → geben
　8　müeze (konj. Ⅰ) → müezen / unsaelic „verflucht"
　9　die selben：minne (v. 8)を指す

Reinmar der Alte

[27]

I   Swaz ich nu niuwer maere sage,
    des endarf mich nieman vrâgen : ich enbin niht vrô.
    die vriunt verdriuzet mîner klage.
    des man ze vil gehoeret, dem ist allem sô.
    5 Nû hân ich beidiu schaden unde spot.
    waz mir doch leides unverdienet, daz bedenke got,
    und âne schult geschiht!
    ich engelige herzeliebe bî,
    sône hât an mîner vröude nieman niht.

II Die hôchgemuoten zîhent mich,
    ich minne niht sô sêre, als ich gebâre, ein wîp.
    si liegent und unêrent sich :
    si was mir ie gelîcher mâze sô der lîp.
    5 Nie getrôste sî dar under mir den muot.
    der ungnâden muoz ich, unde des si mir noch tuot,
    erbeiten, als ich mac.
    mir ist eteswenne wol gewesen :
    gewinne aber ich nu niemer guoten tac?

I 1 niuwer maere (pl. gen.) : swaz にかかる
   2 des (gen.) : swaz …, (v. 1)を受け、vrâgen の属格補足語 / endarf → en darf / enbin → en bin
   3 die vriunt (pl. acc.) / verdriuzet → verdriezen / mîner klage (f. gen.)
   4 des (gen.) : ze vil と共に、gehoeret („gehört hat") の属格補足語 / dem (n. dat.) : des …, を受ける
   5 spot : いつも同じ嘆きの歌を歌うことに対する人々の嘲笑
   6 leides (gen.) : waz にかかる / unverdienet (part. adj.) „unverdient" / bedenke (konj. I) → bedenken „sich einer Sache annehmen"

ラインマル・デァ・アルテ

[27]

I いま私が新たにどんな話をするにしても，それについて誰も尋ねるには及ばない。私は鬱々としているからだ。親しい人々は私の嘆きにうんざりしている。あまりにもたくさん聞かせてしまったことは，すべてこうなる。いまや私は痛手と嘲笑の両方を被っている。いわれもなく，とがもないのに，何という苦しみが私の身に降りかかっていることか ― このことを神よ，お考えください ―。私が心から愛する人のかたわらに寝ることがないかぎり，誰も私の喜びの歌に与かることはない。

II 意気軒昂としている人々は私を非難して言う，一人の女性のことを口で言うほどに激しく愛してはいないと。この人たちが言っていることは嘘であって，彼ら自身の名誉を汚すというものだ。あの女性を私はいつも自分のいのちと同じように思っていた。それなのに彼女は一度も私の気持ちを慰めてくれたことがない。いまも変わらぬ彼女の不興をできるかぎり覚悟しなけれはならないのだ。以前は時に楽しいこともあったが。今後いつまでも幸せになる日は来ないのだろうか。

---

8 „wenn ich ... nicht" / engelige → en gelige (→ ligen)
9 sône → sô ne
II 3 liegent → liegen, liugen
5 getrôste (prät.) → (getrôstete) → trœsten
6 der ungnâden (f. gen.)：erbeiten (v. 7) の属格補足語 / unde des ... tuot „und was sie mir sonst noch zufügt" (MF)；des：der ungnâden と並んで erbeiten の属格補足語で，tuot の対格補足語を兼ねる
7 erbeiten „erwarten"

III Sô wol dir, wîp, wie rein ein nam!
    wie sanfte er doch z'erkennen und ze nennen ist!
    ez wart nie niht sô lobesam,
    swâ dûz an rehte güete kêrest, sô du bist.
    ⁵Dîn lop mit rede nieman volenden kan.
    swes dû mit triuwen pfligest wol, der ist ein saelic man
    und mac vil gerne leben.
    dû gîst al der welte hôhen muot:
    maht ouch mir ein wênic vröide geben!

IV Zwei dinc hân ich mir vür geleit,
    diu strîtent mit gedanken in dem herzen mîn:
    ob ich ir hôhen wirdekeit
    mit mînen willen wolte lâzen minre sîn,
    ⁵Oder ob ich daz welle, daz si groezer sî
    und sî vil saelic wîp bestê mîn und aller manne vrî.
    siu tuont mir beide wê:
    ich wirde ir lasters niemer vrô ;
    vergêt siu mich, daz klage ich iemer mê.

III 「女性賛歌」の代表的詩節．Walther が Reinmar の死をいたむ作品 L. 82, 24 の中で引用している．
    2 er : ein nam (v. 1) を受ける
    3 ez : 文頭の虚辞
    4 dûz → dû ez
    6 swes (gen.) : pfligest (→ pflegen) の属格補足語 / der : swes …, を受ける
    8 gîst → geben
    9 maht (präs. 2. pers. sg.) → mügen : dû が省略されている
IV 1 geleit (→ geleget) → legen
    2 diu : zwei dinc (v. 1) を指す

III 幸いなるかな，女，何という清い言葉。女という言葉を知り，口に出すことの何と快いことか。やさしいあなたが，真のやさしさを心がけるときには，これほどに褒め讃えるべきことはほかにない。あなたの賛美を言葉で尽くし得る者はいない。あなたの真心を受ける男は至福であり，喜び勇んで生きることができる。あなたは世のすべての人々に喜びの気持ちを与える。私にもほんの少しの喜びを分けてください。

IV 二つのことをよくよく考えてみると，心は思い悩んで，どちらにも決めかねる。あの方の気高さを私の意志でおとしめることを望むべきか，それともあの至福のお方が，私だけでなくすべての男の手が届かないままに，その気高さが増すことを望むべきか。この二つのどちらも私には辛い。あの方の名誉の傷つくことを私は決して喜びはしない。あの方が私のものにならなければ，それをいつまでも嘆くのである。

4 wolte (konj. II) → wellen / minre (komp.) (→ minner) → min
5 welle (konj. I) → wellen / si : ir hôhen wirdekeit (v. 3) を受ける / sî (konj. I) → sîn
6 vil saelic wîp : sî と同格 / bestê (konj. I) → bestân, bestên ; vrî bestân „frei bleiben von" / mîn (gen.) u. aller manne (pl. gen.) : vrî にかかる
7 siu (n. pl.) : zwei dinc (v. 1) を受ける
8 wirde → werden
9 vergêt → vergân, vergên „übergehen"

MF では第5節が続くが，欠落があるので本書では採用しない．

Reinmar der Alte

[28]

I »Lieber bote, nu wirp alsô,
   sich in schiere und sage ime daz:
   vert er wol und ist er vrô,
   ich lebe iemer deste baz.
   ⁵ Sage ime durch den willen mîn,
   daz er iemer solhes iht getuo,
   dâ von wir gescheiden sîn.

II Vrâge er, wie ich mich gehabe,
   gich, daz ich mit vröuden lebe.
   swâ du mügest, dâ leit in abe,
   daz er mich der rede begebe.
   ⁵ Ich bin im von herzen holt
   und saehe in gerner denne den liehten tac:
   daz aber dû verswîgen solt.

使者に語りかける女の歌

I 1 wirp (imper.) → werben
   2 sich (imper.) → sehen / in „ihn" / im „ihm"
   3 条件の副文 / vert (präs.) → varn
   6 „daß er nie so etwas tue" (MF) / solhes (gen.) : iht にかかる / getuo
     (konj. I) → tuon
   7 gescheiden (part. perf.) → scheiden / sîn (konj. I)

ラインマル・デァ・アルテ

[28]

I 「お使いさん,さあ,こうなさい。いますぐにあの人に会って,こう言いなさい。お元気で朗らかにお過ごしなら,それだけいっそう私も幸せですと。あの人に言ってください,お願いですからそんなことはけっしてなさらないように,私たちの別れになるようなことは。

II もしあの人が,私はどうしているかとお聞きになったら,楽しく暮らしていると伝えてください。お前にできることなら,どうか,あのような言葉で私に迫ることはおやめになるように勧めてください。私はあの人を心から好ましく思っています。もし会うことができれば,明るい日の光を見るより嬉しいでしょう。でも,このことは,黙っていてくださいね。

II 1 条件の副文 / vrâge (konj. I) / gehabe (konj. I) → gehaben (refl.)
2 gich (imper.) → jehen
3 mügest (konj. I) → mügen / leit (imper.) ... abe → leiten ... abe / in „ihn"
4 begebe (konj. I) → begeben „jdm. etw. erlassen, jdn. mit etwas verschonen": 対格補足語 (mich) と属格補足語 (der rede) をとる
6 saehe (konj. II) → sehen / in „ihn" / gerner (komp.) / denne „als"
7 solt (präs.) → suln

III Ê daz du iemer ime verjehest,
daz ich ime holdez herze trage,
sô sich, daz dû alrêst besehest,
und vernim, waz ich dir sage :
⁵ Mein er wol mit triuwen mich,
swaz ime danne muge zer vröiden komen,
daz mîn êre sî, daz sprich.

IV Spreche er, daz er welle her,
— daz ichs iemer lône dir —
sô bit in, daz ers verber
die rede, dier jungest sprach zuo mir,
⁵ Ê daz ich in an gesehe.
wê, wes wil er dâ mit beswaeren mich,
daz niemer doch an mir geschehe ?

III 1 ime „ihm" / verjehest (konj. I) → verjehen
　 3 sich (imper.) → sehen / besehest (konj. I) → besehen
　 4 vernim (imper.) → vernemen
　 5 条件の副文 / mein (konj. I) → meinen
　 6 muge (konj. I) → mügen
　 7 sî (konj. I) → sîn / daz sprich : daz (acc.) は swaz ..., (v. 6) と daz ..., (v. 7)の両方を指す / sprich (imper.) → sprechen
IV 1 条件の副文 / spreche (konj. I) → sprechen / welle (konj. I) → wellen
　 2 ichs → ich es

Ⅲ 私があの人に心を寄せていることをお知らせする前に，いいですか，まず第一にお前の目で確かめてください。そして私がお前に言うことをよく聞きなさい。もしあの人が誠実に私のことをお考えのようなら，そのときは，あの人のお喜びになりそうなことで，私の名誉の許すことを，何でも言っておあげなさい。

Ⅳ もしあの人がこちらに来たいとおっしゃるなら― そういうご返事を持ってきたらお使いのご褒美をはずみますよ ―でもそのときは，あの人によくお願いしてくださいね，さきごろ私にくださったような言葉は，およしになるようにと。そうでなければお目にかかるわけにはまいりません。ああ悲しい，なぜあの人は，このことで私に辛い思いをさせるのでしょう，私の身にけっして起こってはならないことだというのに。

---

3 bit (imper.) → biten / in „ihn" / ers → er si ; si は die rede (v. 4) を先取りする / verber (konj. Ⅰ) → verbern

4 dier → die er

5 in „ihn"

3-5 „ ... so bitte ihn, daß er, ehe ich ihn sehen kann, die Worte zurücknimmt." (MF)

6 wes „weshalb"

7 daz : dâ mit (v. 6) にかかる / geschehe (konj. Ⅰ) → geschehen

V Des er gert, daz ist der tôt
   und verderbet manigen lîp;
   bleich und eteswenne rôt,
   alse verwet ez diu wîp.
   ⁵ Minne heizent ez die man
   unde mohte baz unminne sîn.
   wê ime, ders alrêst began.

VI Daz ich alsô vil dâ von
   geredete, daz ist mir leit,
   wande ich was vil ungewon
   sô getâner arbeit,
   ⁵ Als ich tougenlîchen trage —
   dûn solt im niemer niht verjehen
   alles, des ich dir gesage.«

V 1 des : gert の属格補足語で daz にかかる
  4 alse : bleich u. rôt (v. 3) を受ける / verwet (präs.) → verwen „färben" / ez
    (nom.) : daz (v. 1) を受ける / diu wîp (n. pl. acc.)
  5 ez (acc.) : daz (v. 1) を受ける
  6 mohte (konj. II) → mügen
  7 ime „ihm" / ders → der es : der は ime にかかる関係代名詞；es は v. 1-6 の

V あの人が求めているのは，死に等しいこと。そのために身を損なう人は大勢います。そのことで女たちは青くなったり，またときには赤くなったりするのです。男の方々はそれを「愛」とお呼びになりますが，むしろ「非愛」と言うべきでしょう。そんなことを最初に始めた男の人が恨めしい。

VI こんなにたくさんこのことを話してしまったのが悔やまれます。だって私は，いまひそかに耐えているこんな苦労に，ほんとに慣れていなかったのですもの。お前はあの人に，けっして洩らしてはなりません，私がお前に話したことは一切。」

　　内容を受ける
VI 2 geredete „geredet habe"
　 3 wande „denn"
　 6 dûn → dû ne / im „ihm"
　 7 alles (gen.)：verjehen (v. 6) の属格補足語 / des：gesage (→ sagen) の補足語であるが，先行詞 alles の格にひかれて属格の形をとる

Walther von der Vogelweide

[29]

I Maniger frâget, waz ich klage,
    unde giht des einen, daz ez iht von herzen gê.
    der verliuset sîne tage,
    wand im wart von rehter liebe nie weder wol noch wê.
  5 Des ist sîn gelücke krank.
    swer gedæhte,
    waz diu minne bræhte,
    der vertrüege mînen sank.

II Minne ist ein gemeinez wort
    und doch ungemeine mit den werken, dest alsô.
    minne ist aller tugende ein hort,
    âne minne wirdet niemer herze rehte vrô.
  5 Sît ich den gelouben hân,
    frouwe Minne,
    fröit ouch mir die sinne.
    mich müet, sol mîn trôst zergân.

ヴァルター・フォン・デア・フォーゲルヴァイデ：12世紀末から13世紀前半にかけて活躍した最も名高いミンネゼンガー。出生地は不明だがオーストリア地方で成長し，ウイーンの宮廷で詩作を始めたと推測される．オーストリア大公フリードリヒ一世の死後，各地を転々とし，フィリップ二世，オット四世，フリードリヒ二世らのドイツ王（皇帝）たち，テューリンゲン方伯ヘルマン，マイセン辺境伯ディートリヒなどのもとを訪れる．

I 2 giht (präs.) → jehen / des einen „in einem fort" / iht „nicht" / gê (konj.
    I) → gân, gên

ヴァルター・フォン・デァ・フォーゲルヴァイデ

[29]

I 　私が何を嘆いているのかと尋ねる人が大勢いる。そして，私の嘆きは心からのものではないとしきりに言う。そんなことを言う人は，自分の時間を無駄にしている。そんな人は，本当の愛の喜びも悲しみも味わったことがなくて不運なのだ。愛が何をもたらすか思いあたる人なら，私の歌を嫌がらずに聞いてくれるだろう。

II 　愛という言葉は誰でも口にするが，その実行となると別である。そういうものなのだ。愛はすべての良き特性にまさる宝である。愛がなければ，心が本当に楽しくなることはない。私はそう信じているのだから，愛の女神よ，私をも喜ばせてください。私はつらい，もしこの期待が叶えられないならば。

---

　　3 verliuset (präs.) → verliesen
　　4 wand „denn" / im „ihm": maniger (v. 1), der (v. 3) を受ける / wart (prät.) → werden / nie weder ... noch „weder ... noch"
　　6 swer ..., der (v. 8) / gedæhte (konj. II) → gedenken
　　7 bræhte (konj. II) → bringen
　　8 vertrüege (konj. II) → vertragen
II 2 dest alsô „das ist nun einmal so" (Böhm)
　　8 sol ... zergân : 条件の副文

III Mîn gedinge ist, der ich bin
holt mit rehten triuwen, daz si ouch mir daz selbe sî.
triuget dar an mich mîn sin,
sô ist mînem wâne leider lützel fröiden bî.
⁵ Neinâ hêrre! si ist sô guot,
swenne ir güete
erkennet mîn gemüete,
daz si mir daz beste tuot.

IV Wiste sî den willen mîn,
liebes unde guotes des wurde ich von ir gewert.
wie möhte aber daz nû sîn,
sît man valscher minne mit sô süezen worten gert?
⁵ Daz ein wîp niht wizzen mac,
wer si meine,
disiu nôt alleine
tuot mir manigen swæren tac.

III 1 mîn gedinge ist, ..., daz ... (v. 2) / der (f. dat.) : si (v. 2) にかかる関係代名詞
  2 daz selbe : holt mit rehten triuwen を受ける / sî (konj. I) → sîn
  3 条件の副文 / triuget (präs.) → triegen
  4 fröiden (gen.) : lützel にかかる
  5 sô guot, ..., daz (v. 8) „so gut ..., daß"

Ⅲ 私は彼女を誠実に愛している，彼女からも同様に誠実に愛されることを期待している。もしこの点で私が思い違いをしているとしたら，私の思い込みには残念ながら喜びの味方がない。いや，そんなことはないはず，主よ。彼女はこれほどに良い人なのだ，心やさしい彼女が私の気持ちを知りさえすれば，最善のことをしてくれるはずだ。

Ⅳ もし彼女が私の気持ちを知っていたなら，快いこと，すばらしいことを私に叶えてくれただろう。だが，どうしてそんなことがあり得ようか，あれほどに甘い言葉で偽りの愛を求める人がいるのだから。誰が本当に愛しているのか女性にはわかってはもらえない，この苦しみだけでも私には日々がつらいのだ。

Ⅳ 1 条件の副文 / wiste (konj.Ⅱ) → wizzen
  2 des (gen.)：liebes unde guotes と同格で gewert (part. perf.) (→ wern „gewähren") の属格補足語 / wurde (konj.Ⅱ) → werden
  3 möhte (konj.Ⅱ) → mügen
  4 sît „da" / valscher minne (f. gen.)：gert (→ gern) の属格補足語
  6 si (f. acc.)：ein wîp (v. 5) を受ける / meine (konj.Ⅰ) → meinen „lieben"

V Der diu wîp alrêrst betrouc,
　　der hât beide an mannen und an wîben missevarn.
　　in weiz, waz diu liebe touc,
　　sît sich friunt gegen friunde niht vor valsche kan bewarn.
　⁵ Frowe, daz ir sælic sît!
　　lânt mit hulden
　　mich den gruoz verschulden,
　　der an friundes herzen lît.

V 1 betrouc (prät.) → betriegen
　 2 der: der ..., (v. 1) を受ける
　 3 in → ich ne / touc (präs.) → tugen „nützen"
　 5 ir: 敬称

V 女たちを最初に欺いた男，その男は，男性と女性の両方に対して罪を犯したのだ。私にはわからない，心からの愛が何の役に立つのか，恋人同士がお互いに不誠実から身を守ることができないのだから。慕わしいお方よ，あなたが幸せでありますように。お願いですから私には恋人の心にふさわしい挨拶を得させてください。

---

6 lânt（敬称 ir に対する imper.）（→ lât）
7 verschulden „verdienen"
8 lît（→ liget）→ ligen

Walther von der Vogelweide

[30]

I Muget ir schouwen, waz dem meien
    wunders ist beschert?
    seht an pfaffen, seht an leien,
    wie daz allez vert.
    ⁵ Grôz ist sîn gewalt.
    in weiz, ob er zouber kunne:
    swar er vert in sîner wunne,
    dân ist nieman alt.

II Uns wil schiere wol gelingen:
    wir suln sîn gemeit,
    tanzen, lachen unde singen
    âne dörperheit.
    ⁵ Wê, wer wære unfrô?
    sît diu vogellîn alsô schône
    singent in ir besten dône,
    tuon wir ouch alsô!

I 2 wunders (gen.) : waz (v. 1) にかかる
    3 seht (imper. 2. pers. pl.) an → an sehen
    4 vert (präs.) → varn

ヴァルター・フォン・デァ・フォーゲルヴァイデ

[30]

I　おわかりですか，皆さん，何という不思議な力が五月に与えられていることか。聖職の人をごらんなさい，世俗の人をごらんなさい，みんながどんなにしているか。大いなるかな五月の威力。五月には魔法の力があるのかも。五月が喜々として行くところ，そこでは誰も歳をとらない。

II　私たちもまもなく成功するでしょう。快活にやりましょう，踊って，笑って，歌いましょう。けれど下品にではなく。ああ，誰が悲しんでいられましょうか。小鳥たちがこんなにも美しく，その最上の調べで歌っているのですから。私たちも同じようにやりましょう。

　　6　in → ich ne / kunne (konj. I) → kunnen
　　8　dân → dâ ne
II　5　wære (konj. II) → sîn

III Wol dir, meie, wie dû scheidest
    allez âne haz!
    wie dû walt und ouwe kleidest
    und die heide baz!
    5 Diu hât varwe mê.
    »dû bist kurzer!« — »ich bin langer!«
    alse strîtent si ûf dem anger,
    bluomen unde klê.

IV Rôter munt, wie dû dich swachest!
    lâ dîn lachen sîn.
    scham dich, daz dû mich an lachest
    nâch dem schaden mîn.
    5 Ist daz wol getân?
    owê sô verlorner stunde,
    sol von minneklîchem munde
    solhe unminne ergân!

IV 2 lâ (imper.) → lân
   3 an lachest → an lachen

Ⅲ　幸いなるかな，五月よ，何とお前はすべてのものの憎しみが残らぬように仲直りさせることか。何とお前は森や水辺を美しく装わせることか，そして野原をもっと美しく。野原はどこにもまして色とりどりだ。「君の方が低い」，「ぼくの方が高い」と草地で彼らは争っている，花々とクローバは。

Ⅳ　紅い唇よ，君は何と見下げたことをするのか。笑うのはやめてくれ。恥ずかしいと思いなさい，私に失恋の苦しみを味わわせておいて，ほほえみかけるなんて。それはりっぱなことでしょうか。ああ，むなしく過ぎた時が惜しまれる，愛らしい唇からこんなに愛らしくないことが起ころうとは。

4　dem schaden mîn : mhd. では dem と mîn の重複が可能だった，vgl. [1] Ⅱ 4 の注

V　Daz mich, frowe, an fröiden irret,
　　daz ist iuwer lîp.
　　an iu iemer ez mir wirret,
　　ungenædic wîp!
　⁵Wâ nemt ir den muot?
　　ir sît doch genâden rîche :
　　tuot ir mir ungenædeklîche,
　　sô sint ir niht guot.

VI　Scheident, frowe, mich von sorgen,
　　liebet mir die zît!
　　oder ich muoz an fröiden borgen.
　　daz ir sælic sît!
　⁵Muget ir umbe sehen?
　　sich fröit al diu welt gemeine.
　　möhte mir von iu ein kleine
　　fröidelîn geschehen?

V 「紅い唇」にはdu で語りかけるが，恋人には敬称ir で語りかけている．
　2 daz : daz ..., (v. 1) を受ける
　6 genâden (gen.) : rîche にかかる

V 私の喜びを妨げているもの，恋人よ，それはあなたです。いつもあなたのことで私は悩んでいるのです，無慈悲な人よ。どうしてそんな気持ちになるのです。あなたは慈悲に溢れた人なのに。私に対して無慈悲にふるまうなら，あなたは良い人ではありません。

VI 私の憂いを取り除いて，恋人よ，この良い季節を私にも楽しませてください。さもないと私は喜びを借りて来なくてはなりません。あなたに祝福がありますように。見まわしてごらんなさい。世の中のすべてのものが喜んでいるのです。ほんの少しの小さな喜びでもあなたからいただけますように。

 7 条件の副文
VI 1 scheident（敬称 ir に対する imper.）（→ scheidet）
 7 möhte（konj. II）→ mügen

Walther von der Vogelweide

[31]

I Saget mir ieman, waz ist minne?
    weiz ich des ein teil, sô west ich es gerne mê.
    der sich baz denne ich versinne,
    der berihte mich, durch waz sie tuot sô wê.
    ⁵ Minne ist minne, tuot sie wol;
    tuot sie wê, sô heizet sie niht rehte minne.
    sus enweiz ich, wie sie denne heizen sol.

II Ob ich rehte râten kunne,
    waz die minne sî, sô sprechet denne jâ.
    minne ist zweier herzen wunne:
    teilent sie gelîche, sô ist die minne dâ.
    ⁵ Sol sie aber ungeteilet sîn,
    sône kan sie ein herze aleine niht enthalden.
    owê, woltestû mir helfen, vrouwe mîn!

I 2 des (gen.) : ein teil にかかる / west (konj. II) → wizzen / es (gen.) : mê にかかる
    3 baz denne ich „besser als ich" / versinne (konj. I)
    4 der : der …, (v. 3) を受ける / berihte (konj. I)
    5 tuot sie wol : 条件の副文
    6 tuot sie wê : 条件の副文
    7 enweiz → en weiz
II 1 kunne (konj. I) → kunnen

ヴァルター・フォン・デア・フォーゲルヴァイデ

[31]

I　どなたか言ってくれますか、愛とは何か。私もそれを少しは知っておりますが、もっと多くを知りたいのです。私よりもよく考えることのできる人がいたら、どうか私に教えてください、なぜ愛はこれほどにつらいのか。愛は心地よいからこそ愛なのです。つらいものなら愛と呼ぶのにふさわしくありません。それなら一体何と呼べばよいのでしょうか、私にはわかりません。

II　もし私が愛とは何かを言い当てたら、皆さん、そうだと言ってください。愛とは二人の心の喜びです、二つの心が同じように分けあうときにあるのです。もし愛が分かちあわれていないのなら、ただ一つの心だけでは愛を担うことはできません。おお、私に力を貸してくださいませんか、わが恋人よ。

2　sî (konj. I) → sîn / sprechet (imper. 2. pers. pl.)
3　zweier (pl. gen.) → zwei
4　teilent sie gelîche : 条件の副文 / sie : zweier herzen (v. 3) を受ける
5　条件の副文 / sie (nom.) : die minne (v. 4) を受ける
6　sône → sô ne / sie (acc.) : die minne (v. 4) を受ける / ein herze (nom.) / enthalden → enthalten
7　woltestû → woltest (konj. II) (→ wellen) dû

III　Vrouwe, ich trage ein teil zuo swære,
　　 wellest dû mir helfen, sô hilf an der zît.
　　 sî aber ich dir gar unmære,
　　 daz sprich endeclîche, sô lâz ich den strît
　　 ⁵ Und bin von dir ein ledic man.
　　 dû solt aber einez rehte wizzen, vrouwe,
　　 daz dich lützel ieman baz geloben kan.

IV　Kan mîn vrouwe süeze siuren?
　　 wænet sie, daz ich ir liep gebe umbe leit?
　　 solt ich sie dar umbe tiuren,
　　 daz si sich kêre an mîn unwerdekeit?
　　 ⁵ Sô kunde ich unrehte spehen.
　　 wê, waz rede ich ôrlôser und ougen âne?
　　 swen die minne blendet, wie mac der gesehen?

III　2 wellest dû mir helfen：条件の副文 / wellest（konj. I）
　　 3 条件の副文 / sî（konj. I）→ sîn
　　 4 daz（acc.）：v. 3 の副文の内容を指す / sprich（imper.）/ lâz → lâzen
IV　この節の前に，主要な写本 A と C には伝承されていない一節があるが，本書では採用せず，第 5 節を第 4 節とする．
　　 2 ir（f. dat.）：mîn vrouwe（v. 1）を受ける

III　恋人よ，荷が少し重すぎるのです。力を貸してくださるおつもりなら，間に合ううちにしてください。でも私のことを本当にどうでもいいとお思いなら，それをはっきりとおっしゃってください。そうすればこの戦いを放棄して，あなたに縛られない自由の身になります。ただし，きちんと心得ていてくださらなくてはいけないことが一つあります，恋人よ。あなたをもっとじょうずに賛美することのできる人はほかにはいない，ということです。

IV　わが恋人は甘いものをにがくするすべをご存じなのか。苦しみとひきかえに私が喜びをさしあげるとでもお思いなのか。あの方に辱められるために，あの方を称賛すべきだというのだろうか。もしそうだとすれば，私には見る目がないというものだ。ああ，何を言っているのか，耳もなく目もない私が。愛にめしいた男に，どうしてものを見ることができようか。

---

3 solt (konj.II) → suln / dar umbe : daz (v. 4) 以下の副文の内容を先取りする
4 kêre (konj.I)
5 kunde (konj.II) → kunnen
7 der : swen ..., を受ける

Walther von der Vogelweide

[32]

I »Under der linden
   an der heide,
   dâ unser zweier bette was,
   dâ mugent ir vinden
5 schône beide
   gebrochen bluomen unde gras.
   Vor dem walde in einem tal,
   tandaradei,
   schône sanc diu nahtegal.

II Ich kam gegangen
   zuo der ouwe,
   dô was mîn friedel komen ê.
   dâ wart ich enpfangen,
5 hêre frowe,
   daz ich bin sælic iemer mê.
   Kuster mich? wol tûsentstunt,
   tandaradei,
   seht, wie rôt mir ist der munt.

女の歌

I 3 zweier (pl. gen.) → zwei
   4 mugent (präs. 2. pers. pl.) → mügen

ヴァルター・フォン・デァ・フォーゲルヴァイデ

[32]

I 「野原の菩提樹の木陰，あたしたち二人のベットがあったところでは，皆さん，花や草がきれいに折れているのが見えるでしょ。森の前の谷間では，タンダラデイ，美しくナイティンゲールが鳴いてたの。

II あたしは水辺に行きました。あたしの彼氏はもう来てました。そこであたしは，奥方さまって迎えられたの。だからこの先いつまでも幸せよ。キスしてくれたかって。ええ，千回も。タンダラデイ，ほら，あたしの唇はこんなに紅いの。

II 3 komen „gekommen"
   4 wart (prät.) → werden
   7 kuster → kuste (prät.) (→ küssen) er

III　Dô hât er gemachet
　　alsô rîche
　　von bluomen eine bettestat.
　　des wirt noch gelachet
　　⁵ innneclîche,
　　kumt iemen an daz selbe pfat,
　　Bî den rôsen er wol mac,
　　tandaradei,
　　merken, wâ mirz houbet lac.

IV　Daz er bî mir læge,
　　wessez iemen,
　　nun welle got, sô schamt ich mich.
　　wes er mit mir pflæge,
　　⁵ niemer niemen
　　bevinde daz, wan er und ich,
　　Und ein kleinez vogellîn,
　　tandaradei,
　　daz mac wol getriuwe sîn.«

Ⅲ　6 条件の副文 / kumt (präs.) → komen
　　7 er : iemen (v. 6) を受ける
　　9 mirz → mir daz ; daz は houbet にかかる定冠詞
Ⅳ　1 læge (konj.Ⅱ) → ligen
　　2 条件の副文 / wessez → wesse (konj.Ⅱ) (→ wizzen) ez ; ez (acc.) は daz
　　　(v. 1) 以下の副文の内容を指す
　　3 nun welle got : nun → nu en → nu enwelle got / welle (konj.Ⅰ) → wellen /

Ⅲ　そのとき彼はこんなにりっぱに花で寝床を作ってました。だれかがこの小道を通りかかったら，それを見て心から笑うでしょうよ。ばらの花のそばに，タンダラデイ，あたしの頭のあったところがわかるでしょ。

Ⅳ　あの人があたしの横に寝ていたことを，だれかに知られたら，ああ，恥ずかしい。彼があたしと何をしたか，けっしてだれにも知られませんように。彼とあたしと，そして一羽の小鳥のほかには。タンダラデイ，小鳥はきっと，秘密を守ってくれるでしょ。」

---

　　schamt (konj.Ⅱ) (→ schamte) → schamen
4　wes (gen.) : pflæge (konj.Ⅱ) (→ pflegen) の属格補足語
5　niemer niemen : mhd. では否定詞が重なっても肯定にならない，vgl. [3] 14 の注
6　bevinde (konj.Ⅰ) / daz : wes (v. 4) 以下の副文の内容を指す
9　daz : ein kleinez vogellîn (v. 7) を指す．

Walther von der Vogelweide

[33]

I »Nement, frowe, disen cranz«,
   alsô sprach ich zeiner wol getânen maget,
   »sô zieret ir den tanz
   mit den schœnen bluomen, als irs ûffe traget.
   5 Het ich vil edele gesteine,
   daz mües ûf iuwer houbet,
   obe ir mirs geloubet.
   sênt mîne triuwe, daz ich ez meine.

II Ir sît sô wol getân,
    daz ich iu mîn schappel gerne geben wil,
    daz beste, daz ich hân.
    wîzer unde rôter bluomen weiz ich vil,
    5 Die stênt sô verre in jener heide.
    dâ si schône entspringent
    und die vogele singent,
    dâ suln wir si brechen beide«.

I 1 nement (敬称 ir に対する imper.) (→ nemet)
  2 zeiner → ze einer
  4 irs → ir si ; si は den schœnen bluomen を受ける
  5 条件の副文 / het (konj. II) → hân
  6 daz : vil edele gesteine (v. 5) をさす / mües (konj. II) → müezen
  7 mirs → mir es ; es は geloubet の属格補足語で v. 5-6 の内容を受ける

ヴァルター・フォン・デァ・フォーゲルヴァイデ

[33]

I 「お受けくださいませ,この花の冠を」— 私はとある美しい少女にこう話しかけた。「このきれいな花々を頭にお載せになれば,あなたのすばらしさで輪舞がひきたつことでしょう。もしも私にとても高貴な宝石があったら,それであなたの頭を飾ってみたかった,それを信じてくださるでしょうか。本当にそう思っている誠の心をごらんください。

II あなたがこんなに美しいので,私の持っている一番よい冠をさしあげたいのです。白い花や紅い花を私はたくさん知っています。あの遠くの野原にあるのです。花々が美しく咲き,鳥たちが歌うあの野原へ,二人で花を摘みに行きましょう。」

    8 sênt (敬称 ir に対する imper.) (→ sêt) → sehen / ez : v. 5-6 の内容を受ける
II 1 sô ..., daz (v. 2) „so ..., daß"
    4 wîzer unde rôter bluomen (pl. gen.) : vil にかかる
    5 die : wîzer unde rôter bluomen vil (v. 4) を指す
    6 si : die (v. 5) を受ける

III Si nam, daz ich ir bôt,
    einem kinde vil gelîch, daz êre hât.
    ir wangen wurden rôt
    same diu rôse, dâ si bî der liljen stât,
 5 Des erschamten sich ir liehten ougen.
    doch neic si mir vil schône.
    daz wart mir ze lône.
    wirt mirs iht mêre, daz trage ich tougen.

IV Mich dûhte, daz mir nie
    lieber wurde, danne mir ze muote was.
    die bluomen vielen ie
    von den boumen bî uns nider an daz gras.
 5 Seht, dô muoste ich von fröiden lachen,
    dô ich sô wunneclîche
    was in troume rîche,
    dô taget ez und muose ich wachen.

III 1 daz : nam (prät.) (→ nemen) と bôt (prät.) (→ bieten) の両方の対格補足
    語 / ir (f. dat.)
  2 gelîch : einem kinde (dat.) をとる
  4 si : diu rôse を受ける
  6 neic (prät.) → nîgen
  7 wart (prät.) → werden „zuteil werden"

Ⅲ 少女は受け取った，私がさし出したものを，誉れある身分の乙女のように。彼女の両の頬は，ゆりの花のかたわらに咲くばらの花のように，紅く染まった。そこで彼女は恥じらって輝く瞳を伏せた。でもとても優しくお辞儀をしてくれたのだ。これが私のもらった報酬である。もしもそれ以上のものをもらったら，それは秘密にしておこう。

Ⅳ このときほどに幸せだったことはないように思えた。木々の梢から花がしきりに散っていた，私たちのかたわらの草の上に。ほら，このとき私は嬉しくて笑わずにはいられなかった。これほどに幸せだったのだ，すばらしい夢の中で。だがそのとき夜が明けて，目が覚めてしまったのだ。

---

  8 wirt mirs iht mêre：条件の副文 / mirs → mir es；es (gen.) は mêre にかかる

Ⅳ 1 dûhte (prät.) → dunken „dünken"
  2 wurde (konj. Ⅱ) → werden
  5 muoste (prät.) → müezen
  8 muose (prät.)（古形）→ müezen

V　Mir ist von ir geschehen,
　　daz ich disen sumer allen meiden muoz
　　vaste under diu ougen sehen.
　　lîhte wirt mir eine, sô ist mir sorgen buoz.
　⁵Waz obe si gêt an disem tanze?
　　frowe, dur iuwer güete
　　rucket ûf die hüete.
　　owê, gesæhe ichs under cranze!

V　1 ir (f. dat.)：夢の中に現れた I～IVの少女
　　4 lîhte „vielleicht" / buoz：sorgen (pl. gen.) をとる
　　6 frowe (f. pl. vok.) „Frauen"

V 今年の夏は、すべての女の子の顔をじっと覗き込まずにはいられない、それはあの人のせいだ。もしかすると一人の少女が私のものになるかもしれない、そうなれば悩みが消える。もしあの人がこの輪舞の中にいたらどうだろう。ご婦人の皆さん、お被りものをどうか上にあげてください。ああ、花の冠を頭に載せたあの人に会うことができますように。

---

7 rucket (imper. 2. pers. pl.) ûf → ûf rucken
8 gesæhe (konj. II) → gesehen → sehen / ichs → ich si ; si は ir (v. 1) 及び si (v. 5) と同一人物

Walther von der Vogelweide

[34]

I Sô die bluomen ûz deme grase dringent,
 same si lachen gegen der spilden sunnen,
 in einem meien an dem morgen vruo,
 und diu cleinen vogellîn wol singent
 5 in ir besten wîse, die si kunnen,
 waz wunne mac sich dâ genôzen zuo?
 Ez ist wol halb ein himelrîche.
 suln wir sprechen, waz sich deme gelîche,
 sô sage ich, waz mir dicke baz
 10 in mînen ougen hât getân
 und tæte ouch noch, gesæhe ich daz.

I 1 sô „wenn"
  2 si : die bluomen (v. 1) を受ける / lachen (konj. I) / spilden (part. präs.)
    → spiln
  6 dâ : v. 1-5 の内容を受け，zuo にかかる
  8 suln wir sprechen : 条件の副文 / deme : v. 1-7 に歌われた五月のすばらしさ

ヴァルター・フォン・デァ・フォーゲルヴァイデ

[34]

I 　五月の朝早く，花々が輝く太陽にほほえみかけるかのように，草の中から萌え出るとき，小鳥たちが技を尽くしてその最上の調べを奏でるとき，そもいかなる歓喜がこれに比肩しうるであろうか。これはもう半ば天国だ。これと比べられるものを言えとならば，いままでいつも私の目にこれにもまして快く思えたもの，そしていまでもそれを見れば，そう思うにちがいないもの，それについて語るとしよう。

　　を指す / gelîche (konj. I) → gelîchen
　9-10 baz (komp.) (→ wol) ... getân (→ tuon)
　11 tæte (konj.II) → tuon : baz tuon (v. 9-10)を受ける代動詞的用法 / gesæhe ich daz : 条件の副文 / gesæhe (konj.II) → gesehen → sehen / daz : waz (v. 9) ... getân (v. 10)を指す

II Swâ ein edeliu schœne frowe reine,
    wol gecleit unde wol gebunden,
    dur kurzewîle zuo vil liuten gât,
    hovelîchen hôhgemuot, niht eine,
  5 umbe sehende ein wênic under stunden,
    alsam der sunne gegen den sternen stât, —
    Der meie bringe uns al sîn wunder,
    waz ist dâ sô wunneclîches under
    als ir vil minneclîcher lîp?
 10 wir lâzen alle bluomen stân
    und kapfen an daz werde wîp.

III Nû wol dan, welt ir die wârheit schowen,
    gên wir zuo des meien hôhgezîte!
    der ist mit aller sîner krefte komen.
    seht an in und seht an werde frowen,
  5 wederz dâ daz ander überstrîte.
    daz bezzer teil, daz hân ich mir genomen.
    Owê, der mich dâ welen hieze,
    daz ich daz eine dur daz ander lieze,
    obe ich ze rehte danne kür?
 10 her Meie, ir müesent merze sîn,
    ê ich mîne frowen dâ verlür.

II 5 under stunden „bisweilen"
   6 alsam „ebenso wie"
   7 認容の副文 / bringe (konj. I) → bringen
   8 dâ ... under „darunter" / wunneclîches (gen.) : waz にかかる
   9 als „wie"
III 1 welt ir die wârheit schowen : 条件の副文
    2 des meien (gen.) : hôhgezîte にかかる
    3 der : des meien (v. 2) をさす / komen „gekommen"
    4 seht an (imper. 2. pers. pl.) → an sehen / in „ihn"

II　あでやかに麗しい貴婦人が，装いを凝らし，美しい髪飾りをつけて，宮廷風に気高く，お供を連れて，時折すこし辺りを見まわしながら，日輪が星の光を制して昇るかのように，気晴らしのために人々のところへお出ましになるとき —，たとい五月がその持てるかぎりのすばらしさを全部ここに持ってきても，その中にこの貴婦人の美しい姿ほどに喜ばしいものがあろうとは思われぬ。私たちはすべての花をさしおいて，この高貴な女性に見とれるだろう。

III　さあ，皆さん，真実をわが目で確かめたいと思うなら，五月の祭典に出かけましょう。五月はその全力を引っ提げてやって来ました。見てください，五月を，見てください，すばらしいご婦人方を，そのどちらが勝っているかを。より良い方を私はすでに選んでいます。ああ，もし誰かが私に二者択一を命じるとすれば，私の選択は正しいでしょうか。五月どの，貴殿が三月になりさがってしまうことがありましょうとも，拙者がわが意中のお方を手放すことは断じてありませぬ。

　　5　wederz → weder ez / überstrîte (konj. I) → überstrîten
　　7　der „wenn einer" / hieze (konj. II) → heizen
　　8　lieze (konj. II) → lâzen
　　9　kür (konj. II) → kiesen
　10　五月に対して敬称 ir で呼びかけている / müesent (konj. II) (→ müeset) → müezen
　10-11　五月が三月になることは実際にはありえないので，ê 以下の副文の内容は強い否定になる
　11　verlür (konj. II) → verliesen

Walther von der Vogelweide

[35]

I Aller werdekeit ein füegerinne,
    daz sît ir zewâre, frowe Mâze.
    er sælic man, der iuwer lêre hât!
    der endarf sich iuwer niender inne
    ⁵ weder ze hove schamen noch an der strâze.
    dur daz sô suoche ich, frowe, iuwern rât,
    Daz ir mich ebene werben lêret.
    wirb ich nider, wirb ich hôhe, ich bin versêret.
    ich was vil nâch ze nidere tôt,
    ¹⁰ nû bin ich aber ze hôhe siech :
    unmâze enlât mich âne nôt.

II Nidere minne heizet, diu sô swachet,
    daz der muot nâch kranker liebe ringet.
    diu minne tuot unlobelîche wê.
    hôhe minne reizet unde machet,
    ⁵ daz der muot nâch hôher wirde ûf swinget.
    diu winket mir nû, daz ich mit ir gê.
    Mich wundert, wes diu mâze beitet.
    kumt diu herzeliebe, ich bin iedoch verleitet :
    mîn ougen hânt ein wîp ersehen,
    ¹⁰ swie minneclich ir rede sî,
    mir mac doch schade von ir geschehen.

I 2 zewâre → ze wâre
    4 endarf → en darf
    8 wirb (präs. 1. pers. sg.) → werben / wirb ich ...,: 認容の副文
    11 unmâze „Maßlosigkeit" / enlât → en lât
II 1 diu : 先行詞を兼ねる関係代名詞, diu minne, diu ... / sô ..., daz (v. 2) „so ...,

ヴァルター・フォン・デア・フォーゲルヴァイデ

[35]

I　すべての優れた心ばえをお創りになるお方，まことにあなたこそがそのお方です，節度の女神。あなたの教えを受ける男は幸福です。騎士の館の中にあっても，路上にあっても，あなたの教えを恥じることはありません。だからこそ私は，節度の女神よ，あなたの助言を求めているのです，私に節度ある求愛の仕方を教えてくださるようにと。低く求めても，高く求めても，私は傷つきます。求め方が低すぎて，ほとんど身を滅ぼすところでしたし，いまはまた高く求めすぎて恋の病に苦しんでいます。節度がなければ苦しみを免れません。

II　低き愛とは，つまらぬ愛欲を求めて焦がれるようにと人の心を卑しめる愛のこと。このような愛は不名誉で，しかも苦しみを与えます。高き愛は人の心を駆り立て，高い名誉を求めて飛翔させます。この高き愛がいまついて来いと私に手招きしています。節度がなぜ来てくれないのか不思議でなりません。心からの愛がやって来たら，私は誘惑されてしまうでしょう。私の目はすでに一人の女性を見てしまった，彼女の言葉がどんなにやさしくても，私はやはり彼女のせいで辛い目に遭うかも知れません。

---

　　daß"
　6 diu : hôhe minne (v. 4)を指す / gê (konj. I) → gên
　7 wes (gen.) : beitet の属格補足語
　8 kumt (präs.) → komen / kumt diu herzeliebe : 条件の副文
　10 sî (konj. I) → sîn

Walther von der Vogelweide

[36]

I Frô Welt, ir sult dem wirte sagen,
    daz ich im gar vergolden habe,
    mîn grœste gülte ist abe geslagen,
    daz er mich von dem briefe schabe.
  5 Swer im iht sol, der mac wol sorgen,
    ê ich im lange schuldic wære,
    ich wolt ez zeinem juden borgen.
    er swîget unz an einen tac,
    sô wil er danne ein wette hân,
 10 sô jener niht vergelten mac.

I 1 Frô Welt (f. vok.) „Frau Welt" (擬人化された現世)：ヴァルターは Frau Welt に敬称 ir で話しかけているが，III では dû に移り，別れ際に ir にもどる / wirte (m. dat.) → wirt：「宿の主人」とは悪魔のこと
    2 im „ihm" / vergolden (part. perf.) → vergelten / habe (konj. I)
    4 schabe (konj. I) → schaben

ヴァルター・フォン・デァ・フォーゲルヴァイデ

[36]

I 浮世ねえさん，旦那に言っておくれ，おれの支払いはもう完全に済んでいると。おれの大きな借りはすっかり片づいている，証文からおれの名前を消してくれるようにとね。旦那に借りがある者は，誰しもびくびくものなのだ。旦那に長く借りているくらいなら，ユダヤ人に借金するほうがまだましさ。旦那はある日が来るまでは黙っていて，その日が来たとき借りが返せないと，担保を取るつもりなのだから。

5 der : swer …，を受ける
6 wære (konj.II) → sîn
7 wolt (konj.II) → wellen / zeinem → ze einem
8 er : dem wirte (v. 1)を受ける
10 sô „wenn" / jener : swer im iht sol (v. 5)を指す

II »Walther, dû zürnest âne nôt,
    dû solt bî mir belîben hie.
    gedenke, waz ich dir êren bôt,
    waz ich dir dînes willen lie,
　⁵ Als dicke dû mich sêre bæte.
    mir was vil ineklîche leit,
    daz dûz ie sô selten tæte.
    bedenke dich, dîn leben ist guot.
    sô dû mir rehte widersagest,
 ¹⁰ sôn wirst dû niemer wol gemuot.«

III Frô Welt, ich hân ze vil gesogen,
    ich wil entwonen, des ist zît.
    dîn zart hât mich vil nâch betrogen,
    wand er vil süezer fröiden gît.
　⁵ Dô ich dich gesach reht under ougen,
    dô was dîn schouwen wunderlich
    al sunder lougen.
    doch was der schanden alse vil,
    dô ich dîn hinden wart gewar,
 ¹⁰ daz ich dich iemer schelten wil.

II 1 „Frau Welt" はヴァルターに dû で話しかけている
　 3 êren (gen.) : waz にかかる
　 4 dînes willen (gen.) : waz にかかる / lie (prät.) → lân
　 5 bæte (prät.) → biten
　 7 dûz → dû ez / tæte (prät) → tuon : bæte (v. 5) を受ける代動詞的用法
　 9 sô „wenn"
　10 sôn → sô ne

II 「ヴァルター，お前が怒るのは筋違いだよ，これからもここのわたしのところにいておくれ。思い出してごらんよ，どんなにお前に尽くしてあげたか，お前にせがまれるたびに，お前の願いを叶えてあげたか。めったにせがんでくれないのが私にはほんとに心から残念だったが。よく考えてごらん，ここでの暮らしは結構なものだよ。わたしときっぱり縁を切ったら，この先お前は決して楽しくはならないよ。」

III 浮世ねえさん，おれはお前のおっぱいを吸いすぎた，そろそろ乳ばなれの頃合いだ。お前に愛撫されると，とっても心地よいので，もう少しでたぶらかされるところだった。お前の顔を真正面から見たときには，お前のまなざしに心底ひきつけられたものだった。けれども背中に回って，おぞましいものがたくさんついているのに気がついたので，これから先はずっとお前を罵るつもりだ。

III 1 gesogen (part. perf.) → sûgen
   3 betrogen (part. perf.) → betriegen
   4 wand „denn, weil" / er : dîn zart (v. 3)を受ける / süezer fröiden (gen.) : vil にかかる
   7 sunder lougen „fürwahr"
   8 der schanden (pl. gen.) : vil にかかる / alse ..., daz (v. 10) „so ..., daß"
   9 dîn (gen.) : gewar werden の属格補足語 / wart (prät.) → werden

IV »Sît ich dich niht erwenden mac,
    sô tuo doch ein dinc, des ich ger.
    gedenke an mangen liehten tac
    und sich doch underwîlent her,
  5 Niuwan sô dich der zît betrâge.«
    daz tæt ich wunderlîchen gerne,
    wan daz ich fürhte dîne lâge,
    vor der sich nieman kan bewarn.
    got gebe iu, frowe, guote naht.
 10 ich wil ze herberge varn.

IV 2 tuo (imper.) → tuon / des (gen.) : ger (→ gern) の属格補足語で，ein dinc にかかる関係代名詞
   4 sich (imper.) → sehen
   5 niuwan sô „nur wenn" / betrâge (konj. I) → betrâgen (unpers.) : 対格補足

Ⅳ 「お前の気持ちを変えさせることはできないけれど，一つ頼みをきいておくれ。楽しかった日々を思い出して，時にはここへも立ち寄っておくれよ，退屈になったときだけでいいから。」大喜びでそうしたいところだが，誰も身を守れないお前の罠が怖いのだ。それでは，おやすみ，浮世ねえさん，おれは家に帰るとしよう。

　語（dich）と属格補足語（der zît）をとる
6　daz : ein dinc（v. 2）即ち, v. 3-5 を指す / tæt（konj.Ⅱ）→ tuon
7　wan daz „aber nur"
9　gebe（konj.Ⅰ）→ geben

Wolfram von Eschenbach

[37]

I   Den morgenblic bî wahtaeres sange erkôs
　　ein vrouwe, dâ si tougen
　　an ir werden vriundes arm lac.
　　dâ von si der vreuden vil verlôs.
　⁵ des muosen liehtiu ougen
　　aver nazzen. sî sprach:»ôwê tac!
　　Wilde und zam daz vrewet sich dîn
　　und siht dich gern, wan ich eine. wie sol iz mir ergên!
　　nu enmac niht langer hie bî mir bestên
　¹⁰ mîn vriunt. den jaget von mir dîn schîn.«

ヴォルフラム・フォン・エッシェンバハ：出身地と見なされる地名エッシェンバハがフランケン地方かバイエルン地方かは確認できない．13世紀初頭にテューリンゲン方伯ヘルマン，ヴェルトハイム伯らのもとで詩作．ミンネザングは9篇しか残っていないが，叙事詩「パルチヴァール」，「ヴィレハレム」，「ティートゥレル」の作者として有名．

ヴォルフラム・フォン・エッシェンバハ

[37]

I 夜警の歌声で朝方のほのかな光に気づいた貴婦人がいた，大切な恋人の腕にひそかに抱かれて。そこで彼女の喜びはすっかり消えて，明るい瞳はまた涙で濡れたのだった。彼女は言った。「おお，夜明けよ。野獣も家畜も生けるものはすべてお前に会いたがり待ちこがれているのに，私だけはそうではない。私はどうなることか。いまはもう恋人はここ私のかたわらに留まることはできない。この人を私のところから追い払うのはお前の光。」

後朝歌

I 1 morgenblic „Morgenlicht" / erkôs (prät.) → erkiesen
  4 der vreuden (gen.) : vil にかかる / verlôs (prät.) → verliesen
  5 des „deshalb" / muosen (prät.) → müezen
  8 wan „nur nicht" / iz → ez
  9 enmac → en mac
  10 den : mîn vriunt を指す

II Der tac mit kraft al durch diu venster dranc.
vil slôze sî besluzzen.
daz half niht; des wart in sorge kunt.
diu vriundîn den vriunt vast an sich dwanc.
5 ir ougen diu beguzzen
ir beider wangel. sus sprach zim ir munt:
»Zwei herze und ein lîp hân wir.
gar ungescheiden unser triuwe mit ein ander vert.
der grôzen liebe der bin ich vil gar verhert,
10 wan sô du kumest und ich zuo dir.«

III Der trûric man nam urloup balde alsus:
ir liehten vel, diu slehten,
kômen nâher, swie der tac erschein.
weindiu ougen — süezer vrouwen kus!
5 sus kunden sî dô vlehten
ir munde, ir bruste, ir arme, ir blankiu bein.
Swelch schiltaer entwurfe daz,
geselleclîche als si lâgen, des waere ouch dem genuoc.
ir beider liebe doch vil sorgen truoc,
10 si pflâgen minne ân allen haz.

II 2 besluzzen (prät.) → besliezen
  3 des „deshalb" / wart (prät.) → werden; kunt werden „zuteil werden" / in „ihnen"
  4 dwanc (prät.) → twingen
  5 diu (pl. nom.): ir ougen を指す / beguzzen (prät.) → begiezen
  6 zim → ze im „zu ihm"
  8 vert (präs.) → varn
  9 der (gen.): der grôzen liebe と同格で, verhert (→ verhern „berauben") の属格補足語

II　夜明けはものすごい力で窓という窓から押し入ってきた。彼らはたくさんの鍵をかけていたが，それは何の役にも立たなかった。それで彼らは不安になった。恋する女は恋する男をひしとわが身に抱きよせた。彼女の目からこぼれる涙が二人の頬を濡らした。そして彼女は彼に言った。「心は二つ，体は一つなのです，私たちは。私たちの誠実さは決して離れることなくいつも一緒です。この大きな愛の喜びを私は全部失ってしまうでしょう，私たちが一つになるのでなければ。」

III　男は悲しみながらやがてこのように別れを告げた。二人は白いなめらかな肌を寄せ合った。もう夜明けが来ているというのに。涙のあふれる瞳，貴婦人の甘い口づけ。このようにして彼らは，その唇，その胸，その腕，その白い脚を絡み合わせた。どのような絵師であれ，彼らが寄り添っているさまを描こうとすれば，名人の技が必要となったことだろう。二人の愛の喜びは危険に瀕しているというのに，二人は愛の営みに没頭するのであった。

　10　wan sô „wenn nicht" / kumest（konj. I）→ komen
III　2　vel „Haut"
　　3　swie „obwohl" / erschein（prät.）→ erschînen
　　5　kunden（prät.）→ kunnen
　　7　schiltaer „Maler" / entwurfe（konj. II）→ entwerfen
　　8　dem : schiltaer（v. 7）を指す / des waere ouch dem genuoc „das wäre sein Meisterwerk"（MF）
　　9-10　„ihr Glück war dennoch voller Gefahr, aber …"（MF）

Wolfram von Eschenbach

[38]

I　»Sîne klâwen
　　durch die wolken sint geslagen,
　　er stîget ûf mit grôzer kraft;
　　ich sich in grâwen
　⁵ tegelîch, als er wil tagen:
　　den tac, der im geselleschaft
　　Erwenden wil, dem werden man,
　　den ich mit sorgen în verliez.
　　ich bringe in hinnen, ob ich kan.
　¹⁰ sîn vil manigiu tugent mich daz leisten hiez.«

後朝歌

I　夜警の歌
　　1 sîne, er (v. 3 u. 5), in (v. 4) が den tac (v. 6) を先取りし,「夜明け」を猛禽
　　　のかぎつめをもつ怪物にたとえている
　　3 stîget ûf → ûf stîgen
　　4 sich (präs. 1. pers. sg.) → sehen

ヴォルフラム・フォン・エッシェンバハ

[38]

I 「夜明けはいま雲を引き裂いてものすごい勢いで昇ってくる。夜が明けようとして白んでくるのが見える。この夜明けは，殿の逢瀬を妨げようとしているのだ。私が心配しながら中にお通しした大切な殿の逢瀬を。殿をここから連れ出してさしあげよう。あのりっぱな殿がお命じになったのだから。」

---

5 tegelîch „nach Art des Tages" (MF) / tagen：人称動詞として使われている
6 im „ihm"：dem werden man (v. 7) を先取りする
8 den：dem werden man (v. 7) を指す / in verliez (→ verlâzen)「hereinlassen"
9 in „ihn"
10 tugent の持ち主の代わりに tugent を主語にする換喩的表現 / hiez (prät.) → heizen

II　»Wahtaer, du singest,
　　daz mir manige vreude nimt
　　unde mêret mîn klage.
　　maer du bringest,
　　₅ der mich leider niht gezimt,
　　immer morgens gegen dem tage.
　　Diu solt du mir verswîgen gar.
　　daz gebiut ich den triuwen dîn.
　　des lôn ich dir, als ich getar,
　　₁₀ sô belîbet hie der geselle min.«

III　»Er muoz et hinnen
　　balde und ân sûmen sich.
　　nu gip im urloup, süezez wîp.
　　lâz in minnen
　　₅ her nâch sô verholn dich,
　　daz er behalte êre unde den lîp.
　　Er gap sich mîner triuwen alsô,
　　daz ich in braehte ouch wider dan.
　　ez ist nu tac. naht was ez, dô
　　₁₀ mit drucken an brust dîn kus mir in an gewan.«

II　女の歌
　　2　daz „was": singest (v. 1) の対格補足語と nimt 及び mêret (v. 3) の主格補足語を兼ねる / nimt (präs.) → nemen
　　5　der (pl. gen.) : maer (v. 4) を指す / gezimt (präs.) → gezemen : 属格補足語 (der) と対格補足語 (mich) をとる
　　7　diu (pl. acc.) : maer (v. 4) を指す
　　8　gebiut (präs. 1. pers. sg.) (→ gebiute) → gebieten / den triuwen dîn (pl. dat.) : gebiut の与格補足語
　　9　lôn (→ lône) → lônen : 属格補足語 (des) と与格補足語 (dir) をとる / getar (präs.) → geturren → turren

II 「夜警よ，お前の歌う歌は私から多くの喜びを奪い，私の嘆きをつのらせます。お前はいつもいつも明け方になると，いやな知らせを持ってきます。その知らせは，どうか私には絶対に黙っていてもらいたい。このことを忠実なお前に命じます。そうしてくれたらご褒美をあげましょう。何としてもここに留まるのです，私の恋人は。」

III 「殿はここをお出にならねばなりませぬ，いますぐに，ためらうことなく。美しいお方，いまはどうか殿に別れの挨拶を。この殿が体面といのちを失わないでいられますように，あなた様はあとでまたこっそりと殿の愛をお受けになればよいのです。無事にまたここから連れ出すという約束を私が守ることを信じて，殿は私にご自分の身を任せられたのです。いまはもう夜明け。あれは夜中のことでした，あなた様が殿を私の手から受け取り，いきなり胸に抱きしめて，くちづけをなさったのは。」

III 夜警の歌
    2 sûmen sich：動名詞, ân „ohne"につながる
    3 gip (imper.) → geben
    4 lâz (imper.)：Wapnewski に従う ／ in „ihn" ／ minnen (inf.)
    5 verholn (part. perf.) → verheln
    6 daz „damit" ／ behalte (konj. I) → behalten
    7 mîner triuwen (f. dat.)：gap sich (→ sich geben) の与格補足語
    8 in „ihn" ／ braehte (konj. II) → bringen
   10 du の代わりに dîn kus を主語にする換喩的表現，„du mit deinem Kuß" ／ in „ihn" ／ an gewan (prät.) → an gewinnen „abgewinnen"

IV »Swaz dir gevalle,
   wahtaer, sinc und lâ den hie,
   der minne brâht und minne enpfienc.
   von dînem schalle
   5 ist er und ich erschrocken ie,
   sô ninder der morgenstern ûf gienc
   Ûf in, der her nâch minne ist komen,
   noch ninder lûhte tages lieht.
   du hâst in dicke mir benomen
   10 von blanken armen, und ûz herzen niht.«

V Von den blicken,
   die der tac tet durch diu glas,
   und dô wahtaere warnen sanc,
   si muose erschricken
   5 durch den, der dâ bî ir was.
   ir brüstlîn an brust si dwanc.
   Der rîter ellens niht vergaz;
   des wold in wenden wahtaers dôn:
   urloup nâh und nâher baz
   10 mit kusse und anders gap in minne lôn.

IV 女の歌
　　1 gevalle (konj. I) → gevallen
　　2 sinc (imper.) → singen / lâ (imper.) → lân / den: der ..., (v. 3) を指す
　　3 brâht (prät.) → bringen / enpfienc (prät.) → enphâhen
　　6 sô „wenn" / ninder → niener, niender / ûf gienc (prät.) → ûf gân
　　7 ûf in „über ihn" / der: in にかかる関係代名詞 / komen „gekommen"
　　8 lûhte (prät.) → liuhten
　　9 in „ihn"
V　2 die: den blicken (v. 1) を指す

Ⅳ 「お前の好きな歌を歌うがよい，夜警よ，でもこの人はここに残しておいてください，愛を私にもたらし，愛を私から受け取ったこの人は。お前の呼び声でこの人も私もいつも驚いて目覚めてしまったものです，愛を求めてここに来てくれたこの人の頭上にまだ明けの明星は昇らず，朝の光も輝いていなかったのに。お前はいままでに幾度も私の腕からこの人を奪い取って連れ去ったけれど，でも私の心から連れ去ったことはありません。」

Ⅴ 窓ガラスを通して押し入ってきた夜明けの視線と夜警が歌う警告で彼女が驚愕せざるを得なかったのは，かたわらにいる男のためだった。彼女は乳房を男の胸に押しつけた。騎士は男らしさを忘れはしなかった。夜警の歌がそれを妨げようとしたのだが。別れの時はいよいよ迫り，くちづけやら何やらで彼らの愛は成就したのであった。

---

3 dô „als"
4 muose (prät.) → müezen
5 der : den にかかる関係代名詞
6 si (f. nom.) / dwanc (prät.) → twingen
7 ellens (n. gen.) : niht と共に vergaz (→ vergezzen) の属格補足語
8 des : v. 7 の内容を指し，wenden の属格補足語 / in „ihn"
9 nâh und nâher baz „näher und immer näher"
10 in „ihnen" / minne lôn (acc.) „Minnelohn" / urloup „Abschied" (v. 9) を gap (→ geben) の主語とする換喩的表現

Wolfram von Eschenbach

[39]

I Der helden minne ir klage
   du sunge ie gên dem tage,
   Daz sûre nâch dem süezen.
   swer minne und wîplîch grüezen
5 alsô enpfienc,
   daz si sich muosen scheiden, —
   swaz dû dô riete in beiden,
   dô ûf gienc
   Der morgensterne, wahtaere, swîc,
10 dâ von niht langer sinc.

いわゆる反「後朝歌」として有名

I 1 helden (part. präs.) → heln / minne (f. dat.) / ir : der helden minne を受ける
   1-2 „Der heimlichen Liebe sangest du ihren Klagenanlaß von je in den Tagesanbruch hinein" (Wapnewski)
   2 du : wahtaere (v. 9) のこと / sunge (prät.) → singen

ヴォルフラム・フォン・エッシェンバハ

[39]

I　夜が明けるときにお前がいつも歌った歌は，隠れた恋の嘆きとなった。快いことのあとに辛いこと。誰であれ愛と女の抱擁をこのように隠れて受け取ったなら，その二人は別れなければならなかった。明けの明星が昇ったとき，そのような恋人たちに，お前が何を忠告したにせよ，夜警よ，いまは黙れ，そのことは，もはや歌うな。

5　enpfienc (prät.) → enphâhen
6　muosen (prät.) → müezen
7　riete (prät.) → râten / in „ihnen"
8　ûf gienc (prät.) → ûf gân
9　swîc (imper.) → swîgen
10　langer は MF では<…>となっているが，ここでは Wapnewski に従う ／ sinc (imper.) → singen

II　Swer pfliget oder ie gepflac,
　　daz er bî lieben wîben lac,
　　Den merkaeren unverborgen,
　　der darf niht durch den morgen
　5 dannen streben.
　　er mac des tages erbeiten.
　　man darf in niht ûz leiten
　　ûf sîn leben.
　　Ein offeniu süeze wirtes wîp
　10 kan sölhe minne geben.

II　1　swer …, er (v. 2) …, der (v. 4)
　　3　den merkaeren (pl. dat.)
　　6　des tages (gen.) : erbeiten „erwarten " の属格補足語

II 恋路を見張る世の人々に隠しだてすることなく，愛する女のそばに寝るようにしている男，いつもそうしてきた男は，朝まだ暗い中をそそくさと逃げだす必要はない。日の出を悠々と待つことができるのだ。身の安全のためにわざわざ外に連れだしてもらう必要もない。かわいい正妻なら，このような恋を叶えてくれるというものだ。

---

7 in „ihn"
9 wirtes wîp „Ehefrau"

Neidhart

[40]

I Ein altiu diu begunde springen
    hôhe alsam ein kitze enbor : si wolde bluomen bringen.
    »tohter, reich mir mîn gewant :
    ich muoz an eines knappen hant,
    ⁵ der ist von Riuwental genant.
    traranuretun traranuriruntundeie.«

II »Muoter, ir hüetet iuwer sinne!
    erst ein knappe sô gemuot, er pfliget niht stæter minne.«
    »tohter, lâ mich âne nôt!
    ich weiz wol, waz er mir enbôt.
    ⁵ nâch sîner minne bin ich tôt.
    traranuretun traranuriruntundeie.«

ナイトハルト：バイエルンあるいはオーストリア地方の出身．Neidhart（嫉妬深い男，の意）von Reuental（嘆きの谷）という名は本名とも渾名とも考えられる．1210年頃からバイエルンの領主に仕え，1217年または1228/29年の十字軍に参加．1230年頃オーストリアに移る．

夏の歌

I 1 diu (f. nom.) : ein altiu を指す / begunde (prät.) → beginnen : zu なしの不定詞をとる，「始める」という意味は希薄

ナイトハルト

[40]

I　ばあさん高く飛び跳ねた，子山羊のように。花を摘んでこようというのだ。「娘や，晴れ着をとっとくれ。さる若殿がお呼びなの。その方の名はロイエンタールの殿。トララヌレトン，トララヌリルントンデイエ。」

II　「かあさん，正気を失わないで。その人はお相手を次々かえる浮気の若殿。」「娘や，心配するでない。わたしにゃようっくわかっているのさ，あの方のお申しいでが。あの方の愛にこがれてもう死ぬばかり。トララヌレトン，トララヌリルントンデイエ。」

---

　　2 enbor „empor" / bluomen bringen (vgl. III 3)
　　3 reich (imper.) → reichen
　　4 eines knappen (gen.) : hant にかかる
II　1 ir : 娘は母親に敬称 ir で呼びかけ，母親は娘に du で呼びかけている / „Mutter, bleibt bei Verstand" (de Boor)
　　2 erst → er ist / stæter minne (gen.) : pfliget (→ phlegen) の属格補足語
　　3 lâ mich âne nôt „laß mich in Ruhe" (Brackert)
　　4 enbôt (prät.) → enbieten
　　5 „nach seiner Minne bin ich ganz krank" (Brackert)

III　Dô sprachs' ein alte in ir geile:
　　»trûtgespil, wol dan mit mir! ja ergât ez uns ze heile.
　　wir suln beid nâch bluomen gân.
　　war umbe solte ich hie bestân,
　5 sît ich sô vil geverten hân?
　　traranuretun traranuriruntundeie.«

III 1 sprachs → sprach si; si (nom.) は ein altiu (I 1) を受ける / ein alte (f. acc.)
　　2-3 同性の人に恋人に話すような口調で話し掛けているのが滑稽，「二人で花を

Ⅲ そのときばあさん浮かれはしゃいで，ほかのばあさんに話しかけた，「いとしい人よ，さあ連れ立って行きましょう。私たち，きっと幸せになりますよ。二人で一緒に花を摘みにいきましょう。私にはここに留まる理由はない，仲間が大勢いるからには。トララヌレトン，トララヌリルントンデイエ。」

摘みに行こう」は男性が女性を戸外の逢い引きに誘う時の隠語的表現，vgl. [33] Ⅱ 8
4 solte (konj. Ⅱ) → suln

Neidhart

[41]

I »Uns wil ein sumer komen«,
　sprach ein magt: »jâ hân ich den von Riuwental vernomen.
　jâ wil ich in loben.
　mîn herze spilt gein im vor vreuden, als ez welle toben.
　⁵ ich hœr in dort singen vor den kinden.
　jâne wil ich nimmer des erwinden,
　ich springe an sîner hende zuo der linden.«

II Diu muoter rief ir nâch;
　sî sprach: »tohter, volge mir, niht lâ dir wesen gâch!
　weistû, wie geschach
　dîner spilen Jiuten vert, alsam ir eide jach?
　⁵ der wuohs von sînem reien ûf ir wempel,
　und gewan ein kint, daz hiez si lempel:
　alsô lêrte er sî den gimpelgempel.«

夏の歌

I　3　in „ihn"
　　4　im „ihm" / als „als ob" / ez: mîn herze を受ける / welle (konj. I) →
　　　　wellen
　　5　in „ihn"
　　6　jâne → jâ ne / des (gen.): erwinden „ablassen von"の属格補足語, v. 7 の
　　　　内容を受ける
II　2　lâ (imper.) → lân

ナイトハルト

[41]

I 「あたしたちには夏がくる。」とある少女が言いました。「ロイエンタールの殿のお声が聞こえたのです。何としてもあの方と結ばれたい。あの方を求めてあたしの心はもう嬉しくて狂わんばかり。娘たちの前であの方が歌っているのが聞こえます。けっしてあたしは諦めません，あの方の手をとって菩提樹の下で踊るのを。」

II 母親は娘にうしろから呼びかけて，こう言いました。「ねえお前，わたしの言うことをききなさい。急いではいけません。知っていますか，お前の仲良しのユウテが去年どんな目に遭ったかを。おっかさんの話によれば，あの男と一緒に踊ったばっかりにおなかが大きくなって，赤子が生まれたということよ。その子のことを子羊なんて呼んでるけれど。つまりはあの男がユウテにギンペルゲンペルの節回しを教えたというわけです。」

---

3 weistû → weist (→ wizzen) dû
4 dîner spilen Jiuten (f. dat.) ; Jiuten (→ Jiute) / vert „im Vorjahre" / eide „Mutter" / jach (prät.) → jehen
5 der (f. dat.) : Jiuten (v. 4) を指す / wuohs (prät.) ûf → ûf wahsen / wempel (n. nom.) „Bäuchlein"
6 gewan の主語としては der (v. 5) と同一人物を補足して解釈する / daz (acc.) : ein kint を指す / si : Jiuten (v. 4) を受ける
7 gimpelgempel : わいせつな意味をもつ隠語と推定される / „so lehrte er sie seine Weise" (d. h. machte sie seinem Willen gefügig) (Wießner)

III　»Muoter, lât iz sîn!
　　er sante mir ein rôsenschapel, daz het liehten schîn,
　　ûf daz houbet mîn,
　　und zwêne rôten golzen brâhte er her mir über Rîn:
　5 die trag ich noch hiwer an mînem beine.
　　des er mich bat, daz weiz ich niewan eine.
　　jâ volge ich iuwer ræte harte kleine.«

IV　Der muoter der wart leit,
　　daz diu tohter niht enhôrte, daz si ir vor geseit;
　　iz sprach diu stolze meit:
　　»ich hân im gelobt: des hât er mîne sicherheit.
　5 waz verliuse ich dâ mit mîner êren?
　　jâne wil ich nimmer widerkêren,
　　er muoz mich sîne geile sprünge lêren.«

V　Diu muoter sprach:»wol hin!
　　verstû übel oder wol, sich, daz ist dîn gewin:
　　dû hâst niht guoten sin.
　　wil dû mit im gein Riuwental, dâ bringet er dich hin:
　5 alsô kan sîn treiros dich verkoufen.
　　er beginnt dich slahen, stôzen, roufen
　　und müezen doch zwô wiegen bî dir loufen.«

Ⅲ　1 lât (imper.) → lân : 母親は娘に dû で呼びかけ，娘は母親に敬称 ir で呼びかけている / iz → ez
　　4 golzen → golze „Beinkleidung"
　　5 die : zwêne rôten golzen (v. 4) を指す / hiwer „heuer"
　　6 daz : des ..., を受ける
　　7 iuwer ræte (pl. gen.) : volge の属格補足語 / harte kleine „gar nicht"
Ⅳ　1 der muoter (dat.) / der (dat.) : der muoter を指す / wart (prät.) → werden
　　2 enhôrte → en hôrte / vor geseit (→ gesaget) → vor sagen
　　3 iz → ez

Ⅲ 「母さん、そんな話はよしてください。あの方はすてきに輝くばらの花輪を送ってくださいました、あたしの頭に載せるようにと。それから一足の赤い脚絆をはるばるとライン川の向こうから持ってきてくださったのです。それをあたしは今年のうちにも履くつもり。あの方があたしに何を求めたのか、知っているのはあたしだけです。母さんの忠告に従う気持ちはこれっぽちもありません。」

Ⅳ 母親は心をいためました、自分の言うことに娘が耳を貸さなかったので。娘は誇らかにこう言ったのです。「あたしはあの方にお約束いたしました。お約束は必ず守ると誓いました。そうしたからとて、あたしの名誉が失われることがありましょうか。けっしてあたしは約束を取り消したりはいたしません、あの方に陽気なジャンプを教えていただくつもりです。」

Ⅴ 母親は言いました。「さあ、それならば、行きなさい。不幸になっても幸せになっても、いいかい、これはお前の自業自得。お前には分別がない。あの男とロイエンタールに行きたいのなら、お前をそこへ連れて行ってくれるでしょう。つまりお前はあの男のダンスに騙されるかもしれません。あの男はお前をぶったり、ついたり、掻きむしったりするでしょう、お前のそばでゆりかごが二つも揺れているというときに。」

---

  4 im „ihm"
  4-6：少女は騎士風の言葉を使っている
  5 verliuse (präs. 1. pers. sg.) → verliesen / mîner êren (gen.)：waz にかかる
  6 jâne → jâ ne
Ⅴ 2 verstû → verst (präs.) (→ varn) dû / sich (imper.) → sehen
  4 wil dû ...,：条件の副文 / wil → wilt
  5 treiros：ダンスの曲名
  7 und ... doch „während ... doch" / zwô wiegen：「ゆりかごが二つ」ということは赤ん坊が同時に二人、つまり「双子の赤ん坊」ということか

Neidhart

[42]

I　Sanges sint diu vogelîn gesweiget,
　　der leide winter hât den sumer hin verjagt:
　　des ist manic herze beidiu trûric unde unvrô.
　　aller werlde hôchgemüete seiget:
　5 wan ich bin noch an mînen vreuden unverzagt;
　　daz gebiutet liebist aller wîbe mir alsô.
　　ir gebot
　　leiste ich immer, al die wîle ich lebe.
　　mîne vriunde, wünschet mir durch got,
　10 daz si mir ein liebez ende gebe!

冬の歌

I　1 sanges (gen.) : gesweiget (part. perf.) (→ sweigen) の属格補足語
　　3 des „deshalb"
　　4 aller werlde (gen.) : hôchgemüete にかかる / seiget (präs.) → seigen „sich senken"

ナイトハルト

[42]

I 歌うのを小鳥たちはやめました，いやな冬が夏を追い払ってしまったのです。それで多くの人々はこころ楽しまず鬱々としています。全世界の人々の高らかな意気は落ち込んでいます。でも私だけはまだ幸せな期待をなくしてはいません。すべての女性の中で一番いとしい人が私にそれを求めているからです。この人の命令なら，私にいのちのあるかぎり，いつでも果たすつもりです。私に味方する人々よ，どうか私のために祈ってください，あの人が私の恋の望みを叶えてくれますようにと。

---

5 wan „aber nur"
6 daz (acc.) / gebiutet (präs.) → gebieten / liebist aller wîbe „die liebste aller Frauen"
8 al die wîle „solange"
9 wünschet (imper. 2. pers. pl.) → wünschen
10 si : liebist (v. 6) を受ける / gebe (konj. I) → geben

II　Hie mit sule wir die rede lâzen:
　　wir müezen in die stuben. zeinem berevrite
　　kômen hin durch tanzes willen vil der jungen diet.
　　zwêne dörper (daz si sîn verwâzen!),
　5 si truogen beide röcke nâch dem hovesite,
　　Ôsterrîches tuoches: wê mir sîn, der in si schriet!
　　wol beslagen
　　wâren in ir gürtel beide samt.
　　œdeclîchen wunden sî den kragen
　10 bî dem tanze, daz ich michs erschamt.

III　Niemen vrâge mich, war umbe ich grâwe!
　　jâ wânte ich, daz ich geruowet solde sîn
　　vor den getelingen: des ist in vil ungedâht;
　　sîne lâzent mich deheine râwe
　5 gewinnen: ir gewerp ist um die vrouwen mîn.
　　mirst unmære, werdent sî zerhouwen schiere brâht.
　　Gîselbreht
　　unde ein tœrscher ganze, Walberûn,
　　tuot mir zallen zîten ungereht.
　10 wie verlôs ir spiegel Vriderûn?

II　1　sule → suln
　　2　berevrite „Bollwerk"
　　3　der jungen diet (pl. gen.): vil にかかる
　　4　sîn (konj. I)
　　5　truogen (prät.) → tragen
　　6　der : sîn (gen.) にかかる関係代名詞 / in „ihnen" / si : röcke (v. 5) を受ける / schriet (prät.) → schrôten
　　7　beslagen (part. perf.) → beslahen „beschlagen"
　　8　in „ihnen" / samt „zusammen"
　　9　wunden (prät.) → winden
　　10　michs → mich es; es (gen.) は erschamt (konj. II) (→ erschamen) (refl.) の属格補足語

II　これでひとまずこの話はやめにしましょう。私たちは部屋にはいらなくてはなりません。とある木小屋へ大勢の若者がダンスをしようとやって来ました。田舎者が二人（何ていまいましい奴らだ），二人とも宮廷風の上着を着ていたのです。しかも布地はオーストリア製。奴らにこれを作ってやった仕立屋にこそ呪いあれと言いたいところ。両人ともりっぱな金具のついたバンドをしめておりました。踊るとき野暮に気取って首をかしげるその様子，見ていて思わず恥ずかしくなるほどでした。

III　どなたも私に尋ねないでください，なぜ髪が白くなるのかと。あの野暮な若者どもに邪魔されないでもすむものと思っていたのが間違いでした。そんなこと奴らは夢にも思っていません。奴らは私に安らぎを得させてはくれません。奴らは私の恋人を手に入れようとあれこれやっているのですから。奴らがいますぐに打ち殺されて運び出されても私は平気。ギーゼルブレヒトと愚かな鷺鳥のヴァルベルーンは，いつも私に不当なことをするのです。さて，どのようにしてフリデルーンは鏡をなくしてしまったでしょうか。

III 1 vrâge (konj. I)
　　2 wânte (prät.) → wænen / solde (konj. II) → suln / sîn (inf.)
　　3 getelingen (pl.) → getelinc „Geselle, Bursche" / des (gen.) : ungedâht の属格補足語 / in „ihnen" / des ist in vil ungedâht „Doch, sie denken nicht daran" (Beyschlag)
　　4 sîne → sî ne
　　6 mirst → mir ist / werdent sî …: 認容の副文 / zerhouwen (part. perf.) / brâht (part. perf.) → bringen
　　9 zallen → ze allen
　 10 verlôs (prät.) → verliesen / Vriderûn : ナイトハルトの一連の作品の中で恋人として設定されている女性の名

IV Alsô vlôs mîn vrouwe ir vingerîde.
    dô sî den krumben reien ûf dem anger trat,
    dô wart ez ir ab ir hant, seht, âne ir danc genomen!
    hân ich den von schulden niht ze nîde,
 5 der irz von sîner üppikeit gezücket hât?
    daz möht enem œden kragen noch ze schaden komen.
    wê mir sîn,
    daz er sî sô rehte dar zuo vant!
    jâ verklagte ich wol daz vingerlîn,
10 het er ir verlenket niht die hant.

V   Sône müet mich niht an Brûnewarte,
    niwan daz er den œden krophen vor gestât
    üppiclîcher dinge und ungevüeger gogelheit:
    des geswillet mîn gemüete harte.
 5 wan daz mîn zuht vor mînem zorne dicke gât,
    ich geschüefe, daz ir etelîchem würde leit.
    alle drî
    dünkent sich die dörper wîse gar:
    herre got, nu schaffe mich ir vrî!
10 hie bevor dô müet mich Engelmâr.

IV 1 vlôs (prät.) → verliesen / mîn vrouwe: Vriderûn (III 10) と同一人物
   2 den krumben reien の詳細は不明
   3 wart (prät.) → werden / ez: ir vingerîde (v. 1) を受ける / ir (f. dat.) ab ir hant / seht (imper. 2. pers. pl.) → sehen / âne ir danc „gegen ihren Willen"
   5 der: den (v. 4) にかかる関係代名詞 / irz → ir (f. dat.) ez; ez は vingerîde (v. 1) を受ける
   6 daz: 指輪を奪ったこと / möht (konj. II) → mügen / enem „jenem"
   7 sîn (gen.): daz (v. 8) 以下の副文の内容を先取りする
   8 sî: mîn vrouwe (v. 1) を受ける / dar zuo: 指輪を奪ったこと
   9 verklagte (konj. II) → verklagen „verschmerzen"
  10 条件の副文 / het (konj. II) → hân
V 1 sône → sô ne / müet (konj. II) → müejen

Ⅳ 同じようにして私の恋人フリデルーンはその指輪をも失いました。あの人が野原で輪舞のステップを踏んでいたとき，そのとき指輪は彼女の手から，そうです，彼女の意志に反して奪われたのです。私がその男を憎むのは当然ではないでしょうか，思い上がりであの人から指輪をひったくったその男を。野暮に気取ったあいつの首は，このかどでひどい目に遭えばいいのだが。あいつがちょうど具合よくチャンスを見つけたのがいまいましい。あの指輪のことだけなら，まだ我慢できたかも知れませんが，あいつは私の恋人の手までくじいてしまったのです。

Ⅴ ブルーネワルトのことで腹立たしいのは，何と言っても，あいつが気取った野郎どもに，思い上がりと無法な悪ふざけを許してやっていることです。そのために私は怒り狂わんばかり。もしも私が持ち前の礼儀正さで怒りを抑えるのでなかったら，あいつらの中の誰かが痛い目に遭うようにしてやるところなのですが。奴ら田舎者は三人そろいもそろって自分たちは賢いと思い込んでいるのです。神様どうか，私を奴らから解放してくださいますように。以前はエンゲルマールに悩まされたものでした。

1-2 niht ... niwan daz ... „nichts anders, als daß ..."
2 krophen (pl. dat.) → kroph „Hals" / vor gestât → vor gestân „zugute halten"
3 üppiclîcher dinge (pl. gen.) / ungevüeger gogelheit (pl. gen.)
4 des „deshalb" / geswillet (präs.) → geswellen
5 wan daz „wenn nicht ..."
6 geschüefe (konj. Ⅱ) → geschaffen → schaffen / ir (pl. gen.) : etelîchem にかかる / würde (konj. Ⅱ) → werden
7 alle drî (pl. nom.) : die dörper (v. 8) と同格
8 dünkent (präs. 3. pers. pl.) → dünken
9 schaffe (imper.) / ir (pl. gen.) : vrî にかかる
10 müet (prät.) (→ müete) → müejen

VI　Er und die mir durch den anger wuoten,
　　den ist sô gar getützet al ir üppikeit;
　　die gebârent, sam si nie gelebten guoten tac.
　　hôhe spienen sî ir weibelruoten:
　⁵ ir iegeslîcher hiuwer eine riutel treit.
　　kleine hûben truogens ê: nu strûbet in der nac.
　　rehte alsam
　　müeze in noch gelingen über al!
　　sac mit salze mache mir si zam!
　¹⁰ sô geruowe ich hie ze Riuwental.

ⅤとⅥの間に挿入されたⅤaという詩節は，この作品の本筋から逸脱した内容であり，追加詩節と見られるので，本書では採用しない．

VI 1 er : Engelmâr（V 10）を受ける / wuoten (prät.) → waten
　　2 den (pl. dat.) : er und die …, (v. 1) を指す / getützet → tützen „zum Schweigen bringen" / ir üppikeit (nom.)
　　3 die : er und die …, (v. 1) を指す / sam „als ob"

Ⅵ　あいつエンゲルマールと，私の草地を踏み荒らした連中，あいつらの傲慢さは完全に静まりました。いまはもう，まるで一度も幸せな日を過ごしたことがないかのようにふるまっています。奴らは威張って剣を高々と持ち歩いていましたが，今年は皆一人一人が百姓のこん棒を担いでいます。前はこいきな頭巾を被っていましたが，いまではもじゃもじゃの髪がうなじにかかっています。ほかの連中もこれと全く同じようになってくれたらいいのにと思います。奴らは塩の袋でも担いで，おとなしくしていればいいのです。そうなれば私はここロイエンタールで，ゆっくりとくつろいでいられるでしょう。

4　spienen (prät.) → spannen
5　ir (pl. gen.) : iegeslîcher にかかる / hiuwer „heuer" / riutel „Gerät am Pflug, um ihn von Erde zu säubern" / treit (präs.) → tragen
6　hûben → hûbe „Haube" / truogens → truogen (prät.) (→ tragen) si / in „ihnen"
8　müeze (konj. Ⅰ) → müezen / in „ihnen"
9　mache (konj. Ⅰ) / si (pl. acc.) : in (v. 8) を受ける / zam „zahm"

Reinmar von Zweter

[43]

Ich wil iuch lêren, werdiu wîp;
der lêre der volgt: sô wirt getiuret iuwer reiner lîp:
besliezt in iuwerm herzen tugende, kiusche unt dar zuo reinen
Dâ bî sult ir iuch sêre schamen: ⌊ muot!
5 sît dêmüet unde wol gezogen, daz prîset iuwern namen,
getriuwe unt êrebære, daz stât iu wol unt ist ouch vrouwen guot.
Der werlde hort lît gar an reinen wîben,
ir lop daz sol man hœhen unde trîben:
swaz Got geschuof ie crêâtiure,
10 daz überguldent reiniu wîp:
ez wart geborn sîn selbes lîp
von einer magt: daz gap er in ze stiure.

ラインマル・フォン・ツヴェーター：1200年頃に生まれ，作品はすべて1248年までの成立．ある詩の中で「ラインに生まれ，オーストリアで育ち，ボヘミアの地を選んだ」と歌っている．皇帝フリードリヒ二世，ボヘミア王ヴェンツェル一世らのもとにいた．後にマイスタージンガーは彼の名をヴァルターやヴォルフラムと並べて創始者12人の一人に数えているが，近代以降はあまり評価されていない．

    2 der (f. dat.): der lêre を指す / volgt (imper. 2. pers. pl.) → volgen
    3 besliezt (imper. 2. pers. pl.) → besliezen
    5 sît (imper. 2. pers. pl.) → sîn

ラインマル・フォン・ツヴェーター

[43]

　私はあなた方にお教えしたい，りっぱなご婦人の皆さん，この教えに従いなさい。そうすれば清らかなあなた方自身のねうちが高くなるのです。もろもろの美徳を，純潔に加えて清らかな気持を，あなた方の心の中に閉じ込めなさい。そのとき羞恥心をお忘れなく。つつましく礼儀正しくふるまいなさい，それがあなた方女性の誉れになるのです。誠実で気高い態度をとりなさい，それがあなた方およそ女性にふさわしく，貴婦人にも良いことなのです。清らかな女性たちこそまさにこの世の宝です。清らかな女性たちを褒めたたえることに人はますます勤しむべきでしょう。およそ神の御手に成る被造物の中で，清らかな女性に優るものはありません。神ご自身が一人の乙女によってお生まれになったのですから。この恩寵を神は女性たちにお授けになったのです。

---

 6 getriuwe unt êrebære の前に sît (v. 5) を補って解釈する / vrouwen (pl. dat.) : iu (=wîp) と区別して
 7 lît (→ liget) → ligen
 8 daz : ir lop を指す
 9 crêâtiure (gen.) : swaz にかかる
 10 daz (acc.) : swaz …, (v. 9) を受ける / überguldent (präs. pl.) → übergulden
 11 ez : 文頭の虚字 / wart (prät.) → werden
 12 in „ihnen" : reiniu wîp (v. 10) を指す

Reinmar von Zweter

[44]

Nû wil ich lêren ouch die man,
sô ich von mînen sinnen daz beste immer vinden kan:
swem daz niht wol gevalle, der lêre ein bezzerz sunder mînen haz.
Ir edele man vil hôchgemuot,
⁵ ir ensult niht minnen vrouwen adel noch vrouwen guot;
verzîht iuch vrouwen schœne: ez mac iuch wol beriuwen, wizzet
Ir minnet wîbes triuwe unt ir güete, ⌊daz!
ir zuht, ir scham, ir wîplich hôchgemüete:
swâ ir die vindet, diust gecrœnet
¹⁰ unt hât an allen rîchen teil:
ir lop daz stât gar âne meil
alsam der dorn, den rôsen habent beschœnet.

---

3 gevalle (konj. I) → gevallen / der : swem ..., を受ける / lêre (konj. I)
5 ensult → en sult / niht ... noch „weder ... noch"
6 verzîht (imper. 2. pers. pl.) → verzîhen (refl.) : 属格補足語 (vrouwen schœne) をとる / wizzet (imper. 2. pers. pl.)
7-8 ir güete, ir zuht, … の ir は文法的性より自然の性を優先して wîbes を受ける

ラインマル・フォン・ツヴェーター

[44]

　さて，私は男の人たちにもお教えしたい，私にできるかぎりの知恵をつくして。もし私の教えが気に入らない人がいるなら，遠慮せずに，もっといいことを教えてください。意気軒昂たる高貴な男の皆さん，貴婦人を愛してはいけません，身分の高い貴婦人も良い貴婦人も。貴婦人の美しさからは手をお引きなさい。後悔することになるでしょうから。これは心得ておいてください。あなた方が愛すべきは，女性の真心と優しさ，たしなみ，恥じらい，女らしい朗らかな心ばえです。これらの性質が見つかるなら，どこであろうと，これらの性質を備えた女性こそは王冠を戴いていて，あらゆる王国に領土をもっているも同然なのです。そのような女性を讃える歌には全く欠点はありません，ばらの花が美しく見せかけている刺のような欠点は。

---

　9 ir (2. pers. pl. nom.) : edele man vil hôchgemuot (v. 4) を受ける / die (pl. acc.) : wîbes triuwe, ir güete, ir zuht, ir scham, ir wîplich hôchgemüete (v. 7-8) を指す / diust → diu ist
11 daz : ir lop を指す
12 den : der dorn を指す

Von Scharpfenberg

[45]

I   Meije, bis uns willekomen,
    sît du trûren hâst benomen
    mangem daz den winter her mit sorgen hât gerungen.
    dem walde ist wol gelungen,
    ⁵ er stêt alsô besungen.

II »Dirre mære bin ich frô«
    sprach ein geiliu maget dô.
    »wer sol mir nu wenden, obe ich gê nâch bluomen swanze?
    hæt ich der zeinem kranze,
    ⁵ sô zæme ich an dem tanze.«

III »Tohter, lâ dîn swanzen sîn,
    volge nâch der lêre mîn.
    mich bedunket, dîn muot tobe sêre nâch der minne.
    dun hâst niht guoter sinne;
    ⁵ dâ von belîp hie inne.«

フォン・シャルフェンベルク：13世紀中頃の詩人．ラートシャハの領主ハインリヒ・フォン・シャルフェンベルクの4人の息子の一人と推定される．シュタイヤーマルク地方、ケルンテン地方の記録がある．

I 1 気候の点ではドイツの一年は四季ではなく，夏（いい季節）と冬（悪い季節）の二季で，五月は夏の季節に入る / bis (imper.) → sîn
    2 trûren (n. acc.)
    3 daz: mangem を先行詞とする関係代名詞 / den winter her:「冬から今まで」の意
    5 er: dem walde (v. 4) を受ける / besungen (part. perf.) → besingen „mit Gesang erfüllen"

フォン・シャルフェンベルク

[45]

I　ようこそ五月よ，お前は，いままで冬の苦しみと戦ってきた多くの人々の心から，悲しみを取り去ってくれた。森はほんとに幸せだ，こんなに多くの小鳥たちが歌ってくれているのだから。

II　「この春の訪れの知らせを聞くと心がはずむ。」と，ある陽気な娘が言った。「誰にも邪魔はさせません，あたしが花を摘みにいくのを。冠が作れるだけの花があったら，あたしはダンスにふさわしくなれるでしょうに。」

III　「娘よ，ダンスに行くのはよしなさい。私の教えに従いなさい。お前の心は恋に狂っているようです。分別をなくしてしまっているのです。だから出かけないで，うちの中にいなさい。」

II 1　dirre mære (pl. gen.)
　　3　gê nâch bluomen swanze : vgl. [40] III 2-3 の注 / gê (konj. I) → gân, gên
　　4　条件の副文 / hæt (konj. II) → haben / der (pl. gen.) : bluomen (v. 3) を指す / zeinem → ze einem
　　5　zæme (konj. II) → zemen
III 1　母親は娘に dû で呼びかけ，娘は母親に敬称 ir で呼びかけている，vgl. [41] III 1 / lâ (imper.) → lân / swanzen „tanzen"
　　3　tobe (konj. I)
　　4　dun → du ne / guoter sinne (pl. gen.) : niht にかかる
　　5　belîp (imper.) → belîben

IV　»Nu sihe ich wol, ir hüetet mîn,
　　　sît ich sol hie bî iu sîn.
　　　wizzet doch, sît ich ez weiz, sô kumtz iu niht ze guote.
　　　verlorn ist iuwer huote.«
　　　⁵ sô sprach diu wol gemuote.

V　»Sol mîn huote sîn verlorn,
　　　dest mir wol von schulden zorn.
　　　volge mir dur dîne frume und hüet dich vor der wiegen.
　　　die man die kunnen liegen;
　　　⁵ dâ von lâ dich niht triegen.«

VI　»In hüet mîn vor der wiegen niht.
　　　swaz halt mir dâ von geschiht,
　　　dem ich holdez herze trage, dem muoz an mir gelingen.
　　　er kan wol swære ringen,
　　　⁵ ich wil im fröide bringen.«

VII　»Du fröist in und beswærest dich:
　　　tohter, lâz ez noch durch mich.«
　　　»nein ich, muoter, ir habt iuch versûmet an dem râte:
　　　ez ist nû ze spâte.«
　　　⁵ hin spranc diu junge drâte.

IV　1 sihe (präs. 1. pers. sg.) → sehen
　　3 wizzet (敬称 ir に対する imper.) → wizzen / ez : ir hüetet mîn (v. 1) を指
　　　す / kumtz → kumt (präs.) (→ komen) ez
　　5 diu wol gemuote : ein geiliu maget (II 2) を指す
V　1 条件の副文
　　2 dest → daz (または des) ist
　　3 volge (imper.) → volgen / hüet (imper.) → hüeten / der wiegen : 子供がで
　　　きてしまうことを暗示する隠語, vgl. [41] V 7 の注

Ⅳ 「ちゃんとわかってますよ，母さんはあたしを監督する気なんですね，そばにいろなんて言うのは。でも，いいですか。あたしに見抜かれているんですから，母さんの負けですよ。母さんの監督は無駄でした。」と上機嫌の娘は言った。

Ⅴ 「監督が無駄だったというのなら，私が怒るのは当たり前。お前のためなのだから言うことを聞いて『ゆりかご』から身を守りなさい。男たちというものは嘘をつくことを知っているのです。だからお前は騙されないようにおし。」

Ⅵ 「怖くないわよ，『ゆりかご』なんか。そのためにあたしの身に何が起こっても，心を寄せているあの人の言うなりにならないわけにはいきません。あの人は心の重荷を軽くしてくれるでしょうし，あたしはあの人を喜ばせてあげたいのです。」

Ⅶ 「お前はあの男を喜ばせ，自分は重荷をしょいこむだけです。娘よ，お願いだから私のために，そんなことはしないでおくれ。」「いやよ，母さん，母さんの忠告は遅すぎました。いまはもう間に合いません。」と言って，この若い女はさっと飛びだして行った。

---

    4 die man die : 後者の die は die man を指す
    5 lâ (imper.) → lân
Ⅵ 1 in → ich ne / mîn (refl. gen.)
    2 認容の副文
    3 dem ..., dem : 後者の dem は dem ich ... trage, を受ける
    5 im „ihm"
Ⅶ 1 in „ihn"
    2 lâz (imper.) → lâzen

Burkhart von Hohenfels

[46]

I Wir sun den winder in stuben enpfâhen,
   wol ûf, ir kinder, ze tanz sun wir gâhen!
   volgent ir mir,
   sô sun wir smieren und zwinken und zwieren nâch lieplîcher
   $\lfloor$ gir.
II Schône umbeslîfen und doch mit gedrange.
   breste uns der pfîfen, sô vâhen ze sange,
   respen den swanz:
   sô sun wir rucken und zocken und zucken, daz êret den tanz.

III Nieman verliese sîner fröiden gwinne,
    ie der man kiese sîn trût daz er minne:
    sanfte daz tuot.
    swie si dâ wenke, sô trefs anz gelenke, daz kützelt den muot.

ブルクハルト・フォン・ホーエンフェルス：彼の城，ホーエンフェルス城の廃墟はボーデン湖畔ジップリンゲンにある．皇帝フリードリヒ二世，ドイツ王ハインリヒ七世らに仕えたミニステリアーレで，1212年～1242年の記録に名が出てくる．

I 1 sun → suln
   2 sun → suln
   3 条件の副文 / volgent (präs. 2. pers. pl.) → volgen
   4 sun → suln
II 1 umbeslîfen (inf.) に sun wir (I 4) を補って考える
   2 breste uns der pfîfen：条件の副文 / breste (konj. I)：与格補足語 (uns) と

ブルクハルト・フォン・ホーエンフェルス

[46]

I 冬を部屋の中で迎えよう，さあ，諸君，急いでダンスを始めよう。おれについてこい。心地よい欲望のままに，ほほえみ，まばたきし，めくばせしようじゃないか。

II きれいにまわろう，混み合っているけれど。笛がなければ，歌おうじゃないか。裾をつまんで引っ張ろう。あっちに押したり，こっちに引いたり，引っ張ったりすることだ。それがダンスにふさわしい。

III 一度喜びを手に入れたら，手放さないことだ。男はそれぞれ自分の恋人を見つけて愛すること。それが心をなごませる。その子が身をかわそうとするなら，腰のところをつかまえること。そうすりゃ気持ちがくすぐれる。

　　属格補足語 (der pfîfen) をとる / vâhen ze sange : sun wir を補って考える
　3 respen (inf.) に sun wir を補って考える
　4 sun → suln
III 1 verliese (konj. I) → verliesen / sîner fröiden (gen.) : gwinne (pl. acc.) (→ gewin) にかかる
　2 ie der → ieder „jeder" / kiese (konj. I) → kiesen / daz (acc.) : sîn trût を指す / minne (konj. I) → minnen
　3 daz (nom.) : v. 1-2 の内容を指す
　4 si : sîn trût (v. 2) を指す / wenke (konj. I) / trefs → tref (imper.) si / anz → an daz

IV Nieman sol stœren die minne ûz dem muote:
　　er wil sich tœren: si wehset von huote.
　　liep âne wanc,
　　swie si doch smucket, si luodert, si lucket ir friundes gedanc.

V Fröide uns behuote vor sorclîchen dingen:
　　slîchendem muote 'z gevider lânt swingen.
　　nieman sol toben:
　　wenket si dicke die smierenden blicke, daz reizet zem kloben.

IV 2 si: die minne (v. 1) を受ける / wehset (präs.) → wahsen / huote „Be-
　　hütung"
　3 liep → liebe (f.)
　4 si: liep âne wanc (v. 3) を受ける / swie si doch smucket: 認容の副文 / ir
　　friundes gedanc: luodert と lucket の対格補足語

Ⅳ 自分の気持ちから恋心を無理やりに締め出さぬこと。そんな人は自分を欺いているのだ。恋心は大切に守っていると大きくなる。変わらぬ愛，それはどんなに装っても，恋人の思いを誘い釣るものなのだ。

Ⅴ 喜びが私たちを心配事から守ってくれるように。沈み込んだ気持ちにつばさを与えてはばたかせよう。誰もあばれまわってはいけない。もしその子がしばしばほほえみかけるようになったら，そのときこそ鳥もち竿で捕まえよう。

Ⅴ 1 behuote (konj. Ⅰ) → behüeten
 2 'z → daz / lânt (imper. 2. pers. pl.) (→ lât) → lân
 4 daz : wenket si ... blicke（条件の副文）を指す / zem → ze dem / kloben (dat.) → klobe (m.) : 鳥をつかまえる木の棒

— 183 —

Gottfried von Neifen

[47]

I Sælic sî diu heide!
   sælic sî diu ouwe!
   sælic sî der kleinen vogellîne süezer sanc!
   bluomen, loup, diu beide
    5 stânt in manger schouwe,
   diu der kalte winter hiure mit sîm froste twanc.
   dien ist an ir fröiden wol gelungen:
   alsô möhte ouch ich an mînen fröiden widerjungen,
   trôste mich ein rôter munt nâch dem mîn herze ie ranc.

II Mir was wie mîn swære
   hæte ein lieplîch ende,
   dô mir seite ein bote, ich solte in fröiden frœlîch sîn.
   ich was fröidebære,
    5 sorge was ellende
   in mîm herzen, dô ich wânde, ir mundes rôter schîn
   der wold in mîn herze lieplîch lachen.
   alsô kan diu Minne ein wunder an uns beiden machen.
   Minne, tuo mir swie du wellest: der gewalt ist dîn.

ゴットフリート・フォン・ナイフェン：シュヴァーベン地方の名門貴族の出。父親は皇帝フリードリヒ二世と極めて友好的な関係にあった。1234年〜1255年の記録にその名がある。

I 1 sî (konj. I) → sîn
   2 sî (konj. I) → sîn
   3 sî (konj. I) → sîn / der kleinen vogellîne (pl. gen.): süezer sanc にかかる
   6 diu (n. pl. acc.): bluomen u. loup (v. 4) を指す / sîm → sînem / twanc (prät.) → twingen
   7 dien „denen"

ゴットフリート・フォン・ナイフェン

[47]

I　めでたきかな野原。めでたきかな川辺。めでたきかな小鳥たちの甘き歌声。花々も葉むらも，どちらも色とりどりに装っている。冷く凍てついた冬に苦しめられてきたのだが，いまや喜びを取り戻したのだ。私もまた喜びを取り戻して若返ることができるだろうに ― いつも激しく求めてきた紅い唇に口づけすることが許されるなら。

II　私には，いままでの悩みが幸せに終わるかのように思えたのだった，使者がやってきて，こころ楽しくお幸せにお過ごしください，と言ってくれたときには。私は喜びに溢れ，憂いは心から消えた，彼女が紅く輝く口で私の心にやさしくほほえみかけてくれるものと思ったときには。このように愛の女神は一つの奇跡を私たち二人におこなうことがおできになるのだ。愛の女神よ，どうかお気に召すままになさってください。あなたにはその力がおありなのです。

　　8　möhte (konj. II) → mügen
　　9　条件の副文 / trôste (konj. II) (→ trôstete) → trœsten / dem : ein rôter munt にかかる関係代名詞
II　1　wie „als ob"
　　2　hæte (konj. II) → haben
　　3　dô „als" / seite (→ sagete) → sagen / solte (konj. II) → suln
　　5　ellende „verbannt"
　　6　mîm → mînem / dô „als" / wânde (prät.) → wænen
　　7　der : ir mundes rôter schîn (v. 6) を指す / wold (konj. II) → wellen
　　9　wellest (konj. I) → wellen / Minne に du で呼びかけている

― 185 ―

III Rôter munt, nu lache,
    daz mir sorge swinde;
    rôter munt, nu lache, daz mir sendez leit zergê.
    lachen du mir mache,
  5 daz ich fröide vinde;
    rôter munt, nu lache, daz mîn herze frô bestê.
    sît dîn lachen mir gît hôchgemüete,
    neinâ, rôter munt, sô lache mir durch dîne güete
    lachelîche, rœselehte: wes bedörfte ich mê?

IV Minnenclîch gedinge
    fröit mich mange stunde,
    daz mich trœste ein rôter munt des ich noch nie vergaz.
    minnenclîch gelinge,
  5 obe ich daz dâ funde,
    sône kunde mir ûf erde niemer werden baz.
    rôter munt, hilf mir von senden nœten!
    âne got sô kan dich nieman alse wol gerœten;
    got der was in fröiden dô er dich als eben maz.

III 1 rôter munt に du で呼びかけている，IVも同様
    2 daz „damit" / swinde (konj. I) → swinden
    3 daz „damit" / zergê (konj. I) → zergân, zergên
    4 mache (imper.)
    5 daz „damit"
    6 daz „damit" / bestê (konj. I) → bestân, bestên
    7 gît (präs.) → geben
    9 wes (gen.): mê にかかり，bedörfte (konj. II) (→ bedürfen) の属格補足語
IV 1 gedinge „Hoffnung"
    3 daz ...: minnenclîch gedinge (v. 1) を説明する副文 / trœste (konj. I) →

Ⅲ　紅い唇よ，さあ，ほほえみたまえ，私の憂いがなくなるように。紅い唇よ，さあ，ほほえみたまえ，私の恋の悩みが消え去るように。ほほえみをください，私に喜びが見つかるように。紅い唇よ，さあ，ほほえみたまえ，私の心がこれからも喜んでいられるように。そなたのほほえみで，私の気持ちは高らかになるのですから，紅い唇よ，どうか，どうか，ほほえみかけてください，にこやかに，ばらの花のように。それにまさる何が私に必要でしょうか。

Ⅳ　愛の期待でときどき私の胸はふくらみます，片時も忘れたことのないあの紅い唇にいつか口づけすることができればという思いで。愛の成就，もしそれが得られるならば，この世で私にそれにまさる幸せはあり得ません。紅い唇よ，この焦がれる苦しみから救いたまえ。神様のほかには誰もそなたをこのように美しく朱に染めることはできません。神様はご機嫌うるわしかったのです，そなたをこんなに形よくお造りになったとき。

---

　　trœsten / des : vergaz (→ vergezzen) の属格補足語であり，同時に ein rôter munt にかかる関係代名詞
4　gelinge „Gelingen"
5　daz : minnenclîch gelinge (v. 4) を指す / funde (konj. Ⅱ) → finden (= vinden)
6　sône → sô ne / kunde (konj. Ⅱ) → kunnen / baz (komp.) → wol
7　hilf (imper.) / senden (part. präs.) → senen „sich sehnen" / nœten (pl. dat.) → nôt
9　der : got を指す / dô „als" / maz (prät.) → mezzen

V　Wolde mir diu hêre
　　sende sorge ringen,
　　daz næm ich für vogel sanc und für der bluomen schîn,
　　und mir nâch ir lêre
　⁵ruochte fröide bringen,
　　seht, sô wær mîn trûren kranc und wolde in fröiden sîn.
　　hilf mir, helferîchiu süeze Minne;
　　twinc die lieben sam si hât betwungen mîne sinne,
　　unze sie bedenke mînen senelîchen pîn.

V 1-2 条件の副文 / wolde (konj.II) → wellen
　2 ringen „besänftigen"
　3 daz (acc.) : wolde (v. 1) 以下の副文の内容を指す / næm (konj.II) →
　　nemen / der bluomen (pl. gen.) : schîn にかかる.
　4 und 以下の条件の副文の主語は diu hêre (v. 1) / ir (pl. gen.) : vogel sanc と
　　der bluomen schîn (v. 3) を受ける

V　あの気高い女性が私の恋の苦しみをやわらげてくださるなら，そのためには小鳥の歌や花々の輝きを捨ててもよい。これらのものに倣って喜びを授けてくださるお志がもしあの方におありならば，そう，そのときは，私の悲しみは消え去り，歓喜に溢れることでしょう。どうかお助けください，慈悲深いやさしい愛の女神よ。あの愛らしい人が私の心を虜にしたのです，今度はあの人が私の恋の苦しみを思わずにはいられなくなるように仕向けてください。

5　ruochte (konj. II) → ruochen „wollen"
6　wær (konj. II) → sîn / wolde (konj. II) (→ wellen) の前に主語として ich を補って解釈する
8　twinc (imper.) → twingen / die lieben (f. acc.) : diu hêre (v. 1) と同一人物 / sam „wie" / si : die lieben を受ける
9　bedenke (konj. I) → bedenken

Tannhäuser

[48]

1. Der winter ist zergangen,
daz prüeve ich ûf der heide.
aldar kam ich gegangen,
guot wart mîn ougenweide

5   2. Von den bluomen wolgetân,
— wer sach ie sô schœnen plân? —
der brach ich z'einem kranze.
den truoc ich mit tschoie zuo den frouwen an dem tanze.
well ieman werden hôchgemuot, der hebe sich ûf die schanze!

10   3. Dâ stêt vîol unde klê,
sumerlaten, gamandrê,
die werden zîtelôsen ;
ôstergloien vant ich dâ, die liljen und die rôsen.
dô wunschte ich, daz ich sant mîner frouwen solde kôsen.

タンホイザー：詩人伝説の主人公として後世有名になるが，その生涯については不明．その作品からオーストリア大公フリードリヒ二世，皇帝フリードリヒ二世，ドイツ王コンラート四世，バイエルン大公らと関わりがあったことが読みとれるので，13世紀中頃の詩人と推定される．

ライヒ形式の舞踏歌．
長音符号と句読点は de Boor に従う．

    3 aldar → al (verst.) dar

タンホイザー

[48]

1. 冬は去りました，そのことは野原を見ればわかります。まさしくあの同じ場所へ私は行ったのでした，すばらしい目の保養になりました，

2. 美しい花々のおかげで ― こんなに美しい野原を見たことのある人がいままでにいたでしょうか ― その花々を手折って，私は冠を作りました。踊っているご婦人方のところに喜び勇んで持って行ったのでした。高らかな気持ちになりたい人は，いざ，幸運を求めて出かけるがよい！

3. そら，そこに咲いているのは，すみれとクローバ，若枝，にがくさの花，すばらしいクロッカス。アイリスを私はあそこで見つけたのでした，ゆりの花とばらの花も。そのとき私はお慕いしているあの方と話せたらと願ったのでした。

---

4 wart (prät.) → werden
7 der (pl. gen.) : bluomen (v. 5) を指す / z' einem → ze einem
8 den (sg. acc.) : kranze (v. 7) を指す / tschoie (fz. joie) „Freude"
9 well…hôchgemuot : 条件の副文 / well (konj. I) → wellen / der : ieman を指す / hebe (konj. I) → heben / schanze (afz. cheance ; engl. chance) / der hebe sich ûf die schanze „der gehe hin und versuche sein Glück" (de Boor)
10 dâ : ûf der heide (v. 2) を指す
11 gamandrê „Gamander" : 唇形花植物の一種，学名 Teucrium
14 sant → sament „mit" / kôsen „plaudern"

⁵⁴ 4. Sî gap mir an ir den prîs,
daz ich wære ir dulz amîs
mit dienste disen meien;
durch sî sô wil ich reien.

  5. Ein fôres stuont dâ nâhen,
²⁰ aldar begunde ich gâhen.
dâ hôrte ich mich enpfâhen
die vogel alsô suoze.
sô wol dem selben gruoze!

  6. Ich hôrt dâ wol tschantieren,
²⁵ die nachtegal toubieren.
aldâ muost ich parlieren
ze rehte, wie mir wære:
ich was ân alle swære.

  7. Ein riviere ich dâ gesach.
³⁰ durch den fôres gienc ein bach
ze tal über ein plâniure.
ich sleich ir nâch, unz ich si vant, die schœnen crêatiure.
bî dem fontâne saz diu klâre, süeze von faitiure.

---

15 sî : mîner frouwen (v. 14) を受ける
16 daz „so daz" / wære (konj. II) → sîn / dulz (lat. dulcis; afz. douce) „süß"
18 sî : sî (v. 15) を指す / reien „den Reigen tanzen": 以下の作中歌 (19-95) を
   歌うことを指す
19 fôres „Wald"
20 aldar → al (verst.) dar
23 dem selben gruoze: 小鳥の歌のこと
24 tschantieren (fz. chanter) „singen"

4. あの方がとてもすばらしかったので，この五月はずっとあの方の恋人になってお仕えするつもりです。あの方のためにこの舞踏歌を歌いましょう。

5. 森が近くにあった。そこへ私は急いで行った。そこでは小鳥の歌声がこんなにやさしく迎えてくれた。その出迎えの挨拶の何とすばらしいこと！

6. そこでは小夜鳴鳥がじょうずに歌い，奏でるのが聞こえた。そんなところだからこそ私は気持ちのままに語らずにはいられなかった。心の重荷は何もなかった。

7. 川が一つそこに見えた。森のあき地を通り抜けて小川が下の方へと流れていた。こっそりとあとをつけて行くと，見つかった，あの美しい人が。泉のそばに坐っていた，あの姿うるわしい，やさしい人が。

---

25 toubieren (lat. tubare) „musizieren, flöten"
26 parlieren (fz. parler) „reden"
27 wære (konj. II) → sîn
28 ân „ohne"
29 riviere (fz. rivière) „Bach"
31 plâniure → plân „Lichtung"
32 ir (f. dat.) u. si (f. acc.) : die schœnen crêatiure を先取りしている
33 fontâne „Quelle" / faitiure (afz. faiture) „Gestalt"

8. Ir ougen lieht und wolgestalt.
35 si was an sprüchen niht ze balt,
man mehte sî wol lîden;
ir munt ist rôt, ir kele ist blanc,
ir har reitval, ze mâze lanc,
gevar alsam die sîden,
40 solde ich vor ir ligen tôt, in mehte ir niht vermîden.

9. Blanc alsam ein hermelîn
wâren ir diu ermelîn,
ir persône diu was smal,
wol geschaffen überal:

45 10. Ein lützel grande was si dâ,
smal geschaffen anderswâ;
an ir ist niht vergezzen:
lindiu diehel, slehtiu bein, ir füeze wol gemezzen.
schœner forme ich nie gesach, diu mîn cor hât besezzen.
50 an ir ist elliu volle.
dô ich die werden êrest sach, dô huop sich mîn parolle.

---

36 mehte (konj. II) → mügen
38 reitval „blondlockig"
40 solde ... tôt: 認容の副文 / solde (konj. II) → suln / in → ich ne / mehte (konj. II) → mügen / ir (sg. gen.): niht にかかる
43 diu: ir persône を指す
45 grande (fz.) „füllig"

8. その人の目は明るくて形がよかった。その人の話ぶりは穏やかだった。とても好ましい人だった。その唇は紅く，その喉元は白かった。金髪の巻き毛はほどよい長さで，絹のようにつややかだった。かりにこの人の手にかかって死ねと言われても，この人のそばをはなれたくない。

9. ヘルメリンのように白く輝いていた，この人の両腕は。体格はほっそりとして，どこを見ても形がよかった。

10. 少しばかり豊満だった，あそこは。そこ以外はほっそりしていた。この人をお造りになったとき，神様は何一つお忘れにならなかったのだ。ふんわりした腿，すんなりした脛，形のいい足。これより美しい姿は見たことがない，この美しい姿が私の心をとらえてしまった。この人はまさに完璧なのだ。このすばらしい人を目にとめるや，私はすぐに話し始めた。

---

48 lindiu diehel „weiche Schenkel"
49 schœner (komp.) → schœne / diu : schœner forme を指す / cor (fz. cœur) „Herz"
50 elliu volle „alle Fülle, Erfüllung"
51 parolle (fz. parole) „Rede"

11. Ich wart frô
und sprach dô :
»frouwe mîn,
55 ich bin dîn, du bist mîn,
der strît der müeze iemer sîn :
du bist mir vor in allen.
iemer an dem herzen mîn muost dû mir wol gevallen.
swâ man frouwen prüeven sol, dâ muoz ich für dich schallen.
60 an hübsche und ouch an güete ;
du gîst aller contrâte mit tschoie ein hôchgemüete.«

12. Ich sprach der minneclîchen zuo :
»got und anders nieman tuo,
der dich behüeten müeze !«
65 ir parol der was süeze.

13. Sâ neic ich der schœnen dô.
ich wart an mînem lîbe frô
dâ von ir saluieren.
si bat mich ir tschantieren
70 von der linden esten
und von des meien glesten.

---

52 wart (prät.) → werden
56 der strît der : 後者の der は der strît を指す / müeze (konj. I) → müezen
57 in „ihnen"
58 mîn : herzen にかかる, vgl. [1] II 4 の注
59 prüeven „beurteilen" / schallen „laut die Stimme erheben"
61 gîst (präs.) → geben / contrâte (fz. contrée) „Land, Gegend" / tschoie (vgl. v. 8)
63 tuo (konj. I) → tuon : behüeten (v. 64) を先取りする代動詞的用法
64 der : got (v. 63) を指す / müeze (konj. I) → müezen

11. 私は嬉しくなってこう語った。「慕わしきお方，私はあなたのもの，あなたは私のもの，この恋の闘いがいつまでも続きますように。あなたは私にとってすべての女性に優るお方。いつも心にかかる好ましいお方です。ご婦人方の品定めがされるところではいつも，あなたを美しさとやさしさの点で，声高にほめあげずにはいられません。あなたはすべての国の人々に，喜びと高まる心を下さいます。」

12. 私はこの愛らしい人に話しかけた。「どうか神様が ― ほかの誰でもなく ― 神様だけがあなたをお守り下さいますように！」と。彼女の言葉はやさしかった。

13. そこで私はこの美しい人におじぎをした。挨拶を返されて体は喜びにあふれた。この人に菩提樹の若枝や五月の輝きについて歌うことを求められたのだ。

---

65 der : ir parol を指す
66 neic (prät.) → nîgen
67 wart → werden
68 saluieren (fz. saluer) „grüßen": inf. が名詞として用いられている；von ir saluieren „von ihrem Grüßen"
69 ir (f. dat.) „ihr" / tschantieren (vgl. v. 24)
70 esten (pl. dat.) → ast
71 glesten (pl. dat.) → glast

14. Dâ diu tavelrunde was,
dâ wir dô schône wâren,
daz was loup, dar under gras;
75 si kunde wol gebâren.

15. Dâ was niht massenîe mê
wan wir zwei dort in einem klê.
si leiste, daz si solde,
und tet, daz ich dâ wolde.

80   16. Ich tet ir vil sanfte wê.
ich wünsche, daz es noch ergê;
ir zimet wol daz lachen.
dô begunden wir dô beide ein gemellîchez machen:
daz geschach von liebe und ouch von wunderlîchen sachen.

85   17. Von amûre seit ich ir,
daz vergalt si dulze mir.
si jach, si lite ez gerne,
daz ich ir tæte, als man den frouwen tuot dort in Palerne.

---

75 kunde (prät.) → kunnen
76 massenîe : diu tavelrunde (v. 72) と共にアーサー王の宮廷を連想させる表現
78-79 si leiste, daz si solde, und tet, daz ich dâ wolde : 女性の男性への献身を
　　　表現する常套句 / leiste (→ leistete) → leisten / daz „das, was …"
79 tet (prät.) → tuon / daz „das, was …"
80 tet (prät.) → tuon
81 ergê (konj. I) → ergân, ergên
82 ir (f. dat.) : zimet (→ zemen) の与格補足語
83 dô „damals" / begunden (prät.) → beginnen

14. 円卓があって，私たちが心地よく坐ったところ，それは木陰の草地だった，彼女はりっぱにふるまうすべを心得ていた。

15. そこに廷臣なんかはいなかった，クローバの咲き乱れるそこにいたのは，ただ私たち二人だけ。彼女はなすべきことをなし，私の望むことをしたのだった。

16. 私はとてもやさしく彼女に痛みを与えた。こういうことがこれから先もありますように。彼女にはほほえむことこそふさわしいのだ。あのとき私たちはお互いに喜びを与えあった。その喜びは，愛と不可思議なことどもから起こったのだった。

17. 愛について私は彼女に語り，それに対して彼女は私にやさしく応えてくれた。彼女は言った，かのパレルモの地で人々が貴婦人たちにしているようなことを，私が彼女にしても，喜んでそれを受け入れるだろう，と。

---

84 daz : ein gemellîchez machen (v.83) „ein vergnügliches Spiel treiben" を指す / geschach (prät.) → geschehen
85 amûre (fz. amour) „Liebe" / seit (prät.) (→ sagete) → sagen
86 dulze „in süßer Weise" (Brackert)
87 jach (prät.) → jehen / lite (konj. II) → lîden / ez : daz (v. 88) 以下の副文を先取りする
88 tæte (konj. II) → tuon / Palerne (→ Palermo) : „Wie man den Frauen zu Palermo tut" の „zu Palermo" は „überall in der Welt" の意

18. Daz dâ geschach, dâ denke ich an:
90 si wart mîn trût und ich ir man.
wol mich der aventiure!
erst iemer sælic, der si siht,
sît daz man ir des besten giht;
si ist alsô gehiure.
95 elliu granze dâ geschach von uns ûf der plâniure.

19. Ist iemen, dem gelinge baz,
daz lâze ich iemer âne haz.
si was sô hôhes muotes,
daz ich vergaz der sinne.
100 got lône ir alles guotes!
sô twinget mich ir minne.

20. Waz ist daz, daz si mir tuot?
allez guot. hôhen muot
habe ich von ir iemer.
105 in vergizze ir niemer.

---

89 daz „das, was ..." / dâ ... an „daran"
92 erst → er ist / der: er にかかる関係代名詞
93 giht (präs.) → jehen
94 gehiure „angenehm, anmutig"
95 granze (afz. greance) „Einwilligung, Übereinstimmung"
96 ist iemen: 条件の副文 / dem: iemen にかかる関係代名詞 / gelinge (konj.)

18. あそこで起こったこと，そのことを私はいまも考える。彼女は私の女になり，私は彼女の男になったのだ。あの恋の冒険は何と楽しかったことだろう。彼女を見ているといつもこの上なく幸せだ，何といっても彼女は最大の賛辞を受ける人なのだから。彼女はそれほどにすばらしいのだ。お互いに許しあったことが，あのとき私たち二人によって，あの森のあき地で完全におこなわれたのだった。

19. もしあのときの私よりもっといい目にあう人がいるなら，それは大変結構なこと。あの人はあんなにも意気高らかで，私はわれを忘れたのだった。神様がありとあらゆる良きものであの人に報いて下さるように。そう願わずにはいられないのは，あの人の愛のせいだ。

20. 彼女が私にしてくれること，それは何か。すべての良きこと。高らかな気持ちをいつも彼女からもらっているのだ。私はけっして彼女のことを忘れない。

Ⅰ)
97 „das lasse ich gerne geschehen" (de Boor)
100 lône (konj. Ⅰ)
105 in → ich ne / vergizze (präs. 1. pers. sg.) → vergezzen / ir (f. gen.)：vergizze の属格補足語

21. Wol ûf, wol ûf, Adelheit!
dû solt sant mir sîn gemeit.
wol ûf, wol ûf, Irmengart!
dû muost aber an die vart.

110 22. Diu niht enspringet, diu treit ein kint.
sich fröunt algemeine, die dir sint.

23. Dort hœr ich die flöuten wegen,
hie hœr ich den sumber regen.
der uns helfe singen,
115 disen reien springen,
dem müeze wol gelingen
z'allen sînen dingen!

24. Wâ sint nû diu jungen kint,
daz si bî uns niht ensint?

---

107 sant → sament „mit"
110 diu (f. nom.)：関係代名詞, 後続の diu にかかる ／ enspringet → en springet
　　(→ springen „tanzen") ／ treit (präs.) → tragen
111 die (pl. nom.)：sich fröunt algemeine の主格主語を兼ねる関係代名詞
112 wegen „in Bewegung setzen"
113 sumber „Handtrommel, Tamburin"

21. さあ，いらっしゃい，アーデルハイト！　私といっしょに愉快にやろうよ。さあ，いらっしゃい，イルムガルト！　あなたも元気に始めなさい。

22. ダンスをしない女の人は身重なんでしょ。あなたの仲間は，みんな楽しくやってます。

23. あそこではフルートが聞こえ，こちらではタンバリンが鳴ってます。ぼくらと一緒に歌ったり踊ったりする人は，何をやっても幸せな目にあいますように！

24. 若い娘たちはいまどこにいる，ぼくらのそばにいないなんて？

---

114 helfe (konj. I) → helfen
115 disen reien (m. acc.) springen
116 dem : der (v. 114) 以下の副文を受ける / müeze (konj. I) → müezen
117 z'allen → ze allen
119 ensint → en sint

25. Sô sælic sî mîn Künigunt!
solt ich si küssen tûsentstunt
an ir vil rôsevarwen munt,
sô wære ich iemer mê gesunt,
diu mir daz herze hât verwunt
vaste unz ûf der minne grunt.

26. Daz ist enzwei.
heia nu hei!

27. Des videlæres seite
der ist enzwei.

---

120 sî (konj. I) → sîn
121-22 条件の副文 / solt (konj. II) → suln
123 wære (konj. II) → sîn

25. 幸いあれ，わがクニグントに！ あのばら色の唇に千回キスしてもいいのなら，恋の病は永遠に癒されるでしょうに。彼女は私に愛の心底に至る深手を負わせたのです。

26. 私の心は真っ二つ。ヘイア，ほら，ヘイ。

27. 私の弦も真っ二つ。

124 diu (f. nom.)：Künigunt (v. 120) を指す
126 daz：daz herze (v. 124) を指す
129 der：seite (v. 128) を指す

— 205 —

Ulrich von Liechtenstein

[49]

I   Ir edeln frouwen, ir vil reine minneclîchiu wîp,
ich klage iu allen über mîner hêren frouwen lîp.
diu hât mich sô beroubet fröiden her in mînen tagen,
daz ich von ir schulden muoz
⁵ immer mêre klagen.

II   Ich klage iu daz si mînen dienest noch niht wizzen wil,
und ich ir ie mit triuwen doch hân her gedienet vil.
daz ir lîp alsô hôhen lop von mangen zungen hât,
dâ was ie mîn dienest bî,
⁵ swie siz niht verstât.

III   Schâch unde roub, diu beidiu klage ich von der frouwen mîn.
ez ist ein schâch und ist ein roup (waz möhte ez anders sîn?)
daz sî mich hôhes muotes âne widersagen behert
und dâ bî dem herzen mîn
⁵ alle fröide wert.

ウルリヒ・フォン・リヒテンシュタイン：シュタイヤーマルク地方の有力なミニステリアーレで, 政治的にも重要な職務にあった. 1227年～1274年の記録にその名が出ている.

I 1 ir (2. pers. pl.) „ihr"
   3 diu (f. nom.) : mîner hêren frouwen lîp (v. 2) を指す / sô ..., daz (v. 4) „so ..., daß" / fröiden (gen.) : beroubet の属格補足語
   4 von ir schulden „ihretwegen"
II 2 und ... doch „obwohl" / ir (f. dat.) : gedienet (→ dienen) の与格補足語
   3 ir lîp : 彼女の体とは即ち彼女のこと

ウルリヒ・フォン・リヒテンシュタイン

[49]

I 気高い貴婦人の方々，やさしく清らかな女性の皆さん，私はすべてのご婦人の皆様に訴えます，私のお仕えするやんごとないお方のことを。このお方はいままでずっと私からこれほどに喜びを奪い続けてこられたのです，私はこのお方のせいでこの先ますます嘆かずにはいられません。

II 私は皆様に訴えます，あのお方は私がお仕えしていることを知ろうともなさらないのです，いままでずっと，これほどにまごころをもってお仕えして参ったのに。あのお方はいま多くの人々にこれほど高く称賛されていらっしゃいますが，そこにはいつも私の奉仕があったのです，あのお方はそのことを理解してはくださらないのですが。

III 王手と強奪，この二つのかどで，私のお仕えするあのお方を訴えます。あれは王手と強奪です（それ以外の何でありましょうか），宣戦布告もせずに私に突然襲いかかって，軒昂たる意気を奪い，その上，心のあらゆる喜びを失わせておしまいになるなんて。

---

  4 dâ ... bî „dabei": daz (v. 3) 以下の副文の内容を受ける
  5 siz → si ez
 III 1 schâch: Schachspiel から来た表現 / diu beidiu (pl. acc.): schâch と roub を指す
  2 möhte (konj. II) → mügen
  3 hôhes muotes (gen.): behert (→ behern „berauben") の属格補足語 / âne widersagen „ohne Fehde anzukündigen"
  4 mîn (gen.): dem herzen にかかる, vgl. [1] II 4 の注
  5 alle fröide (acc.): wert (→ wern „abwehren") の対格補足語

IV Si rouberinne, sî hât mir sô hôhen roup genomen,
    der mir unsanfte ganzer immer kunde wider komen.
    gilt sî mir mîne fröide, die si wol vergelten mac,
    doch hân ich dâ bî verlorn
    ⁵ mangen schœnen tac.

V   Noch lîde ich von ir leides mêre danne ich iemen sage,
    vil mangen senden smerzen den ich tougenlîchen trage.
    owê des, sol si mir niht wan ze schaden sîn geborn,
    die ich doch für elliu wîp
    ⁵ hân ze liebe erkorn.

IV 2 der : hôhen roup (v. 1) を指す / unsanfte „nicht leicht, schwerlich" / ganzer „vollständig" : der (m. nom.) と同格 / kunde (konj. II) → kunnen / wider komen „zurückkommen, ersetzt werden"
    3 認容の副文 / die (f. acc.) : mîne fröide を指す
V 1 leides (gen.) : mêre にかかる
   2 senden (part. präs.) → senen „sich sehnen" / den (m. acc.) → vil mangen

Ⅳ 盗賊のごときお方，あのお方は私にこれほどひどい略奪をしたのです，奪われたものが完全に私のところに戻ってくることはまずないでしょう。かりにもしあのお方が，お返しくださることのできる私の喜びを，いつかお返しくださることがありましょうとも，私が失った多くのすばらしい年月はやはり失われたままなのです。

Ⅴ いまもなお私は，あのお方ゆえに，誰にも言えないほどの多くの苦しみに耐えております，恋ゆえの大きな痛みを人知れず担っているのです。おお何と悲しいことでしょうか，あのお方がただただ私を苦しめるためにお生まれになっていらっしゃるのだとしたら。私があらゆる女性をさしおいて，恋の喜びのために選びとったお方だというのに。

  senden smerzen を指す
3 des : sol si ..., (条件の副文) の内容を受ける / mir : ze schaden にかかる / niht wan „nicht anders als" / sîn geborn „geboren sein"
4 die (f. acc.) : si (v. 3) を指す / elliu → al : wîp (n. pl.) にかかる
5 erkorn(part. perf.) → erkiesen

VI Wan daz ich noch durch zuht wil swîgen unde ûf lieben wân,
    ir sült für wâr gelouben, sî hât mir alsô getân,
    ob ich iu klagte von ir mînes senden herzen nôt,
    daz vil lîhte ir varwe lieht
 5 würde drumbe rôt.

VII Und wil ez ieman noch mit minnen scheiden, des heng ich,
    ê daz deheiner slahte zorn gein ir beswære mich
    alsô daz man mich ir vil lîhte ungüete hœret jehen.
    swaz si danne mir getuot,
 5 sôst ez doch geschehen.

VI 1 wan daz „aber"
   2 ir (2. pers. pl.)：聴衆に話しかけている / sült (präs.) → suln / alsô ..., daz (v. 4)
   3 klagte (konj. II) → klagen / mînes senden herzen (gen.)：nôt にかかる
   4 vil lîhte „vielleicht"
   5 würde (konj. II) → werden

Ⅵ　しかし私は礼儀ただしく，望みをかけて，黙っていようと思います。皆様どうか信じてください。あのお方は私にこんなにひどいことをなさったのです，もしも私がこの恋い焦がれる心の苦しみはあのお方ゆえと皆様に訴えたなら，あのお方の白いお顔が多分そのために赤らむような，そんなひどいことを。

Ⅶ　もしどなたか平和的に仲裁してくださる方がいらっしゃるなら，そうしていただきましょう，間に合ううちに。そのうちにひょっとすると私は，あのお方に対する怒りのあまり，不覚にもあのお方の悪口を口にするようになるかもしれません。そのときあのお方が私に何をなさるにしても，実はそれほどのことはもうとっくに起きているのです。

Ⅶ 1 und wil ... scheiden: 条件の副文 / scheiden „schlichten, versöhnend ausgleichen" / des (gen.): heng → hengen „zugeben, gestatten" の属格補足語
 2 ê „eher" / deheiner slahte (f. gen.) „irgendeiner Art": zorn にかかる / beswære (konj. Ⅰ) → beswæren
 3 jehen (inf.): 属格補足語 (ir) と与格補足語 (ungüete) をとる
 5 sôst → sô ist

Ulrich von Liechtenstein

[50]

I Ein schœniu maget
    sprach »vil liebiu frouwe mîn,
    wol ûf! ez taget.
    schouwet gein dem vensterlîn,
   5 wie der tac ûf gât. der wahter von der zinnen
    ist gegangen. iuwer friunt sol hinnen:
    ich fürhte er sî ze lange hie.«

II Diu frouwe guot
    siufte und kuste ir lieben man.
    der hôchgemuot
    sprach »guot frouwe wol getân,
   5 der tac ist hôch ûf: ich kan niht komen hinnen.
    maht du mich verbergen iender innen?
    daz ist mîn rât und ouch mîn ger.«

I 4 schouwet（敬称 ir に対する imper.）
    5 wie と hie (v. 7) が韻を踏んでいる。II以下の詩節でも同様に5行目の冒頭の語と7行目の末尾の語が押韻している / ûf gât → ûf gân „aufgehen"

ウルリヒ・フォン・リヒテンシュタイン

[50]

I 美しい侍女が言った。「おやさしい奥方様，お起きくださいませ。朝になります。小窓をごらんくださいませ，夜が明けるのが見えるでしょう。夜警は胸壁をはなれていきました。あなたさまの恋人はおたちにならなくてはいけません。もうあまりにも長いことここにおいでになるのではないでしょうか。」

II 良き貴婦人はため息をつき，愛する人にくちづけした。この意気たかかな男は言った。「いともうるわしきお方よ，日は高く昇っています，もうここから出ていくことはできません。どこか中に匿ってはいただけませんか。これが私の提案です，そしてまた私の望みでもあります。」

---

   7 sî (konj. I) → sîn
II 2 siufte (→ siuftete) → siuften / kuste (→ kustete) → küssen
   6 maht (präs. 2. pers. sg.) → mügen

III　»Und möhte ich dich
　　　bergen in den ougen mîn,
　　　friunt, daz tæt ich.
　　　des kan leider niht gesîn.
　　⁵ wil　du hie in dirre kemenât belîben,
　　　disen tac mit fröiden wol vertrîben,
　　　dar innen ich dich wol verhil.«

IV　»Nu birge mich,
　　　swie du wil, vil schœne wîp ;
　　　doch sô daz ich
　　　sunder wer iht vliese den lîp.
　　⁵ wirt　mîn iemen inne, sô soltû mich warnen.
　　　kumich ze wer, ez muoz sîn lîp erarnen,
　　　der mich mit strîte niht verbirt.«

Ⅲ　1-2　条件の副文 / möhte（konj.Ⅱ）→ mügen
　　3　tæt（konj.Ⅱ）→ tuon
　　4　des：daz（v. 3）を指し，niht にかかる / gesîn（inf.）→ sîn
　　5　条件の副文
　　7　verhil（präs. 1. pers. sg.））→ verheln
Ⅳ　1　birge（imper.）→ bergen
　　4　sunder wer „ohne Waffen" / iht → niht / vliese → verliesen

Ⅲ 「もしもあなたを私の目の中に匿えるものなら，いとしい人よ，そうしたでしょうけれど。それができないのは残念です。この暖かい小部屋にとどまって，今日一日を楽しく心地よくお過ごしになりたいのでしたら，この中にあなたをすっぽりお隠しいたしましょう。」

Ⅳ 「さあ，匿ってください，美しい人よ，どんなふうにでもお好きなように。ただし私が無防備でいのちを失うことがないように。もしも誰かに気づかれたときは，どうか私に武器を渡してください。私が武器さえ手にとれば，私に戦いを挑む者は，その償いをせざるを得ないでしょう。」

---

5 wirt … inne：条件の副文 / wirt (präs.) → werden / mîn (gen.)：inne werden の属格補足語 / soltû → solt dû / warnen „ausrüsten, mit Wehr versehen"
6 kumich ze wer：条件の副文 / kumich → kume (präs.) (→ komen) ich / ez (acc.) / erarnen „entgelten"
7 der (m. nom.)：sîn (gen.) (v. 6) にかかる関係代名詞 / verbirt (präs.) → verbern „verschonen"

V   Sus wart verspart
    der vil manlîch hôchgemuot
    und wol bewart
    von der reinen süezen guot.
    ⁵ wie pflac sîn den tac diu süeze minneclîche?
    sô daz er wart hôhes muotes rîche.
    sô kurzen tac gewan er nie.

VI Diu naht quam dô.
    sâ huop sich der minne spil:
    sus unde sô
    wart von in getriutet vil.
    ⁵ ich wæn ie wîp würde baz mit liebem manne
    danne ir was. ouwê dô muoste er danne.
    dâ von huop grôzer jâmer sich.

VII Urloup genomen
    wart mit küssen an der stunt.
    schier wider komen
    baten ir süezer rôter munt.
    ⁵ er sprach »ich tuon. dû bist mîner fröiden wunne,
    mînes herzen spilndiu meien sunne,
    mîn fröiden geb, mîn sælden wer.«

V 1 wart (prät.) → werden / verspart (part. perf.) → versperren „einschließen, verbergen"
   3 bewart (part. perf.) → bewarn
   5 sîn (m. gen.): pflac (prät.) (→ phlegen) の属格補足語で, der vil manlîch hôchgemuot (v. 2) を受ける
   6 hôhes muotes (gen.): rîche にかかる
VI 1 quam (prät.) → komen
   2 huop (prät.) → heben (refl.)

Ⅴ　こうして意気軒昂たる男らしい男は部屋に閉じ込められ，清らかな優しき良き女によって十分に守られた。その日，この優しく愛らしい女は，何と甲斐甲斐しく彼の世話をしたことか。おかげで彼の気持ちは高揚した。一日がこれほど短く思えたことはついぞなかった。

Ⅵ　そして夜が来た。そして愛のあそびが始まった。あれやこれやと彼らは愛撫しあったのだった。恋人と共にいて彼女ほどに幸せな思いをした女はかつてなかった，と私は思う。ああ，そして，彼は立ち去らなくてはならなかったのだ。そのために大きな悲しみが生まれた。

Ⅶ　即座にくちづけで別れが告げられた。またすぐにいらしてくださいと，彼女はやさしい紅い口で彼に頼んだ。彼は言った。「そうしますとも。あなたこそはわが悦楽，わが心の輝く五月の太陽，私に喜びを授けてくれる人，私の幸せを守ってくれる人なのですから。」

---

　　4 in „ihnen" / getriutet → triuten „liebkosen"
　　5 würde (konj.Ⅱ) → werden
　　6 ir (f. dat.)
Ⅶ 4 baten → bat (prät.) (→ biten) in „ihn"
　　5 tuon : schier wider komen (v. 3) を受ける代動詞的用法
　　6 spilndiu (part. adj.) : meien sunne (f. nom.) 全体にかかる
　　7 fröiden (gen.) : geb „Geber" にかかる / sælden (gen.) : wer „Wehr" にかかる

— 217 —

Ulrich von Winterstetten

[51]

I »Verholniu minne sanfte tuot«,
   — sô sanc ein wahter an der zinne —
   »doch sol sich liep von liebe scheiden.
   dar nâch sô wende er sînen muot,
5 ist ieman tougenlîche hinne ;
   deswâr sô tuot er wol in beiden.
   er sol sorgen wier von hinnen kêre :
   est an dem morgen. volge er mîner lêre,
   sît daz ich in warnen sol ;
10 sô tuot er wol und sint sîn êre.«

ウルリヒ・フォン・ヴィンターシュテッテン：シュヴァーベン地方の有力なミニステリアーレ．1241年～1280年の記録がある．祖父コンラートは叙事詩人 Rudolf von Ems, Ulrich von Türheim のパトロンだった．

I 1 verholniu (→ verheln) : minne (f. nom.) を修飾する
   3 liep (n.) „Geliebter, Geliebte"
   4 dar nâch : sich von liebe scheiden (v. 3) を受ける / wende (konj. I) / er : ieman (v. 5) を先取りする

ウルリヒ・フォン・ヴィンターシュテッテン

[51]

I 「ひそかな逢瀬は楽しかろうが，」— 城壁で夜警がこう歌った —「恋人は恋人から別れねばならぬ。そのことに心を向けよ，もし誰かこの中に潜んでいるなら。まことに，そうすることが二人の身のため。その人は心を配るがよい，いかにしてここから出ていくかに。もう朝なのだ。警告するのが私の務め。私の教えに従うがよい。それが正しいおこないであり，名誉を守ることなのだ。」

5 条件の副文
6 er : ieman (v. 5) を指す / in „ihnen"
7 この詩は sorgen, morgen (v. 8), II 7 u. 8 の sünde, fünde, III 7 u. 8 の sinne, Minne が韻を踏んでいる / wier → wie er / kêre (konj. I)
8 est → ez ist / volge (konj. I)
9 in „ihn" / sol, wol (v. 10), II 9 u. 10 の hie, wie, III 9 u. 10 の spil, vil が韻を踏んでいる
10 êre (pl. nom.)

II　Der frouwen dienerinne kluoc
　　erhôrte dâ des wahters singen.
　　dâ von erschrac diu vil getriuwe.
　　diu mær si hin zer frouwen truoc.
　5 si sprach »wol ûf und lât iu lingen :
　　der tac ist komen.« dâ huop sich riuwe.
　　»est ân sünde« sprach diu tugenderîche,
　　»der in sô fünde　ligen minneclîche :
　　erst entslâfen, nû sich hie !
　10 in weiz niht wie　er hin entwîche.«

III　Die rede erhôrt der werde gast
　　dâ er lac bî der minneclîchen
　　bî liebes brust an blanken armen ;
　　dâ von im slâfes dô gebrast.
　5 er sprach »sol ich von hinnen strîchen,
　　owê daz müeze got erbarmen.«
　　beider sinne　wurden dâ versêret,
　　(daz schuof frou Minne)　fröide gar verkêret.
　　dâ schiet leit der wunnen spil.
　10 der trehene vil　wart dâ gerêret.

II　1 der frouwen (gen.) : dienerinne にかかる
　　2 des wahters (gen.) : singen (n. acc.) にかかる
　　4 diu mær (pl. acc.)
　　5 lât (敬称 ir に対する imper.) → lâzen / lingen lâzen (refl.) „sich beeilen"
　　6 komen „gekommen"
　　7 est → ez ist
　　8 der „wenn einer" / in „ihn" / fünde (konj. II) → finden
　　9 erst → er ist / sich (imper.) → sehen
　　10 in → ich ne / entwîche (konj. I) → entwîchen
III　3 liebes (n. gen.) : brust にかかる

II 貴婦人の賢い侍女は夜警がこう歌うのを聞いた。そのことでこの忠実な侍女は愕然とした。この知らせを貴婦人にもたらして，こう言った。「いそいでお起きくださいませ。夜が明けました。」そこで悲嘆が始まった。「この人がこのように愛らしい姿で眠っているのを，もし誰かに見られたとしても」と，このすばらしい女らしさに富む貴婦人は言った，「それは何の罪もないことです。ほら，こっちを見てごらん，この人は深く眠っています。この人がどのようにしてここから出ていくのか私にはわかりません。」

III この会話を高貴な客人は耳にした，いとおしい人の胸にもたれ，白い腕に抱かれて寝ていたときに。そのことで彼は眠りを奪われた。彼は言った。「ここから忍び足で出ていかなくてはならないとは，ああ，神様がそれを憐れんでくださいますように。」二人の心はそのときいたく傷ついた。(これは愛の女神のなせるわざで)喜びは覆された。そして悲しみのために悦楽の戯れは終わった。多くの涙がそこで流されたのだった。

---

4 im „ihm" / gebrast (prät.) → gebresten „mangeln": 与格補足語 (im) と属格補足語 (slâfes) をとる
5 sol ich ...,: 条件の副文
6 daz: sol ich ..., (v. 5)の内容を指す / müeze (konj. I) → müezen
7 beider (pl. gen.) : sinne にかかる
8 fröide の後に wurde を補って考える
9 schiet (prät.) → scheiden „beenden" / der wunnen (gen.) : spil (acc.)にかかる
10 der trehene (pl. gen.) : vil にかかる / wart (prät.) → werden / gerêret → rêren „fallen lassen, vergießen"

König Konrad der Junge

[52]

I Ich fröi mich manger bluomen rôt
    die uns der meie bringen wil.
    die stuonden ê in grôzer nôt :
    der winter tet in leides vil.
    ⁵ der mei wils uns ergetzen wol
    mit mangem wünneclîchen tage :
    des ist diu welt gar fröiden vol.

II Waz hilfet mich diu sumerzît
    und die vil liehten langen tage?
    mîn trôst an einer frouwen lît
    von der ich grôzen kumber trage.
    ⁵ wil sî mir geben hôhen muot,
    dâ tuot si tugentlîchen an,
    und daz mîn fröide wirdet guot.

王コンラート・デァ・ユンゲ：ドイツ王コンラート四世の息子．ドイツ王を継承していないが，「エルサレム王」の称号を持つ．ランツフートそばのヴォルフシュタイン城で1252年3月25日に生まれた．イタリアでの皇帝派対教皇派の戦いで，フランス王ルイ九世の弟アンジュー伯シャルルに敗れ，1268年10月28日ナポリの公開処刑で打ち首になった．

I 1 fröi → vröuwen / manger bluomen (pl. gen.) : fröi の属格補足語
    2 die (pl. acc.) : manger bluomen rôt (v. 1)を指す
    3 die (pl. nom.) : manger bluomen rôt (v. 1) を指す / stuonden (prät.) → stân, stên
    4 tet (prät.) → tuon / in „ihnen" : die (v. 3) を受ける / leides (gen.) : vil に

王コンラート・デァ・ユンゲ

[52]

I　たくさんの紅い花が咲くのが嬉しい，この花たちは五月の贈り物だ。これまで花たちはとても苦しんでいた，冬に痛めつけられていたのだ。五月はいまや私たちにその償いをしてくれる，多くの喜ばしい日々で。それで世界は歓喜に満ちている。

II　私にとって一体何の役に立とうか，この夏の季節と日脚の長い明るい日々が。私は一人の貴婦人に望みをかけているのに，そのお方のゆえに悩み苦しんでいるのだから。あのお方が私に軒昂たる意気を持たせてくださるなら，そして私の喜びが高まるなら，それでこそあのお方はすばらしい女性なのだ。

　　　かかる
　5 wils → wil es ; es (gen.) は ergetzen „entschädigen" の属格補足語で, der winter ... (v. 4) の内容を指す
　7 des „deshalb" / fröiden (gen.) : vol にかかる
II 3 lit (→ liget) → ligen
　4 der (f. dat.) : einer frouwen (v. 3) を指す
　5 条件の副文
　6 dâ ... an „daran" : wil sî ..., (v. 5) の内容を受け, und daz ... (v. 7) の内容を先取りする
　7 und daz ... : wil sî ..., (v. 5) と同様に条件の副文であることを示す

III　Swann ich mich von der lieben scheide,
　　sô muoz mîn fröide ein ende hân.
　　owê, sô stirbe ich lîht von leide
　　daz ich es ie mit ir began.
　⁵ichn weiz niht, frou, waz minne sint.
　　mich lât diu liebe engelten vil
　　daz ich der jâre bin ein kint.

III　3　stirbe (präs. 1. pers. sg.) → sterben
　　4　es (gen.) : began (→ beginnen) の属格補足語

Ⅲ 私があの好ましい人からはなれるときはいつも私の喜びが終わるのは当然のこと。ああ，私はいのち果てるかもしれぬ，このお方をかつて思いそめた辛さのゆえに。私にはわからない，お慕いするお方よ，恋とは何か。愛ゆえに辛い思いをするのは，私がまだ年端がいかないせいなのだ。

5 ichn → ich ne / minne (pl. nom.)
7 der jâre (pl. gen.)：「年齢の点では」の意

Rudolf von Rotenburg

[53]

I Sô diu nahtegal ir sanc
   niuwet gen der sumerzît
   unde ez sunder rîfen danc
   allez grüene in fröiden lît,
  ⁵ sô manent mich die liehten tage
   mîner alten senden klage.
   owê, minne, daz dîn rât
   mir den kumber ie gebôt
   unde mich dîn helfe lât
  ¹⁰ verderben, daz ist mir ein nôt.

ルードルフ・フォン・ローテンブルク：13世紀前半，アレマン語圏（西南ドイツ語圏）の詩人．

I 1 sô …, sô (v. 5) „wenn …, so"
    2 niuwet (präs.) → niuwen „erneuen"
    3 ez：文法上の主語，本来の主語は allez grüene (v. 4). / rîfen (gen.) → rîfe „Reif" / sunder rîfen danc：「霜の意志に反して」の意

ルードルフ・フォン・ローテンブルク

[53]

I 夏の季節に向けて小夜鳴鳥が歌声を新たにするとき，霜が退散し，すべてのものが嬉々として緑なすとき，明るい昼間の光が私に昔の恋の嘆きを思い出させる。ああ愛よ，そなたに助言されたばかりに私は悩み苦しんだが，いまはそなたに加勢されて，身をほろぼすことになろうとは，これぞまさしくわが苦難。

---

4 lît (→ liget) → ligen
6 mîner alten senden klage (f. gen.) : manent (v. 5) (→ manen „erinnern")
 の属格補足語 / senden (part. präs.) → senen „sich sehnen"
8 gebôt (prät.) → gebieten
9 lât → lân, lâzen
10 daz : daz (v. 7) 以下の副文の内容を指す

II Nôt und angest sint dâ bî,
    swâ diu minne ûf triuwe stât.
    der enwirde ich niemer frî,
    wan si gar von herzen gât,
   5 die ich gen der lieben hân
    sunder valsch und valschen wân.
    al mîns heiles ôstertac
    dest ir vollekomener lîp,
    diu mich wol getrœsten mac
  10 baz dan in der werlte ein wîp.

III Ir wol êrenrîchez leben,
    diech dâ minne und mîden muoz,
    hât mir sorgen vil gegeben,
    der mir niemer wirdet buoz.
   5 hân ich von ir reinen siten
    fröide ein teil dar in gesniten,
    sôst iedoch des einen mê,
    wande ich ungetrœstet bin:
    ez tuot ir fremden mir sô wê
  10 und verderbet mir den sin.

II 3 der (pl. gen.) : nôt u. angest (v. 1) を指し，frî にかかる / enwirde → en wirde (präs. 1. pers. sg.) (→ werden)
    4 wan „weil" / si : diu minne (v. 2) を受ける
    5 die : si (v. 4) を指す / der lieben (f. dat.)
    6 sunder „ohne"
    7 mîns heiles (n. gen.) : ôstertac にかかる
    8 dest → daz ist
    9 diu (f. nom.) : ir vollekomener lîp (v. 8) =sî を指し，der lieben (v. 5) と同一人物

Ⅱ 愛が誠実を誓っているところには，かならず苦難と困窮がある。私がこの苦難と困窮を免れることはけっしてないだろう，偽りも偽りの思いもなく，あのいとしい人に寄せるこの愛は，ひとえに心からのものなのだから。わが救済の復活祭，それはまさしくあの完璧なお方。あのお方こそ，この世のいかなる女性にもまして，私に希望をお与えくださることができるのだ。

Ⅲ あのお方の栄誉に満ちたすばらしい生き方のゆえに，私は多くの憂いを得た，それは私があのお方を愛していながら避けなければならないからだ。この憂いからけっして逃れられない。私があのお方のりっぱな立ち居ふるまいを見て，そこからほんのわずかの喜びを得たことはあったけれど，この一つのことは，それよりもずっと重い，つまり，私には希望がないままだということは。あのお方に近づけないことがこれほどに苦しく，気も狂わんばかりなのだ。

 10 baz dan „mehr als"
Ⅲ 2 diech → die ich ; die は ir (v. 1) を指す
  4 der (pl. gen.)：sorgen (v. 3) を指し，wirdet (→ werden) buoz にかかる
  5-6 認容の副文
  6 fröide (f. gen.)：ein teil にかかる / dar in：「sorgen の中に」の意 / gesniten → snîden
  7 sôst → sô ist / des einen (gen.)：mê にかかる
  9 ez：文頭の虚辞 / ir fremden (n. nom.) が tuot と verderbet (v. 10) の主語

IV Ist daz ich verderben sol
     von ir ungenâden gar,
     sô tuot mir doch von herzen wol
     daz mîn triuwe ie diente dar
   5 und noch gerne dienen wil
     die wîle ich lebe unz ûf daz zil.
     endet sî mîn ungemach
     niuwan nâch den triuwen mîn,
     seht sô wirt mîn trûren swach.
 10 daz muoz mîn gedinge sîn.

V Sî sol wizzen daz diu nôt
     mir nâher dan ze herzen gât
     unde ist mînes heiles tôt,
     ob si stæte alsô bestât
   5 deich si lange fremden muoz.
     verbirt mich danne ir werder gruoz,
     sô geloube daz mîn leit
     leider von ir mêret sich.
     des biut ich ir mînen eit.
 10 si schœne nû bedenke mich!

IV 1-2 認容の副文
    4 dar „dahin" :「彼女の方へ」の意
    6 die wîle „solange"
    7-8 条件の副文
    8 niuwan „nur"
    9 seht (imper. 2. pers. pl.) → sehen
V 2 nâher dan „näher als"

Ⅳ　あのお方のつれなさゆえに，わが身をほろぼすことになろうとも，いままでいつも誠実にお仕えしてきたこと，そしてこれから先もいのちの続くかぎり喜んでお仕えしたいと思っていることは，やはり私には心から好ましいことなのだ。あのお方がひたすら私のまごころにふさわしく，この苦しみに終止符を打ってくださるならば，ごらんあれ，そのときこそ私の悲しみは消える。これが私の希望なのだ。

Ⅴ　あのお方には知っていただきたい，私にはこの苦しみが単に心にかかるだけのものではなく，私の魂の救済も死に果てるのだということを。もしあのお方がこれから先もずっと心変わりなく同じ態度をおとりになり，私が長くあのお方から遠ざかっていなくてはならないのだとすれば。やさしいお言葉をかけていただけないのなら，私の悩みは残念ながらあのお方ゆえに増すばかりにちがいない。そのことをあのお方にお誓いする。あの美しいお方は，いまこそどうか，私のことを心におかけくださいますように。

3 mînes heiles (n . gen.) : tôt にかかる
4 ob „wenn" / alsô ... deich (v. 5) (→ daz ich) „so ..., daß"
6 条件の副文 / verbirt → verbern
7 geloube : ich が省略されている
9 des : v. 6-8 の内容を指し，mînen eit にかかる / biut (präs. 1. pers. sg.) → bieten
10 bedenke (konj. Ⅰ)

Der von Trostberg

[54]

I Willekomen sî uns der meie,
   er bringet manger hande bluot,
   bluomen maniger leije,
   des der winter niht entuot.
   5 So fröit sich allez, daz dir ist,
   gegen der schœnen sumerwunne,
   wan daz fröide an mir gebrist.

II Frowe, getörste ich nû genenden,
   sô klegte ich dir mîne nôt.
   »Herre, könde ich nôt erwenden,
   sô wante ich vil manigen tôt.«
   5 Juncfrowe, ir tœtent mînen lîb!
   »davür so biute ich mîn unschulde,«
   sprach daz minnekliche wîb.

デァ・フォン・トローストベルク：13世紀後半，アレマン語圏の詩人．

I 1 sî (konj. I) → sîn
  2 manger hande (pl. gen.) : bluot „Blüte" にかかる
  3 maniger leije (pl. gen.) : bluomen にかかる / leije „Art und Weise"
  4 des (gen.) : v. 2-3 の内容を指し，niht にかかる / entuot → en tuot
  5 dir → dâr
  7 wan daz „aber" / gebrist (präs.) → gebresten „mangeln"

デァ・フォン・トローストベルク

[54]

I　歓迎しましょう，五月を，五月はさまざまの草木の花を運んでくる，冬がしないことをしてくれるのですから。生きとし生けるものはみな美しい夏の歓喜を迎えて喜んでいるというのに，私にだけは何の喜びもありません。

II　お慕いするお方，もし私にそうする勇気があったなら，あなたに私の苦しみを訴えたでしょうけれど。
「騎士どの，人の苦しみを取り除く力がもし私にあるのでしたら，たくさんの人のいのちを救うでしょうけれど。」
乙女たちよ，あなた方が私のいのちを奪っているのです。
「それについては私は無実を申し立てます。」とやさしい婦人は言った。

II 1 getörste ... genenden : 条件の副文 / getörste (konj. II) → turren / genenden (inf.) „Mut fassen"
　2 klegte (konj. II) → klagen
　3 könde (konj. II) → kunnen
　4 wante (konj. II) → wenden „verhindern"
　5 tœtent (→ tœtet)
　6 biute (präs. 1. pers. sg.) → bieten

III Nu sprich an, minnekliche, guote,
  dur dîn rôtez mündelîn,
  Wes ist dir gegen mir ze muote,
  mîner sinne ein rouberîn?
  5 Si sprach : »wie meinet irz, ald dur waz
  bin ich, diu iuch der sinne roubet?
  wê, warumbe tæte ich daz?

IV Ir man, ir wellent âne wizzen
  frowen in dem herzen tragen.
  Ob ir iuch hânt an eine geflizzen,
  der sult irz mit zühten sagen :
  5 So mugt ir schiere hân vernomen,
  ob iuwer bitten ald iuwer flêhen
  iu iemer sol ze trôste komen.«

V Frowe, ich wil nach dînem râte
  vâhen an dir selben an.
  Habe ich gesûmet mich ze spâte,
  des ich dich mit dienste man :
  5 So hilf mir, liebiu frowe mîn!
  stirbe ich in disen ungenâden,
  frowe, sôst diu schulde dîn.

III 1 sprich (imper.) an → an sprechen
  3 wes (gen.) dir (dat.) ze muote sîn
  4 mîner sinne (pl. gen.) : ein rouberîn にかかる.
  5 irz → ir ez / ald „oder" / dur waz „weshalb"
  6 bin ich, diu … „diejenige, die" / der sinne (pl. gen.) : roubet の属格補足語
  7 tæte (konj. II) → tuon
IV 1 wellent (→ wellet)
  3 hânt (→ hât) / geflizzen (part. perf) → vlîzen (refl.)
  4 der (f. dat.) : eine (v. 3) を指す / irz → ir ez

III さあ，おっしゃってください，やさしい良いお方，わたしに対して何を考えていらっしゃるのか，その紅い口から語ってください，私の分別を奪ったお方よ。
婦人は言った。「それはどういう意味なのですか，どうして私があなたの分別を奪ったことになるのですか。ああ，どうして私がそんなことをするでしょうか。

IV 殿方というものは相手の意志におかまいなく貴婦人を心に抱こうとなさいます。もし一人の貴婦人を心にかけて励んでいらっしゃるのでしたら，当の相手にそのことを礼儀ただしくおっしゃるべきでしょう。そうなされば，あなたの依頼や哀願が，いつかあなたを喜ばせる結果になるかどうかを，すぐにお聞きになることができるでしょうに。」

V お慕いするお方，ご忠告に従いまして，まずあなたご自身を以て始めましょう。もしも私があなたにお仕えして切に申し上げるべきことを，ぐずぐずして遅れを取ったというのでしたら，どうかお助けください，いとしいお方よ。私がこのようにつれなくされていのち果てるならば，お慕いするお方，そのときは責任はあなたにあるのです。

---

 6 bitten (n. inf.) / ald „oder / flêhen (n. inf.)
 7 iu (dat.) : ze trôste にかかる
V 2 vâhen ... an „anfangen"
 3 条件の副文
 4 des (gen.) : man (präs.) (→ manen „auffordern") の属格補足語で, gesûmet (v. 3) (→ sûmen (refl.) „zögern") の属格補足語を兼ねる
 6 条件の副文 / stirbe (präs. 1. pers. sg.) → sterben
 7 sôst → sô ist

Otto von Brandenburg

[55]

I Rûmt den wec der mînen lieben frouwen
und lât mich ir vil reinen lîp an sehen.
den möhte ein keiser wol mit êren schouwen,
des hœre ich ir die meiste menge jehen.
5 des muoz mîn herze in hôhen luften stîgen.
ir lop, ir êre wil ich niht verswîgen;
swâ si wont, dem lande muoz ich nîgen.

II Frouwe Minne, wis mîn bote alleine.
sage der lieben, diech von herzen minne,
sî ist die ich mit ganzen triuwen meine,
swie si mir benimt sô gar die sinne.
5 sî mac mir wol hôhe fröide machen;
wil ir rôter munt mir lieplich lachen,
seht, sô muoz mir allez trûren swachen.

オット・フォン・ブランデンブルク：ブランデンブルク辺境伯オット四世（1238年頃～1308年）．父および叔父の死後，1266年以降兄弟，従兄弟と分割統治し，1281年以降単独で辺境伯になった．フェーデ（私闘）のさい，頭を射られ，長く矢尻が取れなかったので，„mit dem Pfeil" の呼び名がある．

I 1 rûmt (imper. 2. pers. pl.)：聴衆に向かって呼びかけている
2 ir vil reinen lîp (m. acc.) / an sehen „ansehen"
3 den (m. acc.)：ir vil reinen lîp (v. 2) を指す / möhte (konj. II) → mügen
4 des (gen.)：jehen „sagen" の属格補足語 / ir (f. dat.)：der mînen lieben

オット・フォン・ブランデンブルク

[55]

I 道をおあけください，私のお慕いするあのお方への道を。あのすばらしいお姿を私にも拝ませてください。あのお姿なら皇帝がごらんになっても十分に品位を保てると大勢の人が認めるのを私は聞いています。そのことで私の心が高揚するのは当然のこと。あのお方への称賛，あのお方の栄誉を私は語らずにはいられません。あのお方がお住まいになる国なら，どの国へでも私は頭を下げずにはいられません。

II 愛の女神よ，私の使いをするのは，どうかあなた一人であってください。私が心から愛しているあのいとしい人に伝えてください，私がまごころを捧げて思っているのはあの人だということを，たといあの人が私からすっかり分別を奪ってしまっても。あの人には私にすばらしい喜びを与えてくれる力があります。もしあの人の紅い口が私にやさしくほほえみかけてくれるなら，そら，そうなれば，私の憂鬱はすっかり消えるにちがいないのです。

---

    frouwen (v. 1) を指し，jehen の与格補足語
  5 des „deshalb"
II 1 wis (imper. 2. pers. sg.) → sîn, wesen
  2 diech → die ich ; die は der lieben を指す
  3 die „diejenige, die"
  6 条件の副文 / ir rôter munt (m. nom.)
  7 seht (imper. 2. pers. pl.)：聴衆に向かって呼びかけている / trûren (inf. n. nom.)

III Ich bin verwunt von zweier hande leide ;
    merket, ob daz fröide mir vertrîbe :
    ez valwent liehte bluomen ûf der heide,
    sô lîde ich nôt von einem reinen wîbe ;
5 diu mac mich wol heilen unde krenken.
    wolde ab sich diu liebe baz bedenken,
    sô weiz ich, mir müeste sorge entwenken.

III 1 verwunt (part. perf.) → verwunden / zweier hande (pl. gen.) : leide (n. dat.) にかかる
    2 merket (imper. 2. pers. pl.) : 聴衆に向かって呼びかけている / daz : leide (v. 1) を指す / vertrîbe (konj. I)

III　私は二通りの苦しみで傷ついています，この苦しみが私から喜びを追い払ってしまうかどうか，見ていてください。野原に咲いた輝かしい花々は枯れていきます，そして私は一人のすばらしい女性のために苦しみを受けています。この人には，私を癒す力も患わせる力もあるのです。けれど愛らしいこの人が，いままでよりももっと好意的に考えてくださろうというのなら，私の憂いは当然消えることでしょう，そのことはわかっています。

3　ez：文頭の虚辞
5　diu：einem reinen wîbe（v. 4）を指す
6　条件の副文 / wolde（konj.II）→ wellen / ab → aber
7　müeste（konj.II）→ müezen

Steinmar

[56]

I Wer sol mich ze fröiden stiuren
    gên den wunneklichen tagen?
    Sol mir hôhgemüete tiuren,
    daz wil ich dien guoten klagen.
5 Ich weiz wol, ez ist in leit:
    ich was ie den fröide gernden
    mînes dienstes vil bereit
    unde wær ouch noh vil gern.
        Mirst mîn lôn gên der vil süezzen
10   hiure unnâher danne vern.

シュタインマル：13世紀後半，アレマン語圏の詩人．

I 1 stiuren „lenken, leiten"
    2 gên → gegen
    3 条件の副文 / tiuren „selten sein, mangeln"
    4 dien → den; dien guoten (pl. dat.)
    5 in „ihnen"

シュタインマル

[56]

I　この歓喜にあふれる日々に私を喜ばせてくれるべき人は誰か。私が高揚した気分をなくさなくてはならないのなら，そのことを良き人々に訴えよう。この人々が私の落胆を残念に思ってくれることはよくわかっている。喜びを求めているこの人々に私はいつも奉仕する心構えだったのだし，いまでもぜひそうしたいと思っているのだが。

　　あの愛らしい人に仕えたことの報酬は，今年は去年よりも，もっと手の届かないものになっている。

---

6 fröide (f. gen.)：gernden (part. präs.) (→ gern) の属格補足語
7 bereit：与格補足語 (den fröide gernden) (v. 6) (pl.) と属格補足語 (mînes dienstes) をとる
8 wær (konj. II) → sîn
9 リフレインは詩節によって多少変形している / mirst → mir ist / süezzen → süezen / der vil süezzen (f. dat.)
10 unnâher (komp.) / vern „im vorigen Jahre"

II Sælderîche sumerwunne,
    dû solt haben mînen gruoz.
    Swie si fröide mir erbunne,
    doh wirt mangem herzen buoz
  5 Von dir grôzzer swære vil.
    dâvon ich dich, süezzer sumer,
    willeklîche grüezzen wil
    unde muoz doh fröide enbern,
            Wan mîn lôn ist gên der süezzen
 10   hiure unnâher danne vern.

III Ich mag wol mîn herze strâffen,
    daz ichs gegen ir began,
    Ûf mîn ougen schrîen wâfen,
    die von êrst si sâhen an.
  5 Ach, do was so schœn ir schîn,
    daz er kam dur ganziu ougen
    in daz sende herze mîn.
    daz muoz iemer nâh ir gern,
            Swie mîn lôn ist gên der süezzen
 10   hiure unnâher danne vern.

II 3 si: der vil süezzen（I 9）を受ける / erbunne（konj. I）→ erbunnen „missgönnen"
   4 doh → doch / wirt → werden / buoz werden „frei sein von": 与格補足語 (mangem herzen) と属格補足語 (grôzzer swære vil) (v. 5) をとる
   5 dir: sælderîche sumerwunne (v. 1), süezzer sumer (v. 6) を指す / grôzzer → grôzer
   7 grüezzen → grüezen
   8 enbern „entbehren"
   9 wan „denn"

— 242 —

II 至福に満ちた夏の歓喜よ，そなたに私の挨拶を贈ろう。あの人は私を喜ばせてくれないけれど，でもそなたのおかげで，多くの人々の心が辛い思いから解放されるのだ。だから私は，甘美な夏よ，そなたにすすんで挨拶をしたい，私自身は喜びのないままでいなくてはならないのだが，
　　あの愛らしい人に仕えたことの報酬は，今年は去年よりも，もっと手の届かないものになっているので。

III あの人を見そめたことで，私は自分の心を罰したい，最初にあの人を見つめた自分の目を叱りとばしたい。ああ，あのときあの人の姿はこんなに美しかったので，目をずうっと通り抜けて，恋い焦がれる心の中にはいってしまった。私の心はいつもあの人を求めずにはいられない，
　　あの愛らしい人に仕えたことの報酬は，たとい今年は去年よりも，もっと手の届かないものになっていようとも。

III 1 strâffen → strâfen
　 2 ichs → ich es ; es (gen.) は began (→ beginnen) の属格補足語
　 3 ich mag を補って考える / schrîen (inf.) / wâfen：もとは「武器を取れ」の意
　 4 die (pl. nom.)：mîn ougen (v. 3) を指す / sâhen an → an sehen
　 5 so …, daz (v. 6)「so …, daß」
　 6 er：ir schîn(v. 5) を受ける
　 8 daz：daz sende (part. präs.) (→ senen „sich sehnen") herze mîn (v. 7) を指す / nâh → nach

IV Als ein swîn in einem sake
    vert mîn herze hin und dar.
    Wildeklîcher danne ein trake
    viht ez von mir zuo zir gar.
  5 Ez wil ûz durh ganze brust
    von mir zuo der sældenrîchen :
    also stark ist sîn gelust.
    wê, wie lange sol daz wern,
           Sît mîn lôn ist gên der süezzen
 10   hiure unnâher danne vern !

V   Nû si hât doch schœn und êre,
    Steimar, swas an dir begât,
    Ganzer tugende michels mêre,
    aller sælden vollen rât :
  5 An ir lît der wunsch vil gar.
    wünschent alle, guoten liute,
    daz ich wol gegen ir gevar !
    ez gât mir dur ganzen kern,
           Daz mîn lôn ist gên der süezzen
 10   hiure unnâher danne vern.

IV 1 sake → sac
   2 vert (präs.) → varn
   3 wildeklîcher (komp.) / trake → trache „Drache"
   4 viht (präs.) → vehten „fechten, streiten" / ez : mîn herze (v. 2) を受ける /
     zir → ze ir ; ir (f. dat.)
   5 ez : mîn herze (v. 2) を受ける / durh → durch
   7 sîn : mîn herze (v. 2) を受ける

IV　まるで網にかかった豚のように，私の心はあっちへこっちへと動きまわる。大蛇よりも荒々しく，私からはなれてあの人のほうへと突進する。私の胸を突き破り，あの至福に満ちた女性をめがけて出ていこうとする。それほどに私の心の欲望は強いのだ。ああ，この欲望はどのくらい長く続くだろうか，
　　　あの愛らしい人に仕えたことの報酬は，今年は去年よりも，もっと手の届かないものになっているのに。

V　さて，何といっても，彼女は美しくて誉れがある，シュタインマルよ，たとい彼女がお前にどんなことをしようとも，彼女には完全な美徳が十二分に備わっており，あらゆる至福にみちみちている。彼女にこそ一切の望むべき最善のものがあるのだと，すべての良き人々は，私があの人を追い求めることを願っている。私には身にしみて辛いのだ，
　　　あの愛らしい人に仕えたことの報酬は，今年は去年よりも，もっと手の届かないものになっていることが。

　　 8 daz : v. 1-7 で歌われている mîn herze の状態を指す
V　 2 swas → swaz si
　　 3 ganzer tugende (gen.) : michels にかかる / michels (gen.) : mêre にかかる
　　 4 aller sælden (gen.) : vollen にかかる / rât „Vorrat"
　　 5 lît (→ liget) → ligen
　　 7 gevar (präs. 1. pers. sg.) → varn
　　 8 ez : daz (v. 9) 以下の副文の内容を先取りする

Steinmar

[57]

I Ein kneht, der lag verborgen,
   bî einer dirne er slief,
   Unz ûf den liehten morgen.
   der hirte lûte rief:
  5 »Wol ûf, lâz ûz die hert!«
   des erschrak diu dirne
   und ir geselle wert.

II Daz strou, daz muost er rûmen
   und von der lieben varn.
   Er torste sich niht sûmen,
   er nam si an den arn.
  5 Daz höi, daz ob im lag,
   daz ersach diu reine
   ûf fliegen in den dag.

I 1 der: ein kneht を指す / verborgen (part. perf.)→ verbergen
    5 lâz (imper.) ûz → ûz lâzen
    6 des „deshalb"
II 1 daz muost …: daz は daz strou を指す
    3 torste (prät.) → turren / sûmen (inf.) (refl.) „zögern"

シュタインマル

[57]

I ある若者が隠れて横になっていた，ある娘のかたわらで眠っていた，明るい朝になるまで。羊飼いが大きな声で叫んだ，「起きろ，羊の群れを外に出せ。」と。それで娘とその大切な恋人は驚いた。

II 若者は藁の寝床から抜け出して，いとしい人と別れなければならなかった。ぐずぐずしてはいられないと，娘を腕に抱き寄せた。若者の上にかぶさっていた干し草が朝日の中にきらきらと舞い上がった。

---

4 si : der lieben (v. 2) を受ける / arn → arm
5 daz ob … : daz は daz höi を指す
6 daz : daz höi (v. 5) を指す / diu reine (f. nom.) : der lieben (v. 2) と同一人物
7 ûf fliegen (inf.) / dag → tac

III Davon si muoste erlachen,
    ir sigen diu ougen zuo.
    So suozze kunde er machen
    in dem morgen fruo
 5 Mit ir daz bettespil.
    wer sach ân geræte
    ie fröiden mê so vil!

III 2 ir (f. dat.) / sigen (prät.) zuo → zuo sîgen

Ⅲ　それを見てかわいい娘は笑い声を立てた，そしておのずと目を閉じた。こんなにも心地よく若者はその朝早く娘と愛のあそびに耽ることができたのだった。何のしつらえもないのに，これにまさる大きな喜びを，かつて見た人があったであろうか。

3 suozze → suoze

Steinmar

[58]

I Diu vil liebiu sumerzît
　　hât gelâzzen gar den strît
　　dem ungeslahten winter lang.
　　Ach, ach, kleiniu vogellîn
　5 müezzen jârlang trûrig sîn,
　　geswigen ist ir süezzer sang:
　　Daz klag ich. — so klage ich mîne swære,
　　die mir tuot ein dirne sældenbære,
　　　　Daz si mich niht zuo zir ûf den strousak lât,
10　　daz si mich niht zuo zir ûf den strousak lât,
　　und daz sî mirz doh geheizzen hât.

I 2 gelâzzen → gelâzen
　　3 ungeslahten „bösartig"
　　5 müezzen → müezen
　　6 geswigen (part. perf.) → swîgen / süezzer → süezer
　　7 daz: v. 1-6 の内容を受ける

シュタインマル

[58]

I とても心地よかった夏の季節は，いやな長い冬に勝ちを譲って退散した。ああ，小鳥たちはこれから一年悲しんでいなくてはならないのだ。小鳥たちの甘美な歌は聞こえなくなってしまった。そのことを私は嘆き訴える ― そのように私は嘆き訴える，一人のすてきな少女の私に対するひどい仕打ちを，

　　つまり彼女は藁布団で私が一緒に寝ることを許してくれない，藁布団で一緒に寝ることを許してくれない，私にそれを約束していたくせに。

---

8 die (f. acc.) : mîne swære (v. 7) を指す
9 リフレインは詩節によって多少変形している / zir → ze ir; ir (f. dat.) / strousak → strousac
11 und ... doh ... : 認容の副文 / mirz → mir ez; ez は藁布団で一緒に寝ること

— 251 —

II   Mîner swære, der ist vil :
     ist, daz mir niht helfen wil
     ein minnenklichiu dienerîn,
     Sôst mîn kumber manigvalt.
   5 armuot und der winter kalt,
     die went mir jârlang heinlich sîn.
     Armuot hât mich an ir bestem râte
     (daran nemt mich wîse liute spâte) :
            Dâvon wil si mich niht ûf ir strousak lân,
  10   dâvon wil si mich niht ûf ir strousak lân,
            und enhân ir anders niht getân.

III »Friunt, ich hân iu niht getân :
     swaz ich iu geheizzen hân,
     des mag ich iuch vil wol gewern.
     Ir gehiezzent mir ein lîn,   5
   5 zwêne schuohe und einen schrîn :
     des wil ich von iu niht enbern.
     Wirt mir daz, so wende ich iuwer swære
     (swem daz leit ist, dast mir alse mære) :
            Sô wil ich iuch zuo mir ûf den strousak lân,
  10   sô wil ich iuch zuo mir ûf den strousac lân :
            sô mag er wol wiegelonde gân.«

II 1 der (f. gen.) : mîner swære を指し，vil にかかる
    2-3 条件の副文
    4 sôst → sô ist
    6 die : armuot und der winter kalt (v. 5) を指す / went (→ wellent) → wellen / heinlich „vertraut"
    8 nemt (→ nement) → nemen / spâte „nie, nie mehr"
    11 und の後に ich が省略されている / enhân → en hân
III 2 geheizzen → geheizen

— 252 —

Ⅱ　私にはたくさんの辛い思いがある。もしかわいらしい一人の下女が私を助けてくれようとしないのなら、私の悩みはさまざまだ。貧困と厳冬、この両名が一年中、私と親交を結びたがっている。貧困が私を最高の顧問にしていて、(賢明な人々は私を顧問にしてはくれない)。

　　だから彼女は藁布団で私が一緒に寝ることを許してくれない、藁布団で一緒に寝ることを許してくれない、私は別に何も意地悪をしていないのに。

Ⅲ　「ねえあなた、私はあなたに何も意地悪をしていませんよ、あなたに約束したことは何でも叶えてあげますとも。あなたは私に、亜麻布を一枚、靴を一足、箱を一つくれると約束したのです。それを私はどうしてももらわないわけにはいきません。もしそれがいただけるなら、あなたの辛い思いを取り除いてあげましょう(それをいやがる人がいたって、私は全然平気です)。

　　そのときはあなたが藁布団で一緒に寝ることを許してあげましょう、藁布団で一緒に寝ることを許してあげましょう、それをいやがるあの人には、よろめきながら出ていってもらいましょう。」

　3　des：swaz (v. 2) 以下の副文を受け、gewern „gewähren" の属格補足語
　4　gehiezzent → gehiezent (prät.) → heizen
　6　des (gen.)：enbern の属格補足語
　7　wirt mir daz：条件の副文 / wirt → werden „zuteil werden"
　8　swem daz leit ist：er (v. 11) にかかる / dast → daz ist / maere „einerlei, gleichgültig"
　11　wiegelonde (part. präs.) → wigelen „wanken"

IV Herzentrût, mîn künigîn,
　　sag an, lieb, waz sol der schrîn?
　　wilt dû ein saltervrowe wesen?
　　Liezzest dû die gâbe an mich,
　⁵ich koufte estwaz uber dich:
　　wie wilt den winter dû genesen?
　　Dû maht dich vor armuot niht bedeken,
　　wan dîn gulter ist von alten seken.
　　　　Dâ wil ich den strousak in die stuben tragen,
¹⁰　　dâ wil ich den strousak in die stuben tragen,
　　sô muoz oven unde brugge erwagen.

V »Nû lân ich iuchz allez wegen:
　　ist, daz wir uns zemen legen,
　　sô sint ir gewaltig mîn.
　　Doh wil ich ê mîn geheiz
　⁵bî mir haben, gotteweiz,
　　wan ez mag niemer ê gesîn!
　　Seht, so nemt mih danne bî dem beine.
　　ir sunt niht erwinden, ob ich weine,
　　　　Ir sunt frœlîch zuo mir ûf den strousak varn,
¹⁰　　ir sunt frœlîch zuo mir ûf den strousak varn,
　　sô bit ich iuch mich vil lüzel sparn.«

IV 2 sag (imper.) an → an sagen
　　3 saltervrowe „Psalterfrau, Nonne, (die ihre persönliche Habe in einem Schrein verwahrt)"
　　4 liezzest → liezest (konj. II) → lâzen / „würdest du mir die Wahl des Geschenks überlassen"
　　5 koufte (konj. II) / uber → über
　　7 bedeken → bedecken
　　8 gulter → kulter „Steppdecke" / seken (pl. dat.) → sac
　　11 muoz の後に ich が省略されている / brugge „Ofenbrücke, Pritsche" /

Ⅳ　心の恋人よ、わが女王よ、言っておくれ、かわいい人、その箱とは一体どういうことだ。お前は尼にでもなりたいのかね。その贈り物の選択を私にまかせてくれるのだったら、何かお前に被せるものを買ってやるのだが。一体お前はどうやってこの冬を生き延びるつもりかね。貧乏で体に掛ける布団もない、だってお前の掛け布団は古い袋でできているのだ。だから私は藁布団をお前の部屋に持ち込みたい、藁布団をお前の部屋に持ち込みたい、そのためには暖炉や床几も動かさなくちゃ。

Ⅴ　「さあ、それをみんなあなたにやってもらいましょう。私たちが一緒に寝たら、そのときはあなたが私の支配者です。でもその前に、ぜひとも約束のものを頂戴したいの。それより前は絶対にいけません。さあ、そのときは、私の脚を捕まえなさい。私が泣いても、やめないで、藁布団の上の私の方へ威勢よく来てちょうだい、藁布団の上の私の方へ威勢よく来てちょうだい、そして手を緩めないでくださいね。」

　　　erwagen „wackeln"
Ⅴ　1　iuchz → iuch ez
　　2　条件の副文 / zemen → zesamene „zusammen"
　　3　mîn (gen.) : gewaltig にかかる
　　5　gotteweiz → goteweiz „Gott weiß es, wahrlich"
　　6　gesîn → sîn
　　7　nemt (敬称 ir に対する imper.) → nemen
　　8　sunt (präs. 2. pers. pl.) → suln
　　11　bit (präs. 1. pers. sg.) → biten / lüzel „nicht, nie" / sparn „schonen"

Johannes Hadlaub

[59]

I Ach, ich sach si triuten wol ein kindelîn,
   davon wart mîn muot liebes irmant.
   Si umbevieng ez unde truchte ez nâhe an sich,
   davon dâchte ich lieblîch zehant.
   ⁵ Si nam sîn antlüte in ir hende wîz
   und truchte ez an ir munt, ir wengel clâr.
   owê, so gar wol kuste sîz!

II Ez tet ouch zwâr, als ich hæte getân:
   ich sach umbvân ez ouch si dô.
   Ez tet recht, als ez entstüende ir wunnen sich,
   des dûchte mich, ez was so frô.
   ⁵ Don mochte ich ez nicht âne nît verlân.
   ich gidâchte: »owê, wære ich daz kindelîn,
   unz daz si sîn wil minne hân!«

ヨハネス・ハートラウプ：チューリヒの市民階級の詩人。1302年に家を購入し、1340年以前に亡くなったという記録がある。マネッセを始めとするチューリヒの都市貴族や聖俗の名士など、宮廷風文芸に関心のある人々のところで歌を発表した。

I 1 triuten (inf.) „liebkosen" / kindelîn と mîn (v. 2), sich (v. 3) と ich (v. 4), clâr (v. 6) と gar (v. 7) の3箇所に押韻がある。II以下の詩節も同様の3箇所で韻を踏んでいる

   2 wart (prät.) → werden / liebes (gen.): irmant (part. perf.) (→ ermanen „erinnern") の属格補足語

   3 umbevieng (prät.) → umbevâhen / ez: ein kindelîn (v. 1) を受ける / truchte (prät.) → drucken

ヨハネス・ハートラウプ

[59]

I　ああ，私は彼女がある幼子をやさしく撫でるのを見て，愛の歓びをふと心に思い浮かべた。彼女がその子を両腕に抱き，自分の胸に押しつけると，そのことで私はにわかに快感を覚えた。彼女は子供の顔を白い両手ではさみ，自分の口に，美しい頬に，押しあてた。ああ，それどころか，その子にくちづけまでもしたのだ！

II　子供ははたして私がとったであろうような態度をとった。子供のほうでもそのとき彼女に抱きつくのを私は見たのだ。まるで彼女の心の歓びを理解しているかのようにふるまっている，と私には思えた，子供はそれほどに嬉しそうだったのだ。それで私は嫉妬せずにはいられなくなった。私は思った，「ああ，私があの子であったらいいのに，彼女があの子を愛撫しているあいだは。」

　　6　ez：sîn antlüte (v. 5) „sein Antlitz" を受ける
　　7　kuste (prät.) → küssen / sîz → sî ez
II　1　ez：ein kindelîn (I 1) を受ける / tet (prät.) → tuon / hæte (konj. II) → hân
　　2　umbvân (inf.) → umbevâhen
　　3　als „als ob" / entstüende (konj. II) → entstân (refl.) „verstehen"
　　4　des (gen.)：v. 3 の内容を指す
　　5　don → do ne / ez：v. 1-4 の内容を受ける
　　6　gidâchte (prät.) (→ gedâhte) → gedenken / wære (konj. II) → sîn
　　7　unz daz „während" / sîn (gen.)：daz kindelîn (v. 6) を受け，minne にかかる

III Ich nam war, dô daz kindelîn êrst kam von ir,
    ich namz zuo mir lieblîch ouch dô.
    Ez dûchte mich so guot, wan sîz ê druchte an sich :
    davon wart ich sîn sô gar frô.
    5 Ich umbevieng ez, wan siz ê schône umbevie,
    und kustz an die stat, swâ ez von ir küsset ê was.
    we mir doch daz ze herzen gie!

IV Man gicht, mir sî nicht als ernstlîch wê nach ir,
    als sîs von mir vernomen hânt :
    Ich sî gesunt — ich wær vil siech und siechlîch var,
    tæt mir so gar wê minne bant.
    5 Daz manz nicht an mir sicht, doch lîde ich nôt,
    daz füegt guot geding, der hilfet mir al daher ;
    und liezze mich der, so wære ich tôt.

III 1 nam war → war nemen
    2 namz → nam ez ; ez は daz kindelîn (v. 1) を受ける
    3 ez : daz kindelîn (v. 1) を受ける / wan „weil" / sîz → sî ez
    4 sîn (n. gen.) : daz kindelîn (v. 1) を受ける
    5 umbevieng (prät.) → umbevâhen / siz → si ez / umbevie (prät.) → umbevâhen
    6 kustz → kuste (prät.) (→ küssen) ez / küsset (part. perf.) → küssen
    7 we → wie / daz : v. 5-6 の内容を指す
IV この節は hohe Minne の伝統を踏まえている

Ⅲ 私は気をつけて見ていた，幼子が彼女のそばをはなれたときに，やさしく自分のほうへ引き寄せた。この子はとてもすばらしいものに思えた，何と言っても彼女が胸に押しつけたことのある子なのだから。だからこそ私はこの子のことでこんなにも嬉しい気持ちになったのだ。私は子供を抱いてみた，彼女がやさしく抱いたことのある子なのだから。そしてこの子が彼女にくちづけされた場所に私も口をつけてみた。何とこのくちづけは私の心にしみたことか。

Ⅳ 人々は言う，お前は彼女のことを口で言うほど真剣に恋い焦がれてはいないのだろう，お前は元気だ — もし愛のきずなが本当にそれほど痛いのだったら，お前は病気になり，病人の顔色になるだろうに，と。私は本当に苦しんでいるのだが，人が私を見てもそれに気づかないのは，希望のせいだ，希望がいままで私を助けてくれたからだ。希望に見捨てられたら，私は生きてはいられない。

---

1 gicht (präs.) → jehen / sî (konj. Ⅰ) → sîn / als …, als (v. 2) „so …, wie"
2 sîs → sî (pl. nom.) es (gen.)
3 sî (konj. Ⅰ) → sîn / wær (konj. Ⅱ) → sîn / var „farbig"
4 条件の副文 / tæt (konj. Ⅱ) → tuon / minne bant (nom.)
5 manz → man ez / sicht (präs.) → sehen
6 daz (acc.) : daz (v. 5) 以下の副文の内容を指す / geding → gedinge (m. nom.) „Hoffnung" / der (m. nom.) : geding を指す
7 und liezze mich der : 条件の副文 / liezze (konj. Ⅱ) → lâzen „verlassen" / der (m. nom.) : geding (v. 6) を指す / wære (konj. Ⅱ) → sîn

Johannes Hadlaub

[60]

I Er muoz sîn ein wol berâten êlich man,
   der hûs sol hân, er müezze in sorgen stên.
   Nôtig lidig man fröit sich doch mangen tag,
   er sprichet : »ich mag mich einen sanft begên.«
   ⁵ Ach, nôtig man, kumst dû zer ê,
   wan du kûme gewinnen macht muos unde brôt,
   du kumst in nôt : hûssorge tuot so wê !

II Sô dich kint anvallent, sô gedenkest dû :
   »war sol ich nû ? mîn nôt was ê so grôz —«
   Wan diu frâgent dike, wa brôt und kæse sî,
   so sitzet dabî diu muoter, râtis blôz.
   ⁵ So sprichet si : »meister, gib uns rât !«
   sô gîst in dan Riuwental und Siuftenhein
   und Sorgenrein, als der nicht anders hât.

I 1 man と hân (v. 2), tag (v. 3) と mag (v. 4), brôt (v. 6) と nôt (v. 7) の3箇
    所に押韻がある。II以下の詩節も同様の3箇所で韻を踏んでいる
  2 der : er (v. 1) にかかる関係代名詞 / müezze → müeze (konj. I)
  3 lidig → ledec „unverheiratet"
  4 einen (m. acc.) : mich と同格
  5 kumst dû ...,：条件の副文 / kumst (präs. 2. pers. sg.) → komen / ê „Ehe"
  6 wan → wande „weil" / macht → maht (präs. 2. pers. sg.) → mügen
II 1 sô ..., sô „wenn ..., dann"
  3 wan → wande „denn" / diu (n. pl. nom.) : kint (pl.) (v. 1) を指す / sî (konj.

ヨハネス・ハートラウプ

[60]

I 一家を構えようという男は，十分に資産を持った夫でなくてはならぬ。さもないと当然ひどい苦労をするだろう。ひとり者は貧しくてもたいていの日を楽しく過ごし，「自分一人なら楽にやっていける」と言うが。ああ貧しい男よ，君がもし結婚すれば，お粥もパンもめったに手に入れることができなくて，ひどく難渋するだろう。世帯の苦労はそんなに辛いものなのだ。

II そこに子供まで出来たら，君は考える，「さて，どこへ行ったらいいのやら。おれの困窮はいままでだってこんなにひどいものだったのに ─」。子供たちがひっきりなしに，パンはどこ，チーズはどこと問いかけると，その母親は何も持たずに坐ったままで，「旦那様，何とかしてよ」と言うばかり。そのとき君は妻や子供に嘆きの谷，ため息の里，心配の畦をくれてやる，ほかに何にもないのだから。

I) → sîn
4 râtis (gen.): blôz にかかる / râtis blôz „ohne Vorrat"
5 meister: 妻は夫を meister と呼んでいる
6 gîst → gîst dû „gibst du" / in „ihnen"
6-7 Riuwental und Siuftenhein und Sorgenrein: 地名もどきの複合語 (vgl. Neidhart von Reuental) であるが，ここでは語の前半の構成要素，„Reuen", „Seufzer", „Sorgen" の意味に使われている
7 als der „wie einer, der"

III Sô spricht sî dan: »ach, daz ich ie kan zuo dir!
  jan haben wir　den witte, noch daz smalz,
  Noch daz fleisch, noch vische, pfeffer, noch den wîn:
  waz wolte ich dîn?　son hân wir niender salz.«
  ⁵ So riuwetz ire, da sint fröide ûz.
  dâ vât frost und turst den hunger in daz hâr
  und ziehent gar　oft in al dur daz hûs.

IV Mich dunket, daz hûssorge tüeje wê,
  doch klage ich mê,　daz mir mîn frowe tuot:
  Swenne ich für si gên, dur daz si grüezze mich,
  so kêrt si sich　von mir, daz reine guot.
  ⁵ So warte ich jæmerlîchen dar
  unde stên verdâcht als ein ellender man,
  der nicht enkan　und des nieman nimt war.

III 1 kan → kam
  2 jan → ja ne / ne ..., noch „weder ..., noch ..."
  4 waz wolte ich dîn?„was wollte ich damals von dir haben?" / son → so ne
  5 riuwetz → riuwet ez / ire → ir (f. dat.)
  6 vât → vâhen / frost, turst, den hunger が擬人化されている
  7 in „ihn": den hunger (v. 6) を受ける
IV　この節とVは hohe Minne の伝統を踏まえている
  1 tüeje (alem.) (konj. I) → tuon

Ⅲ　すると妻は言うのだ。「あんたのところに嫁いで来て，なんと悲しいことかしら。本当に私たちには薪もなければ油もない，肉もなければ魚もない，胡椒もないしワインもないの。一体どうしてあんたを亭主にしたのでしょうか，だって私たちには塩さえもない。」このように妻が嘆き悲しめば，喜びたちは家から逃げ出し，凍えと喉の渇きが空腹をとっつかまえて髪の中に閉じ込める，いやそれどころか，しばしば家中を引き回すのだ。

Ⅳ　さて私が思うには，世帯の苦労は辛いけれど，それにもまして嘆かわしいのは私が仕えるあの方の仕打ちだ。好意あるお言葉を期待してあの方の前に行っても，私から顔をそむけてしまわれる，あのりっぱな良きお方は。そこで私は惨めな気持ちであの方を見守りながら，もの思いに沈んで立ちつくす，何もできず誰からも目をとめてもらえない哀れな男のように。

3　grüezze → grüeze（konj. Ⅰ）
4　daz reine guot : 先行の si（＝mîn frowe）を同格で言い換えているが，脚韻を合わせるために中性の形にしている
5　warten „blicken"
7　der（m. nom.）: ein ellender man（v. 6）にかかる関係代名詞 / des（m. gen.）: ein ellender man（v. 6）にかかる関係代名詞で，nimt（→ nemen）war の属格補足語を兼ねる

V　Daz si mich versêret hât so manig jâr,
　　daz wolt ich gar lieblîch vergeben ir,
　　Gruozte sî mich, als man friunde grüezzen sol:
　　so tæte si wol. si sündet sich an mir,
　5 Wan ir mîn triuwe wonet bî.
　　dâvon solte sî mich grüezzen âne haz.
　　wan tuot si daz? daz si iemer sælig sî!

V　2 daz: daz (v. 1) 以下の副文の内容を指す / wolt (konj.II) (→ wolte) → wellen
　　3 gruozte sî mich: 条件の副文 / gruozte (konj.II)
　　4 tæte (konj.II) → tuon

Ⅴ　あの方がこんなにも長い年月，私の心を傷つけてきたこと，そのことをやさしくゆるしてさしあげたいと思うのだ，もしも私に親しい友達に対するような挨拶をしてくださりさえするならば。そうしてくださるのが当然というものだろう。あの方は私に罪を犯していらっしゃる，私はいつも誠実にお仕えしているのだから。だから私に好意的なお言葉ひとつもかけてくださるべきだろうに。何故それをしてくださらないのか。ではどうぞ，いつまでもお幸せでいらっしゃいますように。

---

5 wan „denn" / ir (f. dat.)
6 solte (konj.Ⅱ) → suln
7 wan „warum nicht" / sî (konj.Ⅰ) → sîn

解　説

1.「ミンネザング (Minnesang)」の概念

　"Minnesang" もしくは "Minnelyrik" は中高ドイツ語の恋愛抒情詩の総称である。中高ドイツ語による抒情詩のすべての種類をこの名称で呼ぶのは適当ではない。中高ドイツ語の抒情詩には，現世的な愛を歌うミンネザングのほかに，宗教的抒情詩も存在しているからである。たとえば12世紀以降にはドイツ語によるマリア讚歌があり，Walther von der Vogelweide のパレスティナの歌 (L. 14, 38 ff.) や十字軍の歌 (L. 76, 22 ff.) がある。また復活祭の歌 (Christ ist erstanden)，聖霊降臨祭の歌 (Nû biten wir den heiligen geist)，巡礼の歌 (In gotes namen varen wir) などのように教区の人々が民衆語で歌った "Leise" と呼ばれる宗教的な歌もある。さらにミンネザングと並んで，いわゆる「格言詩 (Spruchdichtung)」がある。中世盛期の物語文学と同様に対韻の4揚格詩句 (vierhebiges Reimpaar) で朗読された格言詩 (Sprechspruch)[1] のほかにも種々の複雑な詩形の格言詩があり，それらはミンネザングと同様に歌唱されたという理由で，「格言詩歌 (Sangspruchdichtung)」とも呼ばれる。その主要なテーマは，主君やパトロンへの称賛あるいは非難，追悼（挽歌），一般的な教訓，遍歴詩人の個人的体験などであるが，特に重要なのは，緊急の時事問題に対する態度表明，すなわち「政治詩 (politische Lyrik)」であって，ドイツ語でこれを創始したのは Walther である。ミンネザングがたいてい複数の詩節から成り立っているのとは異なり，格言詩歌は一詩節の場合が圧倒的に多いが，内容上関連のある複数の詩節が一つにまとまって，たとえば Walther の「帝国の調べ (Reichston)」のように，比較的固定した詩節グループを形成していることもある。このように中高ドイツ語の抒情詩は，テーマも形式も多種多様なのであるから，これらを一括して「ミンネザング」と呼ぶのは，明らかに誤っている。

　一方，「ミンネザング」という術語を狭く限定して，たとえば Hugo Moser が提案したように，[2]「高きミンネ (Hohe Minne)」という独特の愛の表現だ

---

1. その一例は Freidank の格言詩集 "Bescheidenheit"（1230年頃に成立）。
2. "Minnesang und Spruchdichtung ? Über die Arten der hochmittelalterlichen

けを「ミンネザング」と呼び，この狭められたミンネザングの概念に「本来の恋愛抒情詩」を対比させようとするのも誤りである。たしかに「高きミンネ」は，ミンネザングの解明にとって格別に有用な概念である。しかしミンネザングは，テーマの扱い方やモティーフの点で多様性に富む恋愛抒情詩なのである。このことは，多岐にわたる広い意味領域を示す「ミンネ」という単語の意義にも相応する。古高ドイツ語の "minna"，中高ドイツ語の "minne" には二つの語根があり，一つは「熱望する，愛する」の "mei-" という根，もう一つは「考える」の "men-" という根であると思われる。後者の "men-" から "minne" という語に特有の「回想，記憶」という古い語義の説明がつく。それから中高ドイツ語の "minne" は「友愛，愛情，好意，精神的な愛」を意味し，また神の人間への愛，人間の神と隣人への愛をも意味する。しかし何といっても "minne" は男女間の愛を意味し，しかもその中には精神的なものと官能的なものが同じように含まれている。どちらにウエイトを置くかは，自明のことながら，そのつど違っているが。時代の経過とともに "minne" という言葉は，肉体的な愛の要因をあまりにも強調して使用されるようになり，価値低下が生じて，近世初期にはもはや「社交界に受け入れられる（gesellschaftsfähig）」な言葉ではなくなっていた。その代わりに広く登場したのが，第一に「喜び」を意味する "liebe" という言葉であって，その芽生えはすでに12世紀にも認められる。"liebe" が長期間にわたって「喜び（Freude）」をも「愛（Liebe）」をも意味しうる単語であったということは，抒情詩だけでなく中世文学一般の翻訳ならびに解釈にさいして，つねに念頭に入れておかなければならない事実である。

2. ミンネザングの展開

　中高ドイツ語の恋愛抒情詩の多様性，そしてそのそれぞれの根底にある恋愛観のさまざまな特徴は，ミンネザングの歴史を縦に切っても，いや縦に切ったときにこそ，特にはっきりと見えてくる，各時期の特徴的な局面がきわだって見えるのである。重要なのは，個々の時期がたいていは厳密に区切られているわけではなく，相互に重なり合っている場合が多いという事実を念頭に入れておくことである。たとえば Neidhart の作品は，ミンネザングの歴史の中では大転換点をなすものではあるが，それでも彼は約20年間 Wal-

　　deutschen Lyrik". In: Euphorion 50, 1956, S. 370-387.

ther と同時代に詩作をしていたのである。

第一期（初期）　約1150/60年―1170年：いわゆるドーナウ地方のミンネザング

　ドーナウ地方のミンネザングは，主としてドーナウ河流域出身の詩人たちによって創造された。Der von Kürenberg, Dietmar von Aist (Eist), Meinloh von Sevelingen（現在のSöflingenはウルム市の一部）などである。Kürenbergは様式史的にみて最古のミンネゼンガーであり，ロマンス諸語の恋愛抒情詩の知識をまだほとんど示していないが，DietmarとMeinlohはすでに西方の抒情詩から顕著な刺激を受けた過渡期の詩人である。これら初期の詩人たちのミンネ観の特質は，愛の官能的な要素が精神化されていないこと，つまり肉体の合一がこだわりなく熱望され表明されていることである。そしてそれが女性によって聞き届けられないのは，倫理的な逡巡とかミンネ論的な前提が彼女にそれを禁じるからではなく，外的な事情（ほかの女性たちの嫉妬や，見張り人［merkaere］による監視）がそれを不可能にするからである。Kürenbergのある詩節では，男が一国の支配者とおぼしい女の求愛に屈したくなくて，誇らかにその国を立ち去ろうとする（MF 9,29 ff. ― 本書［1］）― これは最盛期の「高きミンネ」の歌では全く考えられないことである。ドーナウ地方のミンネザングの女性たちは，次期のミンネザングとは異なり，愛の経験に完全に関与している，彼女たちはまさに愛の体験の担い手であり告白者なのである，それが事実であれ虚構であれ。女性の口を借りる多くの詩節（それは実は男性の詩人によって作られたのだが！）の中でそれが表現されている。これらの詩節の中で話者である女性は，愛する男へのあこがれや，別れていなければならない嘆きなどの感情を表現する。これら初期の恋愛抒情詩の形式面の特徴は，ドイツ古来の長詩行詩節（Langzeilenstrophe）であり，この点でKürenbergの詩節の構造は「ニーベルンゲン詩節（Nibelungenliedstrophe）」と完全に一致する。しかしそれと並んで，Dietmarの作品には，すでに短詩行詩節（Kurzzeilenstrophe）が現れているし，さらにMeinlohには，長詩行と短詩行の組み合わされた詩節もある。

第二期（最初の最盛期）　約1170年―1190/1200年

　この時期にいわゆる「高きミンネの歌（Hoher Minnesang）」が始まる。これはプロヴァンス語のトルバドゥール抒情詩とフランス語のトルヴェール抒

情詩を手本にしており，ここでは男性と女性がもはや互いに同等の権利をもつパートナーではないという点が本質的に重要である。「ミンネゼンガー (Minnesänger)」は「女主人 ("vrouwe", Herrin)」に対して（虚構の）主従関係に立ち，その愛顧を倦まず求め続けるが，男性の願いは聞き届けられることがなく，また聞き届けられてはならないのである。しかしこのような高きミンネの歌の中で女性は単に「女主人」と呼ばれるだけではなく，「女 ("wîp", Frau)」とも呼ばれ，またそのように呼びかけられてもいるのである。このことは高きミンネの歌の古典的な代表者と見なされる Reinmar der Alte にもあてはまる。高きミンネは常に叶えられない愛であり，男性の求愛は報われないままである。しかし彼は愛の奉仕を止めてはならず，「変わらぬ誠 "staete"」を示さなくてはならない。成就しない愛，それは原理的に成就してはならない愛なのだが，その苦痛に耐えなければならないのである。したがって「高きミンネの歌」は核心において「苦悩のエロティシズム ("Leidenserotik" – Günther Schweikle)」である。しかし，むなしい愛の奉仕にこのように耐え抜くことは，求愛する男性にとって落胆や欲求不満を意味するのではなく，道徳的浄化，社会的向上，騎士道的自己完成を意味するのである。この考え方は心理学的な意味では一種の合理化と解釈することができるが，この考え方を最も的確に表現しているのが Albrecht von Johansdorf の作品 (MF 93, 12 ff.) である。この詩の中で男性は「女主人」に，どんなに歌っても愛の奉仕をしても何の役にも立たない，と言って嘆く。それに対して彼女は，「あなたが幸せになるようにしてあげましょう，報われないままでいなさいというのではありません。」(MF 94, 11f.) と答える。それはどういう意味ですかとの男の問いに対して，女は答える，「(愛の奉仕によって) あなたがますますりっぱになり，そして気持ちが高揚するということです。」(MF 94, 14) と。つまり「高揚した気持ち (hôchgemuot) になる」ことは求愛の成功に結びついているのではなく，むしろ，心変わりせず誠実に愛の奉仕をし続けるという意識の中から生まれうるもの，生まれるはずのものである，というのである。高きミンネの歌で決定的なものはゴールではなく，ゴールへ向かう途上にあり続けること — このゴールは，しかし，単に事実上到達されないだけではなく，原則的にも到達されてはならないのである。

　貴婦人がミンネゼンガーの願望を叶えることができないのは，第一に，彼女が既婚であり，第二に，ミンネゼンガーより身分が高いからであるという仮説が以前は罷り通っていたし，今日でもなおそのように考える人が一部あ

る。しかし仮定されたこの二つの理由は，ドイツのミンネザングについては，どちらもほとんど検証できない。プロヴァンスの抒情詩では事情は異なっているが，ここでも既婚の女性や身分の上の女性に向けられた愛であることが明示されているような作品は，一般に仮定されているほどに多くはないのである。ドイツ語圏でも，スイス後期のミンネゼンガーである Wernher von Hohenberg 伯（1320年没）の作品（BSM, 2, Lied 6）の中では，愛する女性の夫が「悪魔（tiuvel）」と呼ばれている。[3] このような例は，既婚女性への愛であることの証拠にはなる。しかし高きミンネの対象である女性が男性の求愛を断らなくてはならないのは，原則として彼女が既婚であるからだと考えなくてはならない必然的な根拠にはならないであろう。そのようなことは作品の中のどこにも言及されていないのである。同様に，高きミンネの歌の中で男性の求愛が原則的に徒労であることの理由は，女性が男性より社会的に身分が上である点にあるとする主張にも，十分の根拠があるとは言いがたい。（即位以前であったかも知れないが）皇帝ハインリヒ六世ほどの高位の貴族でさえもミンネゼンガーとして登場しているという事情一つをとって見ても明らかなように，ミンネザングは「役割の抒情詩（Rollenlyrik）」であり，男女関係においてあらかじめ定められた役割を分担する社交上の遊戯であって，伝記的に説明できるような「体験詩（Erlebnislyrik）」ではないのである。ミンネザングをこのように認識するからといって，歌の中で賛美している女性よりはるかに社会的身分の低いミンネゼンガーもいることを否定するものではもちろんない。職業詩人の場合は明らかにそうである。ミンネザングの中で愛され称賛される貴婦人は，一人の具体的な女というよりも，むしろ究極のところ，「女性的なもの」の神髄・理念の擬人化であり，倫理的完全性の具現であって，これと同等になるように男性は愛の奉仕によって努力しなければならないのである。詩人が女性を称賛すればするほど，正常の程度を越えて理想化し，神格化すればするほど，詩人と女性の間の距離がますます大きくなるのは当然のことである。このように見れば，女性が詩人にとって手の届かない高嶺の花であるのは，詩人自身によって「創り出された」存在の

---

3. Susanne Staar は，北フランスの言語圏で特に広まっていた「不幸な結婚をした女の歌（chanson de la malmariée）」というジャンルがドイツのミンネザングに何らかの影響を与えた可能性を指摘している（in : Gedichte und Interpretationen. Mittelalter. Hg. von Helmut Tervooren. Stuttgart 1993, S. 233 ff.）。

結果であって，女性が既婚だというようなことに起因するものではない，と考えられるのである。他方，ミンネザングにも何らかの「体験」の要素がありうることを一切認めないのは行き過ぎであるにちがいない。ほとんどすべての場合に単なる慣習であるにすぎないものが，時として一人のミンネゼンガーと一人の特定の女性との関係の中で個人的な恋愛関係，実際の恋愛体験の性格を帯びることはもちろん可能である — たとえば上述の Wernher von Hohenberg 伯の場合に推測できるように。二人の関係が「高きミンネの歌」の中で表現されることの許された限度を越えてどの程度まで親密であったかは，もとより我々の知る由もないことであるが。

「高きミンネ（プロヴァンス語では fin' amor［高貴な，純粋な愛］）」は，まず上部ライン地方に居住する詩人たちによってドイツ語圏にもたらされた。それゆえこの時期は「ライン地方のミンネザング」とも呼ばれるのであるが，この名称はあまりにも狭く限定されている。この時期の指導的ミンネゼンガーは Friedrich von Hausen であり，"hôhiu minne" という表現は彼の作品（MF 51, 33 ff. — 本書 [12]）に初めて登場する（MF 52, 7）。その他の代表的詩人としては，Bernger von Horheim, Bligger von Steinach, ドイツ語でライヒ形式（290 ページを参照）のミンネザングを作った最初の詩人である Ulrich von Gutenburg, さらに皇帝ハインリヒ六世が挙げられる。西部スイスの Rudolf von Fenis や Graf von Neuenburg もプロヴァンス抒情詩の影響を強く受けているが，低部ライン地方で活躍した Heinrich von Veldeke は，むしろフランス語のトルヴェールの影響を示している。ミンネザングのこのようなロマンス化の時期に形式の点で特徴的なのは，複数の詩節から成る歌が増え，一詩節の作品が後退したこと，カンツォーネ詩節（287 ページ以下を参照）の躍進，純度の高い脚韻の発達などである。

このようにロマンス語，特にプロヴァンス語の恋愛抒情詩とその「高きミンネ」の理念を受容したことは，トルバドゥールの歌が形式芸術としてのドイツのミンネザングにもたらしたさまざまの刺激をも含めて，まさに一世紀以上の長きにわたって，中高ドイツ語の恋愛抒情詩の歴史を特徴づけたのである。Friedrich von Hausen, 彼と同時代の詩人たち，あるいは彼の後継者たちが始めたことは，その後，幾世代にもわたって引き継がれた。そのさいミンネザングは原則的な面では変化しなかったが，個々のテーマ，モティーフ，形式の点では，たえず新たな変化を繰り返しつつ発展を続けたのである。そして Neidhart や Steinmar の場合には根本的に新しいミンネの構想が生

まれ，真の革新が起こったのではあるが，このような革新といえども，やはりいつも「高きミンネの歌」というコンテキストの中で，「高きミンネの歌」との対決という形で，導入されたのであった。

第三期（第二の最盛期）　約 1190 年—1230 年[4]

これは高きミンネの歌の最盛期であり，そして同時に，Walther von der Vogelweide によってそれが克服された時期でもある。Albrecht von Johansdorf, Hartmann von Aue, Heinrich von Morungen, Reinmar der Alte は，この時期の代表的なミンネゼンガーであって，Walther より前に，部分的には Walther と同じ時期に活躍している。Wolfram von Eschenbach も，その抒情詩の数は少ないが，この時期に入る。彼の抒情詩の大部分は「後朝歌（Tagelied）」である（277 ページ以下を参照）。これらミンネザングの第二の最盛期の指導的な詩人たちは，それぞれ独自の芸術的個性の持ち主であり，彼らの作品の大部分には，彼らの芸術的個性の結果でもあり表現でもある見紛う方なき特性がある。一人のミンネゼンガーの歌を知れば，すべてのミンネの歌を知ったも同然だ，などと言った人がいるとすれば，それは根本的にまちがっている。そのような主張は 1200 年頃に活躍した詩人たちの歌にはあてはまらない。たとえば Reinmar の歌と Morungen の歌とのあいだには根本的な相違があるし，Walther の歌はかなり早い時期からすでに，彼が出発点にした Reinmar の歌とは別の性格を獲得していたのである。

Walther von der Vogelweide こそは，高きミンネのもつもろもろの根本的価値を放棄することなく，しかも高きミンネに限定されない恋愛抒情詩を創造した詩人である。彼は硬直しかけていた慣習的ミンネ観を解きほぐし，これを女性が再び男性のパートナーになるべき「心からの愛 "herzeliebe"」の理念へと深化させた。しかもこれは身分の高い貴婦人だけでなく，身分という狭い垣根を排除した結果，真に女性的な特性を備えるすべての女たちにとって可能なのである。そのような女たちを Walther は "wîp" と呼び，"vrouwe" との区別を強調している（L. 48, 38 ff.）。そして，宮廷社会の周辺に位置するような，いやここにさえ属さないような少女（"frowelîn" や "maget"）

---

4. この期の終わりを 1230 年とするのは，Walther von der Vogelweide をここに数え入れる場合。そうでなければ，1210/1220 年頃が次期との境界になるだろう。

にも愛の歌を捧げている。彼はまた伝記的にも裏付けられることであるが，老齢というテーマ，そしてそれと関連して，魂の救済のために現世の価値を相対化することなどをも作品に形成したミンネゼンガーである。

第四期（第一後期）　約1210年—1240年

この時期は徹頭徹尾 Neidhart[5] という名前と結びついている。バイエルンとオーストリアで活躍したこの天才的なミンネゼンガーは，冒頭の「自然導入（Natureingang）」によって二つの季節に分類されるその作品群「夏の歌（Sommerlieder）」と「冬の歌（Winterlieder）」の中で，宮廷的なミンネザングを農村・田舎の舞台に移し，この方法でミンネザングをパロディー化し，風刺する。同時に彼は極度に精神化されてしまったミンネに再び官能的性的な側面を開いた，しかも初期のドーナウ地方のミンネザングをはるかに越える程度に。Neidhart は13世紀に最も広範囲にわたって影響を与えたミンネゼンガーであり，多くの抒情詩人たちは程度の差こそあれ強く彼に影響されている。彼はまた中世末期まで異常に長く活発な影響を残したミンネゼンガーでもあり，それは「ナイトハルト劇（Neidhartspiele）」や「笑話（Schwankroman）」のような別のジャンルにまで及んでいる。彼の名前で伝えられている歌のすべてが本当に彼自身の作であるのか，その中でも格別に粗野な歌は，あるいは後世の模倣者たちに帰せられるべきものなのではないか，といった問題はもとより解決されないままである。

第五期（第二後期＝終期）　約1230年から1300年以後

少なくとも4分の3世紀にわたるこの終期ミンネザングを，「期（Phase）」という名称で呼ぶことは，実は適当とは言いがたい。この中には，それ自体きわめて多様な後期宮廷ドイツ文学の恋愛抒情詩全部が含まれるのである。一部では，高きミンネの歌の伝統が途切れずに続いているが，他方，この時期の詩人たちは，Neidhart の歌から中心的なテーマまたは少なくとも個々の特徴を採用し，そのさい場合によっては現実的な細部の記述をふやすという点でナイトハルト的要素を新たに強調したりする。たとえば Gottfried von Neifen の場合のように，一人の詩人の作品の中に，高きミンネの歌も野卑な

5.　従来の文学史では Neidhart　von　Reuental と呼ばれていたが，最近は，von Reuental を名前に加えることの正当性が疑問視されている．

種類の歌も含まれている場合が稀ではない。13世紀の恋愛抒情詩のすべての可能性を駆使して詩作するという傾向が頂点に達するのは1300年頃,チューリヒのミンネゼンガー Johannes Hadlaub の場合である。彼はミンネザングというジャンルがその生産的活力を失い始めた時期に,もう一度すべての種類のミンネザングを,いわば始めから終わりまで「演じ通した」のであった。彼がミンネザングの伝統についてこれほど多くの卓越した知識を得ることができたのは,おそらくチューリヒ在住の中高ドイツ語抒情詩収集家たちと密接な関係を保っていたからであり,あのマネッセ写本の制作にあるいは彼自身も関与していたからではないかと思われる。終期ミンネザングの形式面での特徴は,歌の形式技術が極度に発達し,特に韻律の面では,Konrad von Würzburg の場合のように(288ページ参照),いわば名人技ともいえる誇張された技巧にまで立ち至ったことである。社会学的に注目すべきは,ミンネザングが13世紀後半に,個々の都市に — まず第一に Konrad von Würzburg のいるバーゼルに,さらには Johannes Hadlaub のほかにも Meister Heinrich Teschler が活躍するチューリヒに — 迎え入れられたことである。[6] しかし同じ時期にミンネザングは依然として領主の宮廷でも作られていた。1200年の頃に比べると,いまや新しい宮廷が特にドイツ東部に台頭し,多数の領邦君主自身がミンネの歌を作っていた。Herzog von Anhalt,[7] Markgraf Otto von Brandenburg mit dem Pfeil, Markgraf Heinrich von Meißen (1221-1288), König Wenzel von Böhmen(多分 Wenzel I. ではなく Wenzel II.),Herzog Heinrich von Breslau(該当しうる同名の大公が三人いて特定しがたい),Fürst Wizlaw von Rügen(1325年死去)などである。なおドイツ語圏の西北端に君臨する Herzog Johann I. von Brabant(治世1268-1294)もこのような詩人領主の一人である。

　終期ミンネザングの研究には年代的な視点はあまり適さない。作品の成立年代を十分な信頼性をもって決定することはまず不可能であり,たとい年代をより正確に決定したとしても,それによって作品理解のために有用な認識が得られることは稀だからである。多数の歌を年代順に並べて整理しようと

---

6. これについては,Werner Hoffmann: "Minnesang in der Stadt". In: Mediaevistik 2, 1989, S. 185-202 を参照.
7. 写本AおよびBでは Herzog となっているが,歴史的に正確には,Graf Heinrich I. von Anhalt であったと推定される.

試みるのは徒労である。それよりもこの期に成立した作品の地理的，地域的な分布を調べるほうがずっと有益だろう。それについてここではただ二三の点を指摘しておこう。終期ミンネザングの一つの中心は明らかにスイスにあった。Graf Kraft von Toggenburg, Konrad Schenk von Landeck, Walther von Klingen, Steinmar, Johannes Hadlaub その他大勢の名が知られている。もちろん，最も浩瀚な歌謡写本である「大ハイデルベルク・マネッセ写本」がスイスの，しかもチューリヒで成立したこと (295 ページ以下を参照)，その収集者たちにとって，スイスのミンネゼンガーのテキストを入手するのは，たとえば中部ドイツのミンネゼンガーのテキストを入手するよりもずっと容易だったにちがいない，ということは考慮に入れなければならないだろう。次に取り上げなければならないのは，シュタウフェン王朝末期のシュヴァーベンの詩人グループであり，皇帝フリードリヒ二世の息子，ドイツ王ハインリヒ七世 (在位 1220-1235) の宮廷である。このグループに属しているのは，Burkhart von Hohenfels, 非常に多作な Gottfried von Neifen であり，かなり時代は下るが様式的な根拠から Ulrich von Winterstetten も一般的にこのグループに分類される。これらの詩人の共通点を Schweikle は次のように要約する。「このグループに共通しているのは，宮廷的なミンネザングの技巧面を受け継ぎ，トポス的常套的な場面設定を愛用しながらも，[もっとモダンな]ナイトハルト様式の諸要素を取り入れていることである。」[8]と。さらにバイエルン・オーストリア地域からは，少なくとも二人，それぞれ非常に個人的特色のある創作活動をおこなった詩人の名前を挙げることができる。その一人 Ulrich von Liechtenstein は，約 60 篇の自作の歌を「婦人奉仕 (Frauendienst)」と銘打った部分的には虚構の自叙伝風物語の中に成立順に組み込み，実際に愛の奉仕をおこなったかのように見せかけた，しかもグロテスクな気分を醸しだすほどに誇張して。もう一人 Tannhäuser の作品は比較的少ししか伝わっていないが，彼は独特のライヒ形式の舞踏歌 (Tanzleich) でミンネザングのジャンルを豊かにした。彼の「ミンネライヒ (Minneleich)」は Ulrich von Winterstetten に影響しているかも知れない。

13 世紀後半ならびに 14 世紀前半にミンネザングの大収集写本が書かれたときには，ミンネザングの生産的な時期は事実上過ぎ去っていた。と言ってもそれは，これよりのちにはミンネザングが存在しなかった，という意味で

---

8. Günther Schweikle: Minnesang. Stuttgart 1989, S. 95.

はない。ミンネザングにはもはや文学的活動における主導的な地位はなかった，という意味である。ミンネザングはその起源とその本質において貴族的文学である。時には都市で — すなわち都市貴族や名門市民の間で — おこなわれることはあったにしても，ミンネザングはやはり騎士的・宮廷的文化と結びついている。14世紀末か15世紀に入って漸く都市で徐々に台頭してくる市民文化は，ミンネザングとは別の抒情詩的表現形式を用いるようになる。とりわけ「職匠歌人の歌（Meistersang）」の形式である。

3. ミンネザングの種類（ジャンル）

ミンネザングの歴史を縦断して概観した結果，少なくとも次の二点が明らかになった。第一に，中高ドイツ語抒情詩に独特の恋愛観である「高きミンネ」は，1170年代から大収集写本が作られる1300年頃まで継続してよく保持されており，その間ずっと「高きミンネの歌」も作られている，という点である。伝記的存在である現実の詩人自身と安易に同一視されてはならない「抒情詩的自我（ein lyrisches Ich）」とも言うべきミンネゼンガーが一人の貴婦人の愛を一方的にむなしく求め続けることをその内容とするあのミンネの歌である。しかし，ミンネと高きミンネを同一視するならば，事実を完全に無視したことになるだろう。というのは第二の点であるが，ミンネザングの中で主題として扱われた男女関係には，高きミンネ以前だけでなく，高きミンネと同時代にも，それと並んでほかの種類のものがあったからである。恋愛という人間的な原体験は，広い意味で歴史的に制約された具体化の中でさまざまに実現するのであり，それが中高ドイツ語抒情詩のさまざまのジャンルに現れているのである。「ジャンル（Gattung）」という概念は，この場合，「固定した一定不変の統一体のようなものではなく，形式，構造，内容を担う諸要素の流動的な結合，特徴の束のようなものをいうのである。」[9]

高きミンネの歌の支配的地位にふさわしく，もっとも頻繁に現れるのは，いわゆる「ミンネカンツォーネ（Minnekanzone[10]）」である。歌によって高きミンネの理念を本来的に実現するものであって，これは特に男性の抒情詩的自我の求愛の形をとる。この求愛は高きミンネの根本的前提条件により，あこがれの目標に到達することはないのだから，その求愛の歌は内容の点では

---

9. Schweikle, S. 114.
10. "Kanzone" はプロヴァンス語では "canso"，古フランス語では "chanson"。

ほとんどいつも「嘆きの歌 (Klagelied)」,「ミンネの嘆き (Minneklage)」とも呼べるものである。思索,省察がミンネカンツォーネの中では広い場所を占める,もちろん個々のミンネゼンガーで程度の差はあるが。Reinmar der Alte は,高きミンネに本質的に付随するパラドックスや二律背反についての省察をその極限にまで押し進めた。男性は自分の求愛に見込みのないことを知っている,しかしそれでも求愛を止めない。[11] 女性の拒絶を嘆き悲しむ — しかし,それでもミンネゼンガーは女性を称賛するのである。そこでさらなるジャンルとして,たとえば Reinmar der Alte や Ulrich von Liechtenstein には「女性讃歌 (Frauenpreislied)」がある — この場合,女性称賛はミンネの嘆きの中にはめ込まれた一詩節として現れるにすぎないことが多い —,そしてまた「ミンネ称賛 (Minnepreis)」もある。これも多くの場合,ミンネの嘆きの中にはめ込まれるか,女性称賛と結びつくかである。女性称賛は女性の容貌の美しさに,しかし特に女性のすぐれた徳性に向けられる。個々の詩節あるいは歌全体が女性の口に託される「女の詩節 (Frauenstrophe)」ないし「女の歌 (Frauenlied)」の可能性についてはすでに言及した (268 ページ)。これは特に初期のミンネザングに見られる傾向であるが,Reinmar der Alte にも比較的多い。初期のミンネザングでは,女性がその恋心を率直に告白し,願望をあからさまに表現し,愛が満たされないことを嘆いている。一方,高きミンネの歌では,女性の言葉はもっと洗練されており,もっと内省的である。

　官能的な面が強く前面に押し出されている,崇高でない,精神化されていない愛は,高きミンネが優勢な時期には,他のジャンルで表現されている。特に人気があったのは,13 世紀では,「後朝歌 (Tagelied)」であった。その根本テーマは,相愛の二人が共に過ごした夜のあとの朝の別れである。この別れは不可避なのである,二人が一緒にいることは何といっても正当ではないのだから。それが正当でない理由はかならずしも当の貴婦人が既婚 (これはもちろんありうることだが) であることにあるのではない。むしろその女性が城主の独身の姉 (妹) あるいは未婚の娘であることもありうる。いずれにしても,物語風のスタイルで,あるいはそれに対話を加えて後朝歌は始まるが,歌の冒頭のその時点よりも前にすでに恋人たちは相互の愛の喜びを満

---

11. 諦めの表明や女性を誹謗する言葉はミンネザングでは稀である。誹謗の最も有名な例は,Walther von der Vogelweide の "Sumerlaten-Lied" (L. 72,31 ff.)。

喫している，という想定なのである。いまや目前にさし迫る別れ(Abschied, "urloup")，それは時として恋人たちをもう一度肉体の合一へと誘う，— これは Wolfram von Eschenbach が後朝歌に導入し，"urloup" と名付けたモティーフである。後朝歌はプロヴァンス語では "alba" と呼ばれ，これは本来は「夜明けの白さ」，そこから「朝焼け」を意味した。トルバドゥールの "alba" は中高ドイツ語の抒情詩に大きく影響したが，後朝歌の数はプロヴァンス語よりも中高ドイツ語のほうがはるかに多い。おそらく中高ドイツ語の後朝歌にはドイツ土着の前文学的な基礎があり，それが主として "alba" から取り入れられた騎士的宮廷的な特徴と結びついたのである。その特徴の一つが「夜警 (Wächter)」の登場であり，これは Wolfram 以来，後朝歌にはほとんど欠かせない要素になっている。Wolfram 以前の後朝歌である Dietmar von Aist の作品（MF 39, 18 ff. — 本書 [5]）や Heinrich von Morungen の作品（MF 143, 22 ff. — 本書 [21]）には夜警は登場しない。

　官能的な愛について語る第二のジャンルは「牧歌 (Pastorelle)」[12] である。牧歌はしかし，トルバドゥール，特にトルヴェールの抒情詩とは反対に，ドイツ語ではきわめて少ない。牧歌のテーマは，社会的身分の高い男性，騎士（中世ラテン語の牧歌では聖職者）と身分の低い少女，羊飼いの女との戸外での出会い，および成功あるいは不成功に終わる少女誘惑の試みである。一例として，Kol von Niunzen（おそらく13世紀中頃）の二詩節から成る歌 (KLD, 29, Lied I) が挙げられる。単に牧歌風の特徴を示すだけの歌ならばほかにもある。牧歌に本質的な「少女誘惑」という要素をもってはいないが，戸外での幸福な出会いを歌う Walther の作品（L. 39, 11 ff. — 本書 [32]）や（L. 74, 20 ff. — 本書 [33]）などである。総じて牧歌はドイツのミンネザングでは周辺ジャンルにとどまった。その原因としては次のようなことが考えられる。性愛の官能的な側面を宮廷社会に受け入れられるような方法で口に出してみたいという欲求は，ドイツ語の場合は，広く普及していた後朝歌の形式だけで十分に満たされていたからであると。

　後朝歌が — いわば一つの変種として — 高きミンネの歌のジャンルに属していたのに対し，空疎な儀礼に凝固してしまった高きミンネの歌に対する風刺的な反動を表しているのが Neidhart の「野卑な歌 (Dörperlieder)[13]」で

---

12. プロヴァンス語では "pastoreta"，"pastorela"．ラテン語の "pastoralis (牧人の)" に由来する．

あって，愛と喧嘩と殴打の場面がしたたかに逞しく描かれている。Neidhart の歌が大成功を収めたことを如実に物語っているのは，何よりもまず，ほかの詩人たちが彼のやり方を模倣し，あるいは彼の名前を使って歌を作り続けたという事実である。もし彼がこのように圧倒的な成功を収めなかったならば，後期ミンネザングに見られるあの自由奔放なセックスの表現は可能ではなかったであろう。ここでは二例を挙げるにとどめる。Gottfried von Neifen のいわゆる「樽職人の歌 (Büttnerlied)」(KLD, 15, Lied XXXIX) は，その猥褻な内容のゆえに，従来多くの研究者，たとえば "Deutsche Liederdichter des 13. Jahrhunderts (＝KLD)" の編者である Carl von Kraus も，Gottfried von Neifen の作であることを認めようとしなかった作品である。さらに Steinmar の歌 (BSM, 26, Lied II — 本書 [58]) の中の少女は露骨な言葉で，自分が男の愛を受け入れるかどうかは男からの贈り物次第だと言っている。

　以上のことからも明らかなように，ミンネザング全体には，肉体的に満たされる性愛という観念が欠けているわけではないし，後期のミンネザングでは性的なものもタブー視されてはいない。これらの側面もミンネザングに属しているのである。ミンネザングの中心領域にはもちろん別のイメージがあり，このイメージは「高きミンネ」という理念の刻印を押されてはいるけれども。

4. ミンネザングの起源についての諸説

　この「高きミンネ」の観念こそ，ミンネザングの紛れもない中心領域であるが，一体これはどこから生まれてきたのだろうか。中世の恋愛抒情詩が研究の視野に入って以来，多くの研究者が繰り返しこの問題に取り組んできた。しかし，いままでに提案された諸説のどれをもってしても，ミンネザングの起源を解明することはできなかったのであるから，この設問は今日もなおそのアクチュアルな意義をいささかも失ってはいないのである。とはいえこの問題に関する最近の議論は，いわば別のレベルに移ってきている。いかにしてミンネザングの成立に至ったかという問いに対する答えは，外部からの影

---

13. 中高ドイツ語の "dorpaere"，"dörper" はフラマン語からの借用で「村の住民，農夫」の意．宮廷貴族社会の見地からこれと結びつくイメージが「無教養，野暮，粗野」である点が本質的．

響よりもむしろミンネザング自身に内在する一つの機能，ないしはそのもろもろの機能の中にこそ求められるべきだからである。そのさいまず第一に問題にしなければならないのは，時代的に先行するトルバドゥール抒情詩についてである。たしかに12世紀の中頃，ロマンス語抒情詩の影響をまだ受けないドイツ語抒情詩が存在していた。しかしドイツ語の高きミンネの歌は，その後にプロヴァンス語（およびフランス語）の抒情詩からきわめて持続的な刺激を受けつつ形成されていったのである ― もちろん，好んで取り入れられたジャンルもあれば，取り入れられなかったジャンルもある，という点では，ドイツ語のミンネザングに独自の展開があったのではあるが。

愛というテーマの文学的表現に関してミンネザングとその他の文学領域の間に見られるもろもろの共通点を根拠に，以下のようなミンネザング起源論が展開されてきた。

1) アラビアないしスペイン・アラビア説。この説の主唱者たちは，スペインのイスラム人宮廷で数世紀以来おこなわれてきた女性賛美の抒情詩が，比較的容易に南フランスに伝えられえたことを根拠にしている。もっともトルバドゥールたちはアラビア語をほとんど理解しなかったであろうから，アラビア語の抒情詩とプロヴァンス語の抒情詩の間に仲介者がいたと考えなくてはならないが，そのような仲介者も特定できるのである。

2) 古典古代説。この説の支持者が主に指摘するのは，ローマの詩人 Ovidius が中世に広く受容されたことである。12世紀は，オヴィディウス受容が特に盛んであったことから，"Aetas Ovidiana（Ovidianisches Zeitalter）"とも呼ばれる。

3) 中世ラテン語説。ここでは，たとえば詞華集 Carmina Burana で知られる遍歴学生の抒情詩（Vagantenlyrik）に力点をおくか，あるいは，Hennig Brinkmann が注目した聖職者のエロティクな書簡に力点をおくかのいずれかである。

4) ミンネザングの民衆起源説。この説ではミンネザングは，民衆の単純な歌，つまりヨーロッパだけでなく多くの文化の底流にあるような前文学的な歌謡に根ざすものであるとする。ドイツの研究者の中では特に Theodor Frings が提唱するこの説は，初期ミンネザングの「女の詩節」や「女の歌」，さらには「後朝歌」というジャンルにも当てはまるかも知れない。しかし，特に宮廷風に形成された後朝歌にはもちろん当てはまらない。

起源に関するこれら諸説のどれをもってしても，ミンネザングという現象

それ自体を全体的に解明することはできず，せいぜい ― 刺激を与えたとか豊かにしたとかいった意味で ― 個々の特徴を説明することができるだけである，という認識が定着してからすでに久しい。これら文学的解明の試みは，その適用範囲がもともと限られているのであるが，この中ではスペイン・アラビア説が依然として，他の説に比べれば，まだしも一番説得力があると言えよう。ミンネザングの成立をマリア崇拝に帰する5番目の説もまた同様に，成立についての包括的な解明にはなりえない。マリア崇拝は事実12世紀に隆盛をきわめたのではあるけれども。マリア崇拝と貴婦人崇拝の間には，モティーフと語彙の点で，たしかに紛れもない共通性がある。しかし，貴婦人（"vrouwe"；プロヴァンス語の "domna" はラテン語の "domina" に由来する）を時には宗教的な栄光に達するほどに賛美することは，簡単に聖母マリア礼賛からの転用とは理解しがたい。特に高きミンネの歌に特徴的な男女の根本的関係としての主従関係は，聖母崇拝からは説明できないのである。マリア崇拝とミンネザングの間には因果関係はなく，両者はむしろ本質的にも時代的にも平行現象であると見るべきであろう。

　ミンネの「体験」が同時代の封建制度の形態で表現されているとすることは，6番目の説，封建社会学的テーゼへのきっかけをなし，同時にこれはミンネザングの起源解明をめざす昔の試みと近年の試みとを結び付けてもいる。すでに1909年にロマンス文学研究者 Eduard Wechssler は，ミンネザングに見られる封建法の用語に着目し，ミンネザングを君主称賛のメタファーと解釈した。つまり貴婦人への奉仕（Frauendienst）は封建君主への奉仕（Herrendienst）の暗号化であるとしたのである。[14] 近年の研究でミンネザングの起源を現実の社会事情から解明しようと試みたのは，まずロマンス文学研究者 Erich Köhler である。彼は宮廷的な愛の理念を（フランスの）下級騎士階級ないし（ドイツの）ミニステリアーレ階級（Ministerialität）の社会的昇進努力の表現と解釈する。すなわちミンネゼンガーと宮廷の女主人の関係は，下級貴族と強大な封建君主の関係に対応し，それはまた下級騎士ないしミニステリアーレの栄達願望と同時に欲求不満の経験をも表している，というのである。ミンネザングの起源についてのこの仮説は，1970年代の学界の気運にうまく適合した。当時は中高ドイツ語の文学を社会史的に解釈することがきわめて熱心に，時にはそれだけが唯一の妥当性を要求してもよいかのように

---

14. Das Kulturproblem des Minnesangs. Halle 1909.

主張されていたからである。そのさい宮廷文学に決定的に関与したのはミニステリアーレ階級であるとされた。この中間層，封建法の上では不自由の身分であるが，実際には多大の影響力をもち，（強大な帝国ミニステリアーレは時には帝国の政治をも左右した），本来の自由貴族の仲間に入るべく努力していたこのミニステリアーレの心的態度の中にこそ，宮廷文学全体の理解の鍵があると多くの研究者は信じたのである。この見解はしかし不十分である，いやそれどころか誤解を招くものであることが明らかになった。宮廷物語文学ならびにミンネザングは明らかに貴族全体の表現媒体である。そして進歩的な騎士的宮廷的態度の理想とこの理想の文学的表明は，「文明の過程（"Prozeß der Zivilisation" — Norbert Elias)」における一つの著しい前進であり、それは本質的に上級貴族に負うものである。このことは，Werner Paraviciniが最近，「あらゆる場合に新しいモデルと新しいモードは上層階級から生まれる」[15] と述べた文化史的経験仮説とも一致する。特にミンネザングに関しては，上級貴族がその発展に大きく関与していたことに異論の余地はない。単にシュタウフェン家の宮廷，ウィーンのバーベンベルク家の宮廷，テューリンゲンのヘルマン方伯の宮廷といった強大な宮廷がミンネザング育成のための場所として優先されていただけではない。むしろこの上級貴族に属する人々自身が，ミンネザングのライン地方の発展期以来，ミンネゼンガーとして詩作を実践していたのである。すなわち，皇帝 Heinrich VI.（おそらく1191年の皇帝戴冠以前），ドイツ王 Konrad IV.の息子 Konradin, 時代が下って，ボヘミア王 Wenzel, Hohenburg 辺境伯, Rudolf von Fenis 伯と Otto von Botenlouben 伯，ミンネザングの終期には，Johann I. von Brabant 大公, Heinrich von Breslau 大公, Otto von Brandenburg 辺境伯, Heinrich von Meißen 辺境伯といった人々である。これら上級貴族のミンネゼンガーはアマチュアとして，つまりミンネザング愛好者として，余暇の時だけこの芸術に従事したので，たいてい作品の数は多くない。他方には，詩作と作品の上演によって生計を立てる職業詩人もいる。これに属しているのが，いずれも多作の Reinmar der Alte や Walther von der Vogelweide であり，おそらく Neidhart もそうである。ところでミニステリアーレたちは如何？　この下級貴族出身のミンネゼンガーはもちろん大勢いた。Friedrich

---

15. Werner Paravicini: Die ritterlich-höfische Kultur des Mittelalters. München 1994, S. 63.

von Hausen（ただし彼の父親は自由貴族［Freiherr］だった！），Hartmann von Aue, Ulrich von Singenberg, Burkhart von Hohenfels, Konrad von Landeck 等々である。しかしミンネザングに関与しているミニステリアーレの数は，かつて好んで仮定されたほどに多くはない。いわゆるミニステリアーレ説の信奉者たちは，マネッセ歌謡写本に載っているミンネゼンガーの大多数はミニステリアーレだったとあまりにも無批判に信じ込んでいたのである。1976 年に Joachim Bumke はこの見解を徹底的に洗いなおし，ミニステリアーレ説信奉者たちの陶酔を醒まさせる結論に到達した。[16] すなわち，多くのミンネゼンガーの階級身分について我々は確実なことは何も知らないが，いずれにしても，マネッセ歌謡写本に伝承されている歌の作者たちの中でミニステリアーレであることが証明できる詩人は明らかに少数である，と。

　以上，ミンネザングの成立に関する最も重要な伝統的なテーゼを六つ概観したが，結論として次のように言うことができる。文学的な方法であれ，非文学的な方法であれ，ミンネザングの成立をただ一つの根源から導き出そうとしてもゴールには到達しない，言い換えれば，ミンネザングという現象を単一の因果関係で解明することは不可能だということである。高きミンネと高きミンネの歌の根源を明るみに出そうとする最近のアプローチは，主として社会心理学的傾向のものである。その手がかりは，Ignace Feuerlicht が 1939 年に発表したテーゼ[17]の中に用意されている。Feuerlicht は「小姓奉仕 (Pagendienst)」の重要性を指摘したのである。貴族の子弟はしばしば教育のためにもっと大きな宮廷に送られ，そこで彼らは貴婦人たちに指導され躾けられた。思春期にある貴族の少年たちが彼らの仕える婦人たちを熱狂的に崇拝するようになることは稀ではなかったであろう。この崇拝の背後には同時に一種の「母親―息子―関係」が現れることもありえた。それと共に近親相姦のタブーが入り込み，肉体的欲求の昇華を強いることになるのである。そこから高きミンネを導き出すこのテーゼも，しかし，せいぜい一点に限られた説明にしかなりえない。ミンネザングの起源を全体として「小姓奉仕」に帰することは全く不可能である。小姓の場合は高貴な婦人に対する奉仕関係が現実にあるのに対し，抒情詩の中ではそれは常に虚構でしかないのである。

　最近のミンネザング解明の試みの中から，ここでは，ドイツ語圏で特によ

---

16. Ministerialität und Ritterdichtung. Umrisse der Forschung. München 1976.
17. "Vom Ursprung der Minne". In: Archivum Romanicum 23, 1939, S. 140-177.

く知られるようになったものを二つだけ取り上げよう。Helmut Brackert と Ulrich Müller の試論である。ちなみにアメリカ合衆国では，同様の考察がすでに久しい前から展開されていたのだが — (Herbert Moller [1960], Richard A. Koenigsberg [1967]) —，ドイツの研究はそれをずっと見逃していたのである。Brackert はミンネザングを貴族の集団マゾヒズムの一形態と理解しようとした，つまり「ミンネザングによる自己表現は，すでに先進しもっと豊かに発展している対極のモデルである女性と女性の要求に対する男性特有のマゾヒズム的反応の一形態」[18]であると。これと比較できるようなもろもろの考慮に基づいて Müller は，文学の中で具体的な形をとる高きミンネの理念，彼のいわゆる「高きミンネのイデオロギー (die Ideologie der Hohen Minne)」を教会に原因する集団ノイローゼ，すなわち教会によって強制された性欲断念の結果と解釈した。Müller の見方では，ミンネザングならびに高きミンネは，集団の「それ "Es"」の要求と教会に代表される「超自我 "Über-Ich"」の要求の間の妥協の産物なのである。[19] 精神分析学的な思考過程を中世の諸事情に適用することが原則的にまちがっていると言うわけではないが，このような解釈に対しては，我々は懐疑的である。12世紀，13世紀の貴族の精神状態や心理状態について我々は何一つ知っていないのであるから，これらの解釈やこれに類した解釈は，単なる作りごと，全くの憶測にすぎないと言わなくてはならないだろう。

しかし Brackert もほかの多くの研究者と同様に次の点を指摘しているのは正鵠を得ている。ミンネザング，特に高きミンネの歌は，男女の関係における慣習的な行動パターン並びに思考パターンの逆転である,「体力の点で男性に劣り，通常男性に仕え，男性より価値が低く誘惑的であるとして伝統的にさまざまに軽蔑されてきた女性が，美徳とミンネの領域で，支配者の地位につく」[20]という点である。高きミンネの歌の根底にあるこの構想を理解しやすくするために，高きミンネの歌を中世の現実社会に対立するもの，対型,

---

18. Minnesang. Mittelhochdeutsche Texte mit Übertragungen und Anmerkungen. Hrsg. von Helmut Brackert. Frankfurt am Main 1983. (S. 273 から引用).
19. "Die Ideologie der Hohen Minne : Eine ekklesiogene Kollektivneurose ?" In : Ulrich Müller [Hg.] : Minne ist ein swaerez spil. Göppingen 1986, S. 283–315.
20. Brackert, S. 273.

対立構想，それどころか「対立綱領("Gegenprogramm" - Joachim Bumke)」として性格付けることから出発するのは，実際に有意義なことであろう。このように出発する解釈の試みは，しかしそのさい決してミンネザングの成立に ―「マゾヒズム」とか「ノイローゼ」とかいった概念で表現されるような ― 根本において否定的な評価を与えることになってはならないはずである。古典古代終焉のあとに続く時代においては，両性の関係はもっぱらセックスの関係であった。女性を意のままにするための男性の暴力行使は繰り返し記録で証明されているし，男女の関係の合法上の形式は愛とは何の関わりもなかった。特に貴族では婚姻は王家の政治的経済的な理由で結ばれた ― しばしば未成年の子供たちの結婚がその両親たちによって。跡継ぎを，できれば相続確保のために男子の跡継ぎをつくることが，結婚の中心的目的であった。結婚生活の中で夫婦の間に感情的に深まった関係，個人的な愛情が生じることはもちろん可能であったし，たとえばテューリンゲン方伯ルートヴィヒ四世（ca. 1200-1227）とその若き妻エリーザベト（1207-1231）の場合のような史実の記録もある。愛の発見，厳密に言えば愛の再発見は，Peter Dinzelbacher が指摘するように，中世盛期になって初めて見られる現象なのである。「愛の発見 ― つまりそれまではあまり熟慮されずに習慣的に使われてきた性が意識にのぼるようになり，性に根ざすもろもろの感情が価値として強調されるようになるのは，たしかに，1000年から1200年までの間に特徴的に現れた全体的変化の一つであり，この変化は，中世初期と比較して明らかに強まった個性化，人間主義化，細分化といった ― 言葉としては美しくないが訴えかける力に富むと期待される ― 一連の概念を以て概略表現することができるのである。」[21] 社会的，経済的，精神文化史的な多種多様の変化 ― 最後に挙げた精神文化史的変化は，略して「12世紀のルネッサンス」と呼ばれる ― の結果，世俗的な貴族文化が成熟し，現世を（相対的ながら）固有の価値として肯定するようになる。これこそが情緒と感受性に根ざす愛の，異性との関係を性愛として自覚することの，そして最終的にはそのような性愛を文学において美化することの ― 原因ではなく ― 背景であり，その前提なのである。そのさい物語文学，たとえばアルトゥース物語（Artusroman）では，結婚と愛とが互いに近づけられている。ここでは愛は結婚に至る，つ

---

21. Peter Dinzelbacher : "Über die Entdeckung der Liebe im Hochmittelalter". In : Saeculum 32, 1981, S. 185-208. (S. 203 から引用).

まり結婚は愛の結果なのであるが，このことはミンネが原則として愛し合う者たちの肉体的合一において成就するという意味を含んでいる。抒情詩では違う。抒情詩では，ミンネ構想のユートピア的対立綱領は結婚の中では実現されなかった ― いつであれ，どこであれ，およそ恋愛抒情詩の中で夫婦愛がテーマになるということはまずないのである。Wolfram が彼のいわゆる後朝歌への決別の歌 "Der helden minne ir klage" (本書 [39]) の中で，後朝歌の非合法的なミンネを夫婦生活の合法性へと移行させているのは，きわめて稀な例外である。王朝的政治的桎梏に縛られない自由な恋愛関係の理想像として，抒情詩におけるミンネは，宮廷的叙事詩におけるミンネをはるかに超える。この観点から見ると，叙事詩の中の叙述のほうがもっと現実的である。とはいえ虚構性のきわめて強いミンネザングも，その時代の社会的現実から切り離して見ることはできない ― 現実社会の対型としてもミンネザングは，逆に現実社会を指し示しているのである。しかし，美的構造はただ単純に社会的構造を模写するのではなく，それ自身のエンテレヒーに従うものである。この虚構の文学が逆に日常の生活にどの程度まで影響を及ぼしたのか，それは我々の知る由もないことである。そのような影響はなかったとは言えないが，その程度をあまりに高く見積もってはならないだろう。

　ミンネザングの起源に関しては，ある一つのテーゼをもってしても，またはいくつかのテーゼを組み合わせてみても，それに答えることは不可能である。我々にできるのは，このような個人的な愛への欲求を生じさせたもろもろの歴史的条件と情勢を列挙することである。この欲求の文学的実現に対しては，この章の最初に述べた複数の領域からの刺激，観念，モティーフ，トポス等がそのつど異なった程度に作用したであろうと考えられる。しかし，いかなる源泉，いかなる手本の関与が可能であったかについて論争するよりも，もっと重要なのは，ミンネザングの本質を把握することである。それは同時にミンネザングの機能，ないしはミンネザングが詩人と聴衆に対してもったもろもろの機能を把握することである。

5. 形式芸術としてのミンネザング

　たしかにミンネザングの機能は一つに限定されるものではない。したがってミンネザングを複数の観点から観察し研究することは可能であるし，必要でもある。そのさいどの点を強調するかは人によって個々に異なるだろうが，いずれにせよ，ミンネザングは形式芸術である。しかも，およそ文学はすべ

て形式芸術でなければならぬ，という程度をはるかに越えて形式芸術なのである。これは少なくともロマンス化の始まる第二期以降のミンネザングについては言えることである。これと関連して取り上げなくてはならないのは，精巧な詩節構造（Strophenbau），ますます高度になる押韻技術（Reimkunst），豊かに発達した「対応（Responsion）」の技巧などである。

　脚韻を踏む長詩行二組から成るキューレンベルク詩節（Kürenbergerstrophe）を始めとして，初期のミンネザングでは多種の詩節形式が使われていたが，その後「カンツォーネ詩節（Kanzonenstrophe）」 ― 「シュトレン詩節（Stollenstrophe）」とも言う ― が中高ドイツ語恋愛抒情詩の典型的な詩節形式として定着した。この詩節形式は，ロマンス語の抒情詩でも用いられているが，そこではドイツ語のミンネザングにおけるような支配的な地位を占めてはいない。カンツォーネ詩節は韻律的にも音楽的にも二つの部分に分けられる，すなわち前節（Aufgesang）と後節（Abgesang）である。前節はさらに同一形式の二つの部分から成り立っており，この部分は職匠歌人（Meistersinger）の例に倣って，シュトレン（Stollen）と呼ばれる（すなわち "1. Stollen" と "2. Stollen" である。"Stollen" と "Gegenstollen" という名称が用いられることもある）。この二つのシュトレンは，同一の韻律構造に基づきメロディーも同一である，つまり，後節が新しいメロディーで歌われるのに対し，前節の第二シュトレンは第一シュトレンのメロディーを繰り返すのである。行数，一行中の揚格の数，行末構造(カデンツ)，韻の種類と押韻の位置といった韻律構造の点で，前節の第一シュトレンと第二シュトレンは同じである。このカンツォーネ（シュトレン）詩節の典型的な例としては，以下のような脚韻の型をした七行詩節を挙げることができる。(MF 91, 22 ff. ― 本書 [15] を参照)。

```
a) ⎫
b) ⎬ 1. Stollen   ⎫
a) ⎫              ⎬ Aufgesang
b) ⎬ 2. Stollen   ⎭
c)                ⎫
x)                ⎬ Abgesang
c)                ⎭
```

　（上に引用した例では，後節はいわゆる「孤韻三行連句（Waisenterzine）」である，つまり対韻二行の間に無韻詩行［Waise］が挟まっている）。

時には，第一シュトレンａｂ，第二シュトレンｂａというふうに，シュトレンの押韻の位置が入れ替わる場合ももちろんある。あるいは押韻の位置は同じで韻の響きが異なる場合もある，たとえば第一シュトレンａａｂ，第二シュトレンｃｃｂというように（MF 129, 14 ff. ― 本書 [19] を参照）。後節の開始と同時に韻律構造もメロディーも変わる。しかし詩人たちは前節と後節を互いに結び付けるさまざまな可能性を利用している。たとえば反復押韻（Anreimung），つまり前節の中の一つあるいは幾つかの韻の響きを後節で繰り返すことによって。たとえば，ａb ａb／b ｃｄｄｃ（Friedrich von Hausenの作品 MF 54, 1 ff.）のように。

　一詩節だけの歌はミンネザングの初期に特に多いが，盛期の高きミンネの歌の中にもたまにある。たとえばReinmar der Alteには18行 ― Schweikleの版では16行 ― という珍しく長い一詩節から成る作品がある（MF 156, 10 ff. ― 本書 [25]）。しかし，はるかに多いのは数詩節の歌で，中でも三詩節が特に好まれた。複数の詩節から成る歌の場合，そのすべての詩節が精確に同じ構造でなければならないという原則があり，これは「詩節の法則（Strophengesetz）」と呼ばれる。この原則にも時には最終の詩節で一種の規則違反が起こり，数行延長されて，歌の結びを強調したり，きわだたせるのに役立っていることもある。たとえば Walther von der Vogelweide の五詩節からなる作品（L. 73, 23 ff.）のように。

　宮廷的叙事詩では，対韻の四揚格詩句が終始その韻律上の構成要素であったのに対し，抒情詩では，「対韻（Reimpaar） ― ａａｂｂ…」だけでなく，「交韻（Kreuzreim） ― ａｂａｂ」，「包韻（umarmender Reim） ― ａｂｂａ」等々，多種の脚韻が用いられた。後期のミンネザングには，さらに「央末韻（Innenreim）」，「行内連韻（Schlagreim）」，「移行韻（übergehender Reim）」等々，行末以外の位置での押韻の組み合わせも登場する。詩人は稀な単語に対しても韻の合う語を見つけなくてはならないうえに，押韻した語を詩節の中の互いに相応する場所に配置しなくてはならない。そのためには文構造が緩く柔軟でなくてはならないが，このような押韻のための文構造上の前提条件は，12世紀にはまだ達成されていなかったのである。巧妙な押韻の技は技巧過剰の韻遊びになってしまう恐れもあった。ここに一例として Konrad von Würzburg の作品（13）[22] の第一節を引用する。

---

22. Edward Schröder (Hrsg.): Kleinere Dichtungen Konrads von Würzburg.

Jârlanc vrîjet sich diu grüene linde(a)
　　loubes unde blüete(b) guot(c) ;
　　wunder güete(b) bluot(c) des meien ê der werlte bar(d).
　　gerner ich dur liehte bluomen linde(a)
5　hiure in touwes flüete(b) wuot(c),
　　danne ich wüete(b) fluot(c) des rîfen nû mit füezen bar(d).
　　mir tuont wê die küelen scharphen winde(a).
　　swint(e), vertânez winterleit(f) !
　　durch daz mînem muote sorge swinde(a).
10　wint(e) mîn herze ie kûme leit(f),
　　wande er kleiner vogellîne fröude nider leit(f).

　一つの歌の詩節ないし詩節の部分が互いに連結したり，また二つあるいはそれ以上の歌が互いに関連し合ったりするのは，同じ韻の響き，同じ押韻語が繰り返されるという理由によるだけではない。むしろ，それ以外にも種々の一致が見られるからであり，そのような形式上，モティーフ上，内容上の繰り返しを一括して「対応 (Responsion)」と呼ぶ。一つの歌の各詩節が同一の語で始まる「詩節頭語畳用 (Strophenanapher)」も「対応」の一つである。たとえば，Heinrich von Morungen の後朝歌 (MF 143, 22 ff. — 本書 [21]) の四つの詩節は "Owê" という言葉で始まっているし，Ulrich von Liechtenstein の作品 (KLD, 58, XXXII) の七つの詩節は，すべて "Hôher muot" という言葉で始まっている。もちろん「リフレイン (Refrain)」も「対応」の一種であり，この場合は一詩行ないし数詩行がたいてい詩節の最後に繰り返される。たとえば，二詩節から成る Friedrich von Hausen の作品 (MF 49, 37 ff.) では，両方の詩節の最後に "dâ stât dehein scheiden zuo." という一行が繰り返されているし，五詩節から成る Steinmar の作品 (BSM, 26, Lied 12) では，すべての詩節の最後に "Frœlicher sunnentag, / rôse in süezzem touwe / ich dich wol gelîchen mag." の三行が繰り返されている。リフレインはまた — たとえば Steinmar の他の作品 (本書 [58]) のように — 変形されることもある。いわゆる「流動的リフレイン (flüssiger Refrain)」である。特に技巧的で，しかも単なる装飾的形式ではなく，十分に機能性も備え

　　III. (Berlin 1926 ; 2. Auflage 1959) による．

ているのが，Hohenburg 辺境伯の後朝歌（KDL, 25, V）のリフレインである。この詩のリフレインは，夜警が歌う詩節では "wecke in, frouwe!"，貴婦人が歌う詩節では "slâf geselle !" というふうに変形していて，しかも詩節の最後に繰り返されるだけではない。いわゆる「詩節内リフレイン（Binnenrefrain）」として個々の詩節の中にも取り入れられ，各シュトレンの最後をきわだたせている。ここに例を挙げたような「対応」の形式はきわめて明白であり，詩人の意図によるものであることに疑いの余地はない。しかし実は，もっと微妙な隠れた「対応」の現象もある。異なる詩人の作品と作品の間に何らかの対応関係（同じ単語，同じ表現，同じモティーフ等）が見られるような場合である。単なる偶然の一致であるかも知れない場合にも，作者の意図をこじつけて読み取ってしまい，両作品に共通の成立年代を推定する ─ といった過ちから逃れられなかった研究者も過去にいなかったわけではない。この点で，中世文学を解釈する者は騎士道の基本的徳目である「節度 "mâze"」を重んじるべきだったであろう。

　さて，詩人たちが特別に高度な芸術的能力を発揮しなければならなかったのは，「ライヒ（Leich）[23]」という形式だった。数の上では詩節歌（Strophenlied）よりもはるかに少ないが，詩節歌と並んでおこなわれてきたミンネザングのもう一つの形式である。ライヒを「壮大な装飾ジャンル（"Groß- und Prunkgattung" ─ Günther Schweikle）」と呼んだのは当を得ている。詩節歌が同一形式の詩節から成り立っているのに対し，ライヒでは長さの不揃いな部分が並んでいる。その最小の構成要素は "Versikel" と呼ばれ，これはラテン語の "versiculus"（詩行，短詩行）に由来する。"Versikel" はたいていペアの構造になっており，一つの "Versikel" は少なくとも二詩行であるが，しばしば四詩行から八詩行に及ぶ。しかし，Frauenlob（本名 Heinrich von Meißen, 1318 年没）の場合のように，その行数をはるかに越えることもある。ライヒの構造で本質的に重要なのは，これら不揃いの長さの構成要素が，すぐに前後して，あるいは少し間をおいて一度ないし数度，韻律とメロディーの点で繰り返されることである。詩人は自分が巧みに使いこなす多種多様の韻律構造とあらゆる種類の押韻を一篇のライヒの枠内で使ってみることができるのであって，これはライヒという形式にとって本質的とは言えないが，

---

23. "Leich" の複数形としては，以前は通常 "Leiche" が用いられていたが，最近は人工的に作られた "Leichs" という形の方が普通になっている．

きわめて特徴的な点である。

　ライヒと類似した形式は，まず中世ラテン語による「教会続唱歌 (kirchliche Sequenz)」(9世紀以降) に見られ，これがドイツ語のライヒの成立に関与していることは考えられる。しかし，プロヴァンス語にもライヒと構造の似たいくつかの詩形式があり，同様に時代的に先行しているので，これらがドイツ語のライヒの成立に影響を与えたこともありうるだろう。ドイツ語の教会続唱歌の中で最も古い「聖ランブレヒトのマリア続唱歌 (die Mariensequenz von St. Lambrecht [oder Seckau])」や「ムーリのマリア続唱歌 (die Mariensequenz aus Muri)」は，すでにミンネザングが作られていた時代 (12世紀後半) のものである。「ムーリのマリア続唱歌」とほぼ同じ時期にドイツ語による最初のライヒが成立した，すなわち Heinrich von Rugge の宗教的なライヒ (十字軍歌としての Kreuzleich) と，Ulrich von Gutenburg のミンネライヒ (Minneleich) である。この二つのテーマがその後13世紀のライヒ文学を決定したが，形式の相違はテーマの違いと結びついてはいない。ミンネライヒは宗教的なライヒよりも数が多く，Otto von Botenlouben, Ulrich von Liechtenstein, Tannhäuser, Ulrich von Winterstetten, Heinrich von Sax, Konrad von Würzburg, Rudolf von Rotenburg, Der von Gliers, Der Wilde Alexander, Johannes Hadlaub, Frauenlob などがその主な作者である。伝承が完全であると仮定すれば，ライヒという複雑な形式をただ一度だけ試してみた詩人はかなり大勢いる。一方，この形式を特に好んで用いた詩人もいるようである。さもなければ Tannhäuser と Rudolf von Rotenburg にそれぞれ6篇，Ulrich von Winterstetten に5篇ものライヒが伝承されていることを説明するのは困難であろう。後期のスイスのミンネザンガーの一人である Der von Gliers には詩節歌は一篇もなく，我々は彼の作品としてはそもそも3篇のライヒを知るのみである。要するに，韻律とメロディーの点で高度に芸術的な構成能力を必要とするライヒという形式を前にして，怖じ気づくよりもむしろ創作意欲をかき立てられる詩人たちもいたように見えるのである。

6. ミンネザングのメロディーについて

　「ミンネザング (Minnesang)」という名称にしても，それに属する「ミンネゼンガー (Minnesänger)/ミンネジンガー (Minnesinger)」という動作主名詞にしても，すでに中高ドイツ語の時代に使われており，もちろんこの抒

情詩の演奏方法を指す名称である。ミンネザングと格言詩歌は実際に歌われたのであって，歌詞とメロディーの密接な結びつきがその特徴である。中高ドイツ語で歌詞は"wort"，メロディーは"wîse"と言い，韻律とメロディーを合わせて"dôn"（複数形は"doene"）と呼ぶ。単数形の"daz liet"は個々の「詩節 (Strophe)」を表し，複数形の"diu liet"は複数の詩節から成る一つの作品，たとえば一篇の詩節歌を指す。ただし抒情的作品に限らず叙事的作品にも同様に使われる（たとえば英雄叙事詩「ニーベルンゲンの歌 (Nibelungenlied)」のタイトルは，中高ドイツ語では"der Nibelunge liet"）。一つの歌の歌詞だけでなくメロディーも伝承されている場合には，韻律の構造とメロディーの構造とが必ずしも合致しなければならないものではないことがわかる。極端な場合は，一つのシュトレン詩節に一つの通しメロディーということもある。

　Walther von der Vogelweide をも含めて早い時期のミンネザングのメロディーの伝承がきわめて乏しいのは残念なことである（後述参照）。トルヴェールの歌ではメロディーの伝承されている場合が多く，トルバドゥールの方は少ないが，それでもドイツ語の場合よりははるかに多い。ドイツ語のミンネザングには，プロヴァンス語や古フランス語の歌と同じ詩節構造のものがあり，時にはモティーフにも共通点のあるものがあるので，それぞれのメロディーも同様にドイツ語の作品に取り入れられたのではないかと想像されている。既存のメロディーに新しい歌詞をつけるやり方は，「コントラファクトゥール (Kontrafaktur)」という名称で知られている。この方法は中世では宗教曲に世俗的な歌詞をつけたり，逆に世俗曲に宗教的な歌詞をつけたりするのにも用いられた。音楽研究者がプロヴァンスとフランスの歌のコントラファクトゥールであると主張しているすべてのケースにおいて実際にメロディーが転用されたのかどうか，それは確実ではないが，ともかくもその可能性がある例として以下のような作品を挙げることはできる。

Friedrich von Hausen (MF 45, 37 ff. — 本書 [10]) はトルバドゥール Folquet de Marseille の歌による。
Friedrich von Hausen (MF 50, 19 ff. — 本書 [11]) はトルヴェール Gace Brulé の歌による。
Friedrich von Hausen (MF 51, 33 ff. — 本書 [12]) はトルヴェール Guiot de Provins の歌による。

Rudolf von Fenis（MF 84, 10 ff.）はトルバドゥール Peire Vidal の歌による。
Rudolf von Fenis（MF 81, 30 ff.）はトルヴェール Gace Brulé の歌による。
Bernger von Horheim（MF 112, 1 ff.）は Chrétien de Troyes（主にアルトゥース物語の作者として有名）の歌による。

　これらミンネの歌が具体的にどのように歌われたのかはわかっていない。確実なのはメロディーが一声だったことだけである。おそらく楽器の伴奏があり，楽器として第一に考えられるのはバイオリンである。(のちのマイスタージンガーの歌は楽器の伴奏なしで歌われたのだが。)歌う人が自分で伴奏したのか，ほかの人に伴奏させたのか，時にはほかの楽器（フルート，タンバリン，プサルテリウム［ツィターの一種］等）でも伴奏することがあったのかどうかは不明である。このように不確かなことばかりなのであるから，今日市場に出回っている中世歌謡のレコードの類は，実際の中世音楽の再現という点では，信頼できるものではないことを強調しておかなければならない。
　原則として歌詞とメロディーは同一の作者による。つまり詩人は同時に作曲家であり，自作の歌をまず自分でも上演したのである。個々の詩人にとって，内容と言語的韻律的技巧を伴う歌詞のほうがどの程度に重要だったのか，それともどの程度にメロディーのほうが重要だったのか，そんなことはわからないのが当然である。しかし全体的に見て，ミンネゼンガーは「まず第一に作詞者であり，第二に作曲家であった」[24]とする Schweikle の推測は当を得ているように思われる。ミンネザングの歌唱による上演と並んで，おそらくかなり早い時期から，語りによる上演もおこなわれるようになっていたと推定される。しかし，それがいつからであったか，およその年代をあげることもできない。歌唱から語りへ（そして最終的には朗読ないし黙読へ）と移っていく時期は，地方により宮廷により異なっていたであろうし，かなり長い間両方の上演方法が平行しておこなわれていたことも考えられる。トルヴェールの抒情詩の場合は，歌う抒情詩の伝統を断固として打ち破り，ただ読まれるための詩を作った詩人として，Rutebeuf(約 1248-1285) の名前をあげることができるのだが。
　最近 Thomas Cramer は，中世ドイツの恋愛抒情詩はまず第一に目によっ

---

24. Schweikle, S. 53.

て，つまり文字を媒介にして受容されたという見解を表明し，ミンネゼンガーが宮廷社会の聴衆の前で歌って上演したことに疑問を呈した。[25] この急進的な意見が正しいと認められるようになるかどうか，今後の研究にまたなければならないだろう。

7. ミンネザングの伝承

我々が今日ミンネザングについて知ることができるのは，まず第一に，三つの大収集写本のおかげである。これらの写本は，13世紀の終わり，14世紀の始めに，いずれも西南ドイツの地で書かれ，言語的にはアレマン語圏に属している。自然この地域出身の詩人たちが特に多く収録されている。

1) 小ハイデルベルク歌謡写本 (Die Kleine Heidelberger Liederhandschrift＝A)：これは13世紀のもので，1270年代に成立した可能性もある。言語上の特徴からエルザス，おそらくシュトラースブルクで，芸術に理解をもつ司教 Konrad von Lichtenberg (1299年没) の用命で成立したと推測されている。しかし，この写本の控えめな装丁はかならずしもそれほど高貴な注文者をうかがわせない，あるいは当地の小貴族の一人であったかも知れないことを Schweikle は指摘した。この写本には，12世紀と13世紀初期の詩人34名の名前とその作品が収録されている。

2) ヴァインガルテンまたはシュトットガルト歌謡写本 (Die Weingartner oder Stuttgartner Liederhandschrift＝B)：これは13世紀から14世紀への変わり目のころにボーデン湖地方，おそらくコンスタンツで書かれた。当地の司教 Heinrich von Klingenberg (チューリヒでいわゆる「マネッセ・グループ」に属し，1306年没) がその用命者と考えられている。しかしこれは単なる仮説にすぎず，この写本の成立が1320年代であることが確証された場合には，撤回しなければならないだろう。この歌謡写本は31の詩人の歌を伝えている。その中の25人には名前があるが，あとの6人は誰であるかわからない。写本 (A) と同様に12世紀と13世紀前半のミンネゼンガーを収録しているが，これに Frauenlob も付け加えられている。名前のあがっている25人のミンネゼンガーには，それぞれ1ページか半ページの装飾画 (Miniatur) がついている。

---

25. Thomas Cramer: "Waz hilfet âne sinne kunst?" Lyrik im 13. Jahrhundert. Studien zu ihrer Ästhetik. Berlin 1998.

3) 大ハイデルベルク歌謡写本（Die Große Heidelberger Liederhandschrift＝C），別名マネッセ写本（Manessische Handschrift, Codex Manesse）：これは 14 世紀初期にチューリヒで書かれた。チューリヒの都市貴族 Rüdiger Manesse（1304 年没）が息子 Johannes（1297 年没）と共に熱心に中高ドイツ語の抒情詩の収集に努めたことを，Johannes Hadlaub が彼の作品（BSM, 30, Lied 8）の中で証言している。マネッセ父子とその同志たちが集めた歌を土台にしてこの大収集写本が成立したのである。ここには 140 名の詩人の作品がその名前と共に収録されており，その中 137 人の姿はそれぞれ 1 ページ全部の装飾画で紹介されている。ただしそれは，ヴァインガルテン歌謡写本の装飾画と同様，およそ肖像画といえる性格のものではない。約六千の詩節を誇るマネッセ写本は，ドイツ中世の写本の中でも群を抜いて最も浩瀚な最も豪華な歌謡写本である。

　注目すべきは，宮廷恋愛抒情詩がその最盛期をとっくに過ぎて，すでに古臭くなってしまった時になって初めてこれらの大収集写本が企画されたことであり，それが特徴的な点でもある。この仕事を成し遂げた人々は，宮廷文学に精通した愛好者であり，彼らの趣味は過去の理想，過去の偉大な業績に準拠していたのである。

　これら大収集写本に次いで重要なミンネザング伝承のもう一つの形は，それぞれ一人の詩人の作品を集めた「家集（Autorsammlung）」である。このタイプの代表は 1300 年ごろに成立した「リーデック写本（Die Riedegger Handschrift）[26]」で，Neidhart の約 55 篇の歌に属する 383 詩節を伝えている。格言詩の分野でこれに匹敵するのは，Walther von der Vogelweide に次いで重要な中高ドイツ語の格言詩人である Reinmar von Zweter の作品を集めた「ハイデルベルク写本（Die Heidelberger Handschrift D）」である。これも 1300 年頃に成立した。この二つの家集からも明らかなように，人が文学作品をできるだけ完全な形で記録しようとするのは，それがすでに忘却の淵に追いやられそうになった時期なのである。その点で例外と言えるのは，Ulrich von Liechtenstein の "Frauendienst" である。13 世紀の中頃に彼は自作のすべての歌を伝記的な順番につなぎ合わせたのだが，特異なのは，そのさい歌の編纂に腐心したのが作者自身であったという点である。─ 自作の保

---

26. この名称は以前リーデック・オプ・デァ・エンス城に保管されていたことによる。

存はそれ以外では，ずっと時代が下って，Hugo von Montfort（1357-1413）や Oswald von Wolkenstein（1376/78-1445）が初めて試みたことであった。

　大ハイデルベルク歌謡写本は，他のどの写本にも載っていないミンネゼンガーの名を多く伝えており，写本の成立する少し前に作られた歌をも収録している。とはいえここには最古のドイツ恋愛抒情詩である Der von Kürenberg の作品も収められている。ヴァインガルテン歌謡写本もまた最も初期のミンネゼンガーの一人である Dietmar von Aist を伝承している。つまり実際に歌が作られた時とそれが写本に書き留められた時との間には，時には百年以上の，Der von Kürenberg や Dietmar von Aist の場合はそれどころか約百五十年もの歳月が横たわっているのである。この長い歳月の間に種々の変化が生じたのは当然のことである。写本を見比べればすぐわかるように，一つの歌の文言，詩節数，詩節の順番など各写本間で著しく相違して伝えられている場合が稀ではなく，また別の詩人の作となっている場合もある。このような写本間の異同を従来の研究は原則として伝承のせいにしてきた。つまり，写本を書いた人々の業績について否定的な判断を下す傾向があり，彼らには芸術理解がなく，詩人の高度な言語形式芸術を洞察する能力もなかったと考えていたのである。写本の書き手の中にはそのような人もいたかも知れない。しかし全部をひっくるめて低く評価するのは不当である。数十年，いや時には一世紀以上に渡って伝承されていくうちに，歌の文言や形式上の特徴が変わってくるのは自明のことである。しかし，いわゆる「伝承異文（Überlieferungsvarianten）」と並んで ― これについては今日大方の意見が一致しているが ―「著作異文（Autorvarianten）」がある。ミンネゼンガーは自作の歌をいつも同じテキストで上演したわけではない，むしろ近代詩でよくあるように，数通りのテキストをもつ歌が多数あったのである。ミンネゼンガーたちは演奏の状況に応じて，あるいは目の前の聴衆に応じて，詩節を一つ削除したり付け加えたりした。詩節の順序を入れ換えたり，もちろんテキストの細部を変更したりすることもできたのである。たとえば Walther の作品（L. 74, 20 ff. ― 本書 [33]）には三通りのテキストが存在したことを写本が証明しており，そのどれも Walther 自身の作であると考えられる。したがって，写本間で異なるテキストの中から，詩人自身によって創作されたただ一つ真正のテキストを再構成しようとするのは，― 不可避的に残るもろもろの不確実な点は度外視するとしても ―，事柄の本質上適当であるとは言えない。一つの歌について，それぞれの収集者，それぞれの写本の筆

記者が，異なった形のテキストを入手することも十分にありえたと考えられるのである。

　しかしそれにしてもミンネザングは，これほど長い歳月に渡って，どのように伝承されたのだろうか。口承と筆記による伝承の両方が考えられることに異論はない。ただ問題はそのどちらに重みがあったかということ，特に筆記による伝承が始まった時期はいつかということである。Schweikle の十分な論拠に基づく見解によれば，歌のテキストはすでに非常に早い時期から ― 詩人自身によって，あるいはその作品を愛好する人々によって ― 筆記されていた。そのさい大判の高価な羊皮紙に書きつけるということは一般に考えられない。むしろ最初の筆記には蠟板と鉄筆が使われたであろう。または羊皮紙片を縫い合わせて巻き写本の形にしたものも使われたと思われる。[27] そのあとで特定の詩人たとえば Walther von der Vogelweide の作品とか，特定の詩人グループの作品とかが歌謡写本の形でまとめられた。これらの歌謡写本は残存していないが，13世紀の中頃に書かれたことはかなり確実と推測される。1300年頃に大収集写本が書かれたとき，その筆記者たちの目の前にあったのは，これら小さな歌謡写本だったのである。

　奇妙なことに大歌謡写本（A，B，C）のどれも歌のメロディーを伝えていない。13世紀からのメロディーの伝承はごく僅かで，"Carmina Burana" に収録された七つのドイツ語詩節についている程度であるが，判読しがたい「ネウマ (Neumen)」で示されている。これはテキストの文字の上方に付けられた点，線，鉤などの記号で，音の高さも音の長さも表していないが，メロディーの構成を識別させる。14世紀中頃または後半のものでは，ミュンスターで発見された写本断片があり，Walther のパレスティナの歌 (L. 14, 38 ff.) のメロディーがいわゆる「ゴシック平頭釘文字 (gotische Hufnagelschrift)」で伝えられているが，その解読には非常に多くの異論がある。これよりはるかに良好な状況にあるのが Neidhart の歌のメロディーの伝承である。もっとも14世紀のものは写本断片が一つあるだけで，その他はすべて15世紀になってからのものである。しかし当然のことながら，これら後代に記載された Neidhart のメロディーの信憑性についても，Bumke は懐疑的な意見を述べている。[28] ドイツのミンネザング伝承の主要な担い手である三大歌謡写本

---

27. ただし，今までに発見された巻き羊皮紙写本は，Reinmar von Zweter, Der Marner, Konrad von Würzburg の格言詩を伝えるものだけである。

に — フランスの伝承とは違って — メロディーの記載が全然ないのは何故か，それを説明するのはむずかしい。たしかに 13 世紀の終わりには，ミンネザングをメロディーなしに語ることもおこなわれていた。しかし，歌うことによる上演が全くなくなっていたと主張するのは誤りだろう。メロディーのついたミンネの歌は，それよりのちの写本にも伝えられているからである。メロディーの筆記には特別の負担がかかり，写本の筆記者たちには重荷だったかも知れないという Bumke の指摘は注目に値する。[29] しかしマネッセ写本作成の発起者に，記譜に精通した筆記者を呼び寄せる資力がなかったとは考えにくい。楽譜の記載を断念したのは，むしろ逆に，豪華写本としての品位を保つためであり，装飾画とテキストの文字によって視覚的な面の品質の高さを特に強調しようとしたのではないだろうか。演奏の手引きにすぎない楽譜を書き込んだりすると，当時のチューリヒなどでは，単なる実用写本と見なされてしまったかも知れない。ドイツのミンネザングの音楽面の伝承が何故これほどまでになおざりにされたのかという問いには，しかし結局のところ，答えることはできないのである。

---

28. Joachim Bumke: Höfische Kultur. Band 2. München 1986, S. 780.
29. Bumke, S. 779.

目録進呈　落丁本・乱丁本はお取替えいたします。

平成13年2月28日　ⓒ第1版　発行

	ヴェルナー・ホフマン
著　者	石　井　道　子
	岸　谷　敞　子
	柳　井　尚　子
発行者	佐　藤　政　人

発行所

株式会社　大学書林

東京都文京区小石川4丁目7番4号
振替口座　　00120-8-43740
電話　(03) 3812-6281〜3番
郵便番号112-0002

ISBN4-475-00919-7　　　写研・横山印刷・牧製本

ミンネザング

大学書林

語学参考書

著者	書名	判型	頁数
工藤康弘 著 藤代幸一	初期新高ドイツ語	A5判	216頁
藤代幸一 岡田公夫 著 工藤康弘	ハンス・ザックス作品集	A5判	256頁
塩谷 饒 著	ルター聖書	A5判	224頁
古賀允洋 著	中高ドイツ語	A5判	320頁
浜崎長寿 著	中高ドイツ語の分類語彙と変化表	B6判	176頁
浜崎長寿 松村国隆 編 大澤慶子	ニーベルンゲンの歌	A5判	232頁
戸沢 明 訳 佐藤牧夫・他著	ハルトマン・ファン・アウエ 哀れなハインリヒ	A5判	232頁
赤井慧爾・他著	ハルトマン・ファン・アウエ イーヴァイン	A5判	200頁
尾崎盛景 著 高木 実	ハルトマン・ファン・アウエ グレゴリウス	A5判	176頁
山田泰完 訳著	ヴァルター・フォン・デア・フォーゲルヴァイデ 愛の歌	A5判	224頁
須沢 通 著	ヴォルフラム・フォン・エッシェンバハ パルツィヴァール	A5判	236頁
古賀允洋 著	クードルーン	A5判	292頁
佐藤牧夫・他著	ゴットフリート・フォン・シュトラースブルク 「トリスタン」から リヴァリーンとブランシェフルール	A5判	176頁
岸谷敏子 柳井尚子 訳著	ワルトブルクの歌合戦	A5判	224頁
高橋輝和 著	古期ドイツ語文法	A5判	280頁
新保雅浩 著	古高ドイツ語 オトフリートの福音書	A5判	264頁
斉藤治之 著	古高ドイツ語 メルクリウスとフィロロギアの結婚	A5判	232頁
藤代幸一 檜枝陽一郎 著 山口春樹	中世低地ドイツ語	A5判	264頁
藤代幸一 監修 石田基広 著	中世低地ドイツ語 パリスとヴィエンナ	A5判	212頁

―― 目録進呈 ――